KB040888

광수와 화니 이야기

광수와 화니 이야기

모든 사랑엔 용기가 필요해

지은이 김조광수 · 김승환
펴낸이 김성실
기획편집 이소영 · 박성훈 · 김진주 · 채은아 · 김성은 · 김선미
마케팅 곽홍규 · 김남숙
제작 한영문화사
펴낸곳 시대의창
출판등록 제10-1756호(1999. 5. 11)

초판 1쇄 발행 2015년 6월 15일

주소 121-816 서울시 마포구 연희로 19-1 4층
전화 편집부 (02)335-6125, 영업부 (02)335-6121
팩스 (02)325-5607
이메일 sidaebooks@daum.net

ISBN 978-89-5940-555-8 (03810)

© 김조광수 · 김승환, 2015, Printed in Korea

책값은 뒤표지에 있습니다.
잘못된 책은 바꾸어드립니다.
무단 전재와 복제를 금합니다.

이 도서의 국립중앙도서관 출판시도서목록(CIP)은
서지정보유통지원시스템 홈페이지(http://seoji.nl.go.kr)와
국가자료공동목록시스템(http://www.nl.go.kr/kolisnet)에서 이용하실 수 있습니다.
(CIP제어번호: CIP2015014593)

광수와 화니 이야기

"모든 사랑엔 용기가 필요해"

김조광수·김승환 지음

시대의창

광수 이야기

화니 이야기

어느 멋진 날

신혼여행을 떠나다

광수 이야기

PROUD

이사 온
형제

어릴 때 내가 살던 동네는 작은 집들이 다닥다닥 붙어 있는 서울의 변두리였다. 내가 다닌 초등학교는 지대가 낮은 곳에 있었는데, 학교 주변의 집들은 꽤 크고 넓었다. 정원이 있는 이층집도 여러 채 있었다. 다른 집들도 마당 정도는 갖추고 있었다. 하지만 우리 동네는 그보다는 위쪽에 있었다. 우리 동네는 산중턱쯤이었는데, 가까운 곳에 버스가 다니는 이 차선 도로가 있어서 가게가 많이 들어서 있는 곳이었다. 우리 동네엔 마당이라고 하기에는 뭣하지만 수도가 있는 작은 공간 정도는 있는 집이 많았다. 방이 두 개 정도 있는 작은 집에 대여섯 식구 정도가 옹기종기 살고 있는 경우가 대부분인 동네였다. 옆집 부부가 언제 밤일을 치렀는지 알

정도로 비밀이 없었고 정이 많은 동네였다.

우리 집에서 멀지 않은 곳에 있던 같은 반 친구 집 문간방에 이십 대 형제가 월세를 얻어 이사를 왔다. 형제는 선한 얼굴에 성격은 깔끔하고 싹싹했다. 두 사람의 스타일은 약간 달랐다. 형은 힘 좋은 '돌쇠' 스타일로 키는 크지 않았지만 듬직한 사람이었고, 동생은 샤프한 느낌에 키도 큰 편이고 옷맵시도 좋은 '엄친아' 타입이었다.

두 사람이 이사를 오면서 동네가 들썩이게 되었다. 나이 있는 아줌마들은 형에게, 젊은 아가씨들은 동생에게 눈길을 주며 들뜬 표정을 숨기지 않았다. 특히 동네 아줌마들의 형에 대한 애정 공세는 남달랐다. 김치를 담그다가 양 조절에 실패해서 많이 담았다며 통에 김치를 수북이 담아 가져다주거나 값이 너무 싸서 많이 샀다며 과일을 가져다주는 식으로 이것저것 챙겨주기 일쑤였다. 그 형제가 사는 방 앞 툇마루엔 먹을거리가 끊이질 않았다. "사위 삼고 싶다"는 아줌마들이 늘어나면서 급기야 중매에 나서는 이들이 있을 정도였다.

대기업 신입 사원인 형은 아침 일찍 출근했다가 밤늦게 들어오는 날이 많았고 쉬는 날도 많지 않은 바쁜 사람이었다. 그에 반해 이른바 명문대에 다니는 동생은 생김새에 걸맞게 '범생' 스타일이었다. 밤늦게 다니지도 않았고 집과 학교를 오가며 열심히 공부하는 사람이었다. 형제는 동네 사람 누구에게나 잘 대해서 아이들도 형, 형 부르면서 잘 따랐다.

이사 오고 두어 달이 지났을 때 대학생 형이 동네 아이들에게 싼값에 그룹과외를 해주겠다고 해서 내 친구를 포함해 동네 아이 여럿이 과외를 받게 되었다. 친구 덕분에 나도 거기에 끼었고 그러면서 그 대학생 형과 친해졌다. 우리는 일주일에 두 번 정도 함께 공부했다. 형은 과외가 없는 날에도 찾아가서 물으면 잘 가르쳐주는 다정한 사람이었다. 가끔은 아이들과 어울려 다방구 같은 놀이도 함께 했다. 대학생 형이 과외를 해주면서 아이들의 성적이 오르자 동네 아줌마들의 그 형제에 대한 애정은 더 깊어갔다.

그런데 어느 날 그 형제가 야반도주하듯 떠나버렸다. 과외를 받는 우리들에게도 마지막 수업은커녕 말 한마디 없이 떠났다. 아이들에게는 적잖은 상처였다. 우리는 특히 대학생 형을 많이 좋아했고 그 형도 우리를 좋아한다고 생각했기 때문이었다. 우리가 보낸 애정을 그 형이 받아주지 않은 것 같은 속상함에 형제가 떠나고 한동안 아이들은 우울했다.

그들이 떠나고 일주일쯤 지난 뒤였다. 우리 집에 동네 아줌마들이 모여 여느 때처럼 수다꽃을 피우고 있었다. 난 우연히 "호모들!"이라는 소리를 들었다. 그랬다. 그들은 형제가 아니었고 형제로 위장한 호모 커플이었다. 한밤중에 수돗가에 나간 내 친구 엄마가 "그 호모들의 방"에서 나오는 이상한 신음 소리를 듣고 방문을 벌컥 열었을 때 그들이 끔찍한 모습으로 뒤엉켜 있었다고 했다. 더럽다, 역겹다는 얘기들이 쏟아졌다. 아이들이 볼까 두렵다는 말로 얘기는 정리되었다.

정 많던 우리 동네 사람들이 그들을 쫓아냈다는 것도 나중에 알게 되었다. 아줌마들이 돌아가고 엄마에게 호모가 뭐냐고 물었다가 제대로 된 대답도 못 듣고 야단만 맞았다. 어디서 그런 해괴한 소리를 들었냐고 묻는 엄마에게 아줌마들과 하는 얘기를 들었다고 했더니, 엄마는 그런 소리 한 적이 없다고 딱 잡아뗐었다. 오히려 어른들 얘기를 엿들었다고 꾸중했다. 궁금증을 참지 못하고 다음 날 선생님께 물었을 때는 "나쁜 짓하는 사람들이고 병 옮으니 가까이 하면 안 된다"는 답을 들었다. 더 이상 자세한 말씀을 해주지는 않았다. 어린 마음에, 착하고 다정했던 형이 더러운 병에 걸렸으면 병원에 가서 치료받을 수 있게 도와줘야 하는 게 아닌가 생각했다. 어른들이 왜 그들을 내쫓았는지 도무지 이해되질 않았다. 하지만 바른 대답을 해주는 어른을 만나지 못했다.

그 형들이 안쓰럽기도 하고 어디 가서 죽지는 않았을지 괜한 걱정을 하기도 했다. 그러다가 덜컥 형들과 친했던 내가 병에 옮은 건 아닌지에까지 생각이 미치자 두려운 마음이 들기도 했다. 하지만 다행히도 난 병을 옮지 않은 것 같았다. 그렇게 그들은 내 기억 속에서 서서히 잊혀갔다.

그들은 지금 어디서 어떤 모습으로 살고 있을까? 단지 동성애자라는 이유만으로 동네 주민들에게 내쫓긴 그들이 받았을 마음의 상처는 짐작하지 못할 만큼 컸을 게다. 이십 대 청년들이 감당하기에 너무 컸을 상처 탓에 그들은 서로를 할퀴었을까? 아니면 오히려 사랑이 더 돈독해져서 지금도 짝으로 함께 살고 있을까? 가끔씩 그들을 만나고 싶을 때가 있다.

올훼스의 창

내가 다니던 중학교에는 작은 뒷산이 있었다. 뒷산으로 불릴 만한 산이 있다는 건 도시 중학생에겐 큰 행운이 아닐 수 없다. 나무가 제법 울창한 그 산에는 작은 체육관이 있었다.

난 점심시간이나 방과 후에 뒷산에 자주 갔다. 가끔씩 몰래 담배를 피우던 고등학교 형들을 만나기도 했지만 주로 나 혼자였다. 뒷산으로 난 오솔길도 꽤 예뻤던 걸로 기억한다. 무엇보다 나를 사로잡은 건 체육관 뒤쪽에 난 작은 창이었다. 운동기구 같은 걸 넣어놓았음직한 작은 방에 달린 창이었는데 형형색색의 스테인드 글라스로 장식되어 예뻤다. 그 창을 바라보고 있으면 마냥 기분이 좋아졌다. 하지만 그 방은 굳게 잠겨 있어서 한 번도 들어가 보지는 못했다. 그랬기 때문인지도 모른다. 갖지 못했기 때문에 더 좋아했을 수도…….

중학교 삼 학년 5월쯤이었다. 하늘이 유난히 파랬다. 아카시아 향기가 진동하는 그 뒷산에 올라 작은 창을 바라보며 행복해하고 있었다. 그런데 창이 열리며 한 아이가 얼굴을 내밀었다. 해성이었다. 아! 저 아이가 어떻게! 해성이는 우리 반 아이였다. 그는 나보다 더 피부가 하얗고 손가락도 훨씬 길고 눈도 더 까만 아이였다. 게다가 그 아이의 이름은 바다 해, 별 성. Sea Star, 바다의 별. 광수라는 이름과는 비교도 할 수 없는 이름을 가진 그런 아이. 그 날 해성이는 순정만화에서 똑 떨어져 나온 것처럼 보였다. 그리고 내 맘에 쏘옥 들어왔다. 얼굴을 내민 해성이도 창을 바라보던 나도 누굴 만나리라고는 생각하지 못했기 때문에 둘은 잠깐 놀랐고 한참을 마주 보았다.

그날 밤 난 열병을 앓았다. 마치 홍역을 앓듯 열이 잔뜩 올랐다. 다음 날도 그다음 날도 난 학교에 가지 못할 정도로 아팠다. 그리고 그다음 날 친구가 왔다는 엄마의 말에 설마설마했는데, 해성이었다. 선생님께 주소를 물어 찾아왔노라 말하며 수줍게 웃는 해성이의 얼굴이 빛났다. 그리고 그 아이가 손에 든 황도 통조림. 아, 이렇게 사랑을 시작하게 될 줄은 몰랐다. 일기장 빼곡히 그 아이의 이름을 채우고 나서야 잠이 드는 날이 많아졌다.

며칠을 망설이다가 고백했다. 나는 니가 좋다고. 그 아이의 얼굴도 제대로 보지 못하고 내 신발 끝만을 보면서 대답을 기다렸다. 콩닥콩닥. 몇 시간이 흐른 것마냥 긴 기다림 끝에 답을 들을 수 있었다. 나도 니가 좋아. 그런데 덧붙이는 한마디. 나 일주일 있으면 호주로 이민 가.

어쩌지? 이제 막 첫사랑을 시작한 소년들에게 주어진 시간이 일주일이라니! 하늘이 야속했지만 어쩔 수 없었다. 남은 일주일이라도 행복하게 지내는 수밖에. 생각할 것도 없었다. 체육관의 예쁜 창이 있는 방으로 손잡고 뛰어갔다. 문을 여는 건 의외로 쉬웠다. 해성이는 이것저것 여러 도구가 달린 칼(나중에 그것이 잭나이프라는 걸 알았다)로 단번에 잠긴 문을 여는 신기(?)를 보여주었다. 으쓱하는 어깨까지 해성이가 그렇게 멋질 수가 없었다. 여러 운동기구가 들어 있을 것 같았던 방에는 매트리스만 잔뜩 쌓여 있었다. 유도부가 훈련할 때 쓰는 거라고 했다. 창가에는 작은 책상이 하나 있었다. 해성이는 그걸 딛고 밖을 내다보다가 나를 보았던 것이다. 해성이는 내게 이렇게 말했다. 우리는 삼 학년 초에 같은 반 학생으로 배정받았지만 만난 건 5월 아카시아 향기가 가득했던 날, 이 창을 통해서라고. 우리는 그 창에 이름을 붙였다. 우리 둘 만의 이름을. 눈을 감았다. 시간이 멈추게 해달라고 빌었다.

그리고 일주일. 등하교를 같이 했고 점심도 같이 먹었다. 우리 집에서 삼 일, 해성이의 집에서 삼 일을 같이 보냈다. 해성이가 한국을 떠나는 날, 난 공항에 가지 못했다. 엄마에게 떼를 썼지만 엄마는 내게 학교에 가야 한다고 했다. 그때는 공항까지 가는 버스가 없었다. 어린 내가 공항에 갈 수 있는 방법이란 없었다. 아침부터 전화통을 붙들고 한참을 울었던 기억이 새록새록하다.

해성이가 떠나고 체육관 예쁜 창을 자주 찾았다. 그 아이는 여전히 그 방에 있었다. 이미지도 소리도 체취도. 하지만 시간이 흐를수록 그 아이는 희미해져갔고 내가 그 방을 찾는 횟수도 줄어들었다. 학교를 졸업하면서는 마침내 이별했다.

그렇게 잊힌 예쁜 창을 다시 만난 건 고등학교 이 학년 때였다. 일본 만화 《올훼스의 창》. 올훼스의 창에서 만나 사랑에 빠지는 유리우스와 클라우스 그리고 이자크. 끝내 비극적인 엔딩을 맞는 그들의 사랑 이야기는 나를 사로잡았다. 그리고 우습게도 난 '올훼스의 창'을 통해 나의 수줍은 첫사랑을 전설의 반열에 오르게 하는 엄청난 짓을 저질렀다. 난 어느새 유리우스가 되었고 해성이는 때로는 클라우스로 때로는 이자크로 등장했다. 지금 생각하면 손발이 오그라드는 말도 안 되는 동일시이지만 열일곱의 꿈 많은 게이 소년에게는 그 헛된 짓마저도 행복이었다.

그 이후로 해성이를 만나지 못했다. 소식도 전혀 듣지 못했다. 호주로 이민을 가서 잘 살고 있는지, 한국으로 돌아왔는지 알지 못한다. 한때 '아이러브스쿨'이라는 이름의 친구 찾기 사이트가 유행할 때, 혹시나 하는 마음으로 해성이의 소식을 찾아봤지만 우리는 연결되지 않았다.

그렇게 만나고 그렇게 헤어졌기 때문일까? 해성이에 대한 기억은 항상 아련하다. 해성이가 호주로 떠나지 않았더라도 우린 해피엔딩을 맞지 못했을 것이다. 세상의 편견에 맞서기에 우린 너무 어리고 또 여렸으니까. 해성이가 호주로 떠난 게 어쩌면 다행이었는지도 모른다. 상처를 주고받는 아픈 사랑은 하지 않았으니까.

아주 가끔씩 그의 까만 눈이 생각나면 혼자 슬며시 웃음 짓는

다. 이제는 중년의 나이가 된 그는 여전히 눈이 까맣고 예쁠지 모르겠지만 내 마음속에 그는 열다섯이다. 그가 행복하게 살기를 기도한다.

사랑은 100°C

나는 이남 이녀 중 둘째아들이다. 내 위로 형이 하나 있고 아래로 여동생 둘이 있다. 아버지와 어머니를 포함해서 '남 셋 여 셋'인 우리 집은 남과 여로 짝을 지어 많이 놀았다. 명절 때는 청백전을 벌이기도 했고 어디를 갈 때도 남 셋 여 셋이었다. 특히 목욕탕에 갈 때는 여섯 식구가 손에 목욕 도구 하나씩 들고 동네를 누볐다. 우리 부모님 두 분은 목욕하는 걸 아주 좋아하셔서 매주 일요일이면 아침 먹고 곧장 목욕탕행이었다. 지금이야 집집마다 욕실 딸린 집이 많고 겨울에도 더운 물이 펑펑 나오기 때문에 굳이 목욕탕을 가지 않아도 문제없지만 내가 어렸을 때는 샤워는 언감생심 꿈도 못 꾸던 시절이었다. 그렇다 해도 매주 목욕탕에 가는 건 없는 살림에 사치에 가까웠다. 하지만 우리 부모님에게 목욕은 큰 낙이었다. 나도 부모님을 닮았는지 목욕을 좋아해서(난 지금도 매주 목욕탕에 간다. 집에서 샤워하는 것과는 기분이 다르다) 아버지 따라 목욕탕에 가는 걸 즐겼지만 형은 달랐다. 형은 무슨 이유인지 목욕하는 걸 정말 싫어했다. 형은 늘 이런저런 핑계를 대고 빠지려고 얕은꾀를 부리다가 아버지에게 꿀밤을 먹고 목욕탕에 끌려가기 일쑤였다.

열일곱이 되던 해 겨울이었다. 아버지께 급한 볼일이 생겨서 형과 내가 둘이 목욕탕에 가게 되었다. 형은 "엄마에게 이르면 죽어"를 날리며 목욕비를 들고 만화방으로 튀었다. 그렇게 난 혼자 목욕탕에 갔는데 그날따라 사람들이 많지 않아 등의 때를 어떻게 밀지가 걱정이었다. 혼자 구석에 앉아 때를 밀고 있을 때 때밀이(요즘은 세신사로 불리지만 그때는 그렇게 불렀다) 형이 옆에 오더니 때를 밀어주겠다고 했다. 난 혼자 할 수 있다고 했는데, 이 형이 계속 자기가 때를 밀어주겠다고 했다. 내가 돈도 없다고 말했더니 글쎄, "그냥 밀어줄게"라고 하는 거다. 공짜라는 말에 혹해서 생전 처음으로 때밀이 침상에 누웠다. 때밀이 형의 손길은 정말 남달랐다. 아버지의 억센 손길과도 달랐고 형의 대충 얼버무리는 손길과도 달랐다. 처음으로 느끼는 때밀이의 손길에 넋을 놓고 있다가 알았다. 때밀이 형의 손이 나의 성감대를 자극하고 있다는 것을. 나도 모르게 흥분하여 아랫도리가 커져버렸고 부끄러운 마음에 손으로 아랫도리를 감추고 때밀이 형을 쳐다보았다. 그는 사람 좋은 웃음을 짓고 있었다. 그런데 아뿔싸 그의 작업복 팬티 한가운데가 불쑥 솟아 있는 게 아닌가.

때밀이 형은 나를 유혹해 100°C의 뜨거운 사우나로 데려갔고 그곳에서 펠라티오를 해주었다. 내 생애 첫 섹스였다. 펠라티오는 손으로 하는 자위와는 차원이 달랐다. 사우나 밖 탕 쪽에는 사람들이 여럿 있어서 누가 볼까 두려웠지만 나는 때밀이 형이 해주는 펠라티오에 빠져들었다. 어쩌면 위험했기 때문에 더 빠져들었는지도 모른다. 솔직히 때밀이 형은 내 타입이 아니었다. 인상이 선했고 잘 웃는 모습이 보기 좋았지만 성적인 매력이 느껴지지는 않았다. 그런데 왜 그날 때밀이 형과 그런 일을 벌이게 된 건지 모르겠다. 그날 이후 때밀이 형이 해준 펠라티오가 자꾸 생각났지만 생각하는 것만으로도 큰 잘못을 저지르는 것만 같아 이내 고개를 절래절래 흔들었다.

난 그때 짝사랑하는 같은 학교 다른 반 아이가 있었는데, 그에게 사랑 고백은커녕 말도 잘 못 붙이고 있었다. 하루는 그 아이를 우연히 화장실에서 보았다. 그 아이는 다른 아이들과 일명 '빨간 책'으로 불리던 포르노 잡지를 보며 키득거리고 있었다. 그러다가 나를 보더니 "너도 이리 와서 같이 보자"고 했다. 호기심에 아이들 틈에서 책을 보던 나는 책 속에 있는 벌거벗은 여성들에겐 관심이 가지 않았다. 나는 그걸 보고 흥분한 그 아이의 앞섬을 보며 흥분해갔다. 그런데 갑자기 그 아이가 흥분한 내 성기 크기를 보겠다며 바지를 벗기려고 했다. 내가 거부하자 다른 아이들까지 합세해서 내 바지를 벗겼다. 짝사랑하는 아이 앞에서 벗겨진 꼴이라니! 나를 둘러싸고 낄낄거리던 아이들, 그때의 수치심을 아직도 잊을 수가 없다.

그날 그렇게 희롱당하고 집으로 돌아오는 길에 목욕탕 앞을 지났다. 왜 그랬는지 나는 목욕탕에 들어가서 때밀이 형을 찾았고 사우나에서 또 펠라티오 섹스를 했다. 그날 이후 나는 때밀이 형에게 자꾸만 빠져들었다. 아니, 그의 펠라티오에 빠져들었다고 해야 맞는 것 같다. 혼자 목욕탕에 가려고 꾀를 내었고 급기야 평일 방과 후에 목욕탕을 찾는 일도 있었다. 그때마다 때밀이 형은 어김없이 나를 흥분시켰다. 사춘기 게이 소년의 열병이었다.

그러던 어느 날, 그날도 혼자 목욕탕에 갔다. 옷을 벗고 탕으로 들어가려는데 탕 쪽이 아주 시끄러웠다. 욕설도 들렸고 누군가를 때리는 소리도 들렸다. "호모 새끼!" 그랬다. 호. 모. 새. 끼. 등에 문신을 잔뜩 한 덩치 큰 양아치의 입에서 '호모 새끼'라는 단어가 수도 없이 쏟아져 나왔다. 때밀이 형이 그에게 맞고 있었다. 짐작컨대 내게 그랬던 것처럼 양아치에게 하다가 생긴 난리였으리라. 나의 눈과 때밀이 형의 눈이 마주쳤다. 때밀이 형은 내게 도와달라는 메세지를 보냈다. 난 덜컥 겁이 났다. 내가 도와주겠다고 나서면 "너도 호모지?"라고 달려들어 나도 맞을 것만 같았다. 난 때밀이 형을 뒤로하고 주섬주섬 옷을 입고 도망쳤다. 누가 따라오지 않았지만 골목길을 내달렸다. 그날 밤 부끄러운 마음과 미안한 마음과 평생 '호모 새끼'라는 말을 들으며 살아갈 것만 같은 두려움에 시달리며 서럽게 울었다.

그리고 며칠 뒤 미안한 마음을 전하려 목욕탕에 찾아갔지만 때밀이 형은 보이지 않았다. 그만두었는지 아니면 잘렸는지 모르겠지만 그는 떠나고 없었다. 어떻게 된 건지, 어디로 갔는지 물어볼 용기도 없었다. 도와주지 못해서 미안하다고 얘기하고 싶었지만 지금까지도 그를 만나지 못했다.

이 이야기를 바탕으로 〈사랑은 100°C〉라는 시나리오를 써서 단편영화로 만들었다. 대단한단편영화제 개막작으로 초대되어 처음 상영했고 스페인의 마드리드에서 열린 MIMI LGBT 단편영화제에서 감독상을 받았다.

우울한 사춘기

지금의 나를 아는 사람들은 고개를 갸우뚱할지도 모르지만 난 우울한 아이였다. 초등학교를 다닐 때까지만 해도 친구들과 잘 뛰어노는 명랑한 아이였던 내가 우울한 아이로 변하게 된 건 다 내가 남자를 사랑하는 남자, 게이라는 걸 깨달았기 때문이다. 사춘기, 누구에게나 예민하다는 그 시절, 어떤 이는 질풍노도의 시기라고 말한 그 시절에 친구들과는 너무나 다른 아이라는 걸 알게 된 나는 급격하게 우울해졌다. 사춘기를 밝게 보내지 못한 가장 큰 이유는 내가 게이라는 걸 쉽게 인정하지 못했기 때문이다. 친구들이 자기와는 다른 성에 눈 뜨며 어른이 되어가는 과정을 거칠 때, 난 같은 성에게 끌리는 사실에 당혹했고 남들이 그 사실을 알게 될까 두려워 움츠러들었다. 스스로도 인정할 수 없는 정체성을 갖고 살아야 한다는 건 사춘기 소년에게 참으로 가혹한 일이었다.

난 친구가 꽤 많은 편이었다. 초등학교와 중학교를 함께 다닌 동네 친구도 많았다. 이른바 '불알친구'라 말할 수 있는, 아니 말 그대로 불알을 드러내고 함께 뛰놀던 녀석들이다. 뭘 해도 하나도 쑥스럽지도 창피하지도 않을 만큼 친밀한 놈들이었다. 그 녀석들에게도 말할 수 없는 비밀이 생겨나면서 친구들과 사이가 벌어지기 시작했다. 그러면서 혼자 있는 시간이 많아졌다.

학교를 마치고 곧장 집으로 가지 않고 버스를 탈 때가 많았다. 학교 앞 이십 번 버스는 돈암동과 퇴계로를 거쳐 서울역으로 갔다. 거기서 차를 돌려 왔던 길을 되돌아 우이동 종점으로 갔다. 버스 요금 한 번으로 두 시간 정도를 탈 수 있어서 좋았다. 우이동 종점에서 우리 집까지 또 두 시간 정도를 걸어야 했지만 거의 매일 그렇게 보냈다. 혼자 우두커니 차창 밖을 보았고 또 혼자 걸으며 공상에 빠졌다. 어떤 날은 학교에 가지 않고 하루 종일 버스를 타고 서울 곳곳을 여행하기도 했다. 결국 친구도 없는 외톨이가 되었고 성적은 형편없이 떨어졌다. 외로웠지만 더 외로운 곳으로 나를 몰아붙였다. 어차피 나는 평범한 사람들과는 어울릴 수 없는 존재라는 생각에 스스로를 벌주었다. 그렇게 벌을 준 날은 쉽게 잠을 잘 수가 있었다. 백오십 센티미터도 안 되는 작은 소년이 그렇게 사춘기를 보냈다.

누구에게든 털어놓고 상의하지 그랬냐고 얘기해주고 싶을 것이다. 맞는 말이다. 숨기고 괴로워하지 말았어야 했다. 그런데 누가 있었을까? 선생님께 얘기하면 괜찮았을까? 친구들에게 털어놓았으면 좋았을까? 아니면 부모님과 상의했으면 풀렸을까?

시도를 안 해본 건 아니었다. 초등학교 때, 선생님께 호모가 무엇인지 물은 적이 있었다. 돌아온 답은 "나쁜 짓하는 사람들이고 병 옮으니 가까이 하면 안 된다"였다. 중 삼때는 '사랑의 전화'라는 곳에 전화로 문의하기도 했다. 몇 번을 전화했다가 끊고 다시 전화한 끝에 떨리는 목소리로 동성 친구를 좋아하고 있다는 말을 했다. 전화기 너머에서는 "그러면 안 된다. 나쁜 짓이다. 여자 친구를 사귀어봐라. 교회 다니면 고칠 수 있다"는 얘기를 했다. 나는 치료받아야 하는 사람, 나쁜 짓 하는 사람이 되어버렸다. 어디서 옮은 건지 모르는 내 병이 싫었고 그걸 또 남에게 옮길까 봐 두려웠다. 손을 잡아줄 사람이 필요했지만 더는 얘기할 사람이 없었다. 사랑의 전화 선생님이 일러준 대로 교회에 나가 병을 고치려고 해보았다. 주일마다 교회에서 열심히 기도했다. 새벽 기도에 나가기도 했다. 그러나 주님께 간절히 매달리면 고쳐질 거란 생각은 성가대를 하는 잘생긴 교회 오빠를 좋아하게 되면서 산산이 부서졌다. "주님은 왜 내 병을 고쳐주시지 않고 또 나를 시험에 빠뜨리시는지 몰라!" 더 힘들기만 했다. 결국 교회에 발길을 끊었고 더 우울한 소년이 되어갔다.

고등학교 진학은 내게 기회였다. 새로운 학교에서 새로운 친구들을 만났다. 그중 한 녀석이 나를 좋아해주었다. 나 말고도 동성을 사랑하는 사람이 있다는 사실이 큰 위로가 되었다. 동성애는 여전히 비밀로 해야 하는 것이었지만 그 비밀을 나눌 수 있는 친구가 생긴 덕분에 나는 수렁에서 조금씩 헤어날 수 있었다.

여전히 우울한 사춘기를 보내는 성소수자 청소년들이 있다. 그들이 나처럼 스스로를 벌주고 괴로워하지 않기를 바란다. 학교가, 선생님이, 친구가 그에게 손을 내밀어주면 좋겠지만 여전히 벽은 높기만 하다.

반줄

반줄이라는 '음악다방'이 있었다. 스타벅스나 커피빈 같은 커피 전문점에 익숙한 요즘 청년들은 음악다방이라고 하면 잘 모르겠지만 나와 같은 사십 대에게는 추억의 장소다. 〈너는 내 운명〉에 등장하는 시골 다방과도 사뭇 다르다. 〈번지 점프를 하다〉에 나온 것 같기도 하고…… 아, 〈써니〉에 나온다. 맞다. 홀 중앙에 디제이 박스가 있고 그 안에 들어앉은 디제이가 음악을 골라 틀어주는 식이다. 음악다방은 다른 다방과 달리 사람을 만나는 목적 외에 좋은 음악을 들으려는 목적도 있기 때문에 손님 대부분이 음악을 신청한다. 디제이는 자신이 고른 곡과 손님 신청곡을 적절히 섞어서 틀어주었다.

'반줄'은 종로 2가 YMCA 건너편(옛 코아아트홀 건물 지하)에 있었는데, 80년대 종로에 드나든 젊은이라면 누구나 한 번쯤은 가봤을 정도로 꽤나 유명한 곳이었다. 유명한 음악다방의 디제이는 그 인기도 높아서 팬들을 달고 다녔다. 디제이가 다방을 옮기면 팬들도 따라서 옮겨 다녔다.

반줄에도 인기 디제이가 많았다. 인기 디제이가 되려면 음악도 많이 알아야 하지만 무엇보다 외모가 좋아야 했다. 예나 지금이나 꽃미남을 선호했던 것. 지금은 몸매나 다리, 신체 비율 등도 보지만 80년대엔 주로 얼굴을 보았다. 반줄에도 몇몇 꽃미남 디제이가 있었고 손님들은 자신의 취향에 따라 좋아하는 디제이가 일하는 시간에 다방을 찾곤 했다. 물론 내가 좋아하는 꽃미남 디제이도 있었다. 한때 그를 너무 좋아했지만 지금은 이름도 잊어버렸다. 내가 좋아한 그 미남은 프라임타임(저녁 일곱 시 이후부터 마칠 때까지)에 일하고 있어서 팬이 아주 많았다. 고로 꽤나 미남이라는 말씀.

난 반줄에 대학 일 학년 때 같은 과 여자 친구 둘과 주로 다녔다. 일주일에 두 번 이상은 간 것 같다. 나와 동행한 여자 친구들은 음악을 들으러 갔지만 솔직하게 고백을 하자면 난 미남의 얼굴을 보러 갔었다. 이 학년이 되어서는 학생운동에 매진하느라 음악다방도 디스코텍도 모두 끊었다. 그때는 그랬다. 조국과 민중을 위해서라면 개인의 취미쯤은 간단히 버릴 수 있었다.

암튼 그 미남은 꽤 많은 여자 팬을 거느렸고 난 그의 유일한 남자 팬이었다. 디제이가 잘 보이는 자리는 항상 차 있어서 그 자리를 차지하느라 쟁탈전이 벌어지기도 했다. 나 또한 쟁탈전의 한무리에 속해 있었다.

반줄에 다닌 지 반년쯤 되던 그러니까 대학 일 학년 이 학기 초쯤이었다. 난 당시에 김수희의 〈마지막 포옹〉이라는 노래를 좋아해서 매번 그 노래만 신청했다. 반줄은 그 노래와는 좀 다른 분위기였다. 그 노래가 나오면 사람들이 인상을 좀 쓰고 그랬는데(왜 그랬는지는 노래를 들어보면 안다) 난 아랑곳하지 않고 계속 신청했다. 그 '미남께서는' 신청할 때마다 바로 틀어주고는 했다. 하루는 노래를 신청하고 기다리는데 그 미남이 노래를 틀어주면서, "이 노래 신청하신 분, 오늘 시간 있으시면 맥주 한잔할까요?" 하는 게 아닌가?

사람들은 미남의 말에 웅성거렸고 그 대상이 누구인지 궁금해했다. 나와 동행한 여자 친구들은 나더러 좋겠다며 놀려댔다. 당시에는 동성애자에 대한 인식이 없던 편이었다. 그렇게 미남에게 애정을 보였지만 내가 게이인지 눈치 채는 이들이 별로 없었다. 암튼 뛸 듯이 기쁜 나는 미남의 일이 끝나기를 기다렸다. 여자 친구들은 먼저 집으로 가고 반줄에는 나와 다른 테이블의 여성 네댓이 남아 있었다. 미남과 데이트를 한다는 기쁨도 있었지만 무엇보다 그의 반응이 궁금했다. 그는 나를 알까? 내가 남자인 걸 알까?

미남의 일이 끝나고(다방이 문을 닫고) 디제이박스를 나서는 그가 빛났다. 그는 키도 크고 정말 미남이었다. 미남이 어디로 움직이는지 남아 있는 여자들의 눈이 그를 쫓았다. 미남은 곧장 내게 걸어왔다. 여자들에게 눈길을 주지 않은 채로 말이다. 내 가슴은 터질 것처럼 마구 뛰었다. 미남의 눈을 똑바로 볼 수 없었다. 그가 너무 빛났기 때문이다. 왜 그런 거 있지 않나? 하이틴 로맨스 영화를 보면 주인공 주변이 막 빛나는 거. 그 유치한 장면에서처럼 미남도 빛났다. 내 가슴이 너무 뛰어서 그걸 미남에게 들킬까 봐 그를 쳐다볼 수 없었다. 어느새 미남은 내 앞에 와 있었다.

"늦은 시간인데 괜찮아요?"

미남의 목소리는 디제이박스 밖에서도 청량했다. 당시에 제일 잘나가던 라디오 디제이가 〈밤을 잊은 그대에게〉의 배한성(김기덕, 이종환, 김광환 등이 여전히 인기였지만 그다음 세대로 배한성, 송승환 등이 주가를 높이고 있었다)이었다. 미남의 목소리는 배한성이 질투할 정도였다. 물론 나만의 생각일 가능성이 높다.

이제 미남의 눈을 보아야 했다. 가슴은 더 뛰었다. 눈을 들었다. 미남의 맑은 눈이 나를 보고 있었다. 난 떨어질 것 같지 않은 입을 떼었다.

"집에 전화했어요. 친구 집에서 자고 간다고……."

아뿔싸, 자고 간다니. 이 말이 왜 나왔을까? 미남이 웃었다. 그의 하얀 이가 드러나는 순간 난 눈을 내리 깔았다. 부끄러웠다. 얼굴이 빨개지고 그냥 도망칠까 생각했다.

"난 재워줄 순 없는데……."

미남이 농담으로 웃으며 말했다. 무슨 말이든 해야 했다. 그건 오해라고, 나 그렇게 헤픈 사람 아니라고……. 그리고 실지로도 학교 앞에서 자취하는 친구 녀석의 집에 가기로 했다. 지금 생각하면 우습지만 순간적으로 난 내가 헤픈 사람으로 비치는 게 싫었다. 요즘은 '원 나잇 스탠드'가 별 거 아닐지 몰라도 80년대에 원 나잇은 속칭 '걸레(마초들이 성생활에 자유로운 여자들을 걸레라고 부르며 혐오한 시절이다)'들이나 하는 짓이었다. 생각하면 정말 코웃음 칠 얘기지만 말이다.

"저, 늦게 친구 집에 가기로…… 거기서 자기로 했어요. 그리고 저 그런 사람 아니에요."

"그런 사람?"

"그러니까 그쪽에서 생각하는 그런 사람이요."

예기치 않은 방향으로 얘기가 흘러갔다. 이건 아닌데 싶은 생각이 들 때 미남이 말했다.

"어쨌든 일단 나가죠."

미남이 앞섰고 내가 뒤따랐다. 다방을 나서면서 뒤를 돌아보았을 때 나를 원망하는 그리고 이 상황이 뭔지 모르겠다는 복잡한 눈빛의 여자들이 보였다. 난 속으로 그네들에게 승리의 브이 자를 보냈다. 가여운 저 여인들은 우리가 나간 후 눈물을 떨구리라. 그녀들이 가여운 만큼 난 우쭐댈 수 있었다. 그게 인생이었다. 어린 내가 아는 인생.

"집이 어디에요?"

이제부터 호구조사 시작인가? 집이 어딘지, 식구가 몇인지, 어느 학교 다니는지…….

"왜요? 여기서 멀지 않아요. 미아리요."

"어떻게 하나? 난 집이 멀어요. 신장(하남시)이에요. 천호동 쪽에서 술 마시면 좋은데…… 거긴 너무 멀죠?"

"아니에요, 학교 앞에 사는 친구 집에 가기로 했어요. 천호동 괜찮아요."

놓치고 싶지 않았다. 오늘만 날이 아니지만 오늘 같은 날이 또 온다는 보장도 없었다.

"학교 앞? 어딘데요?"

"한양대 다녀요."

"그래도 꽤 먼데…… 정말 괜찮아요?"

"네, 괜찮아요. 택시비 있어요."

때마침 전날 과외비를 받은 게 있었다.

"그럼 얼른 버스 타죠."

그렇게 말하고는 성큼성큼 버스 정류장으로 향했다. 말을 시작하니까 가슴이 진정되었다. 때때로 미남의 눈과 입술이 나를 까마득한 곳으로 데려가곤 했지만 디제이박스를 나올 때보다는 한결 나았다. 영화 속에서 현실로 나온 것과 같다고나 할까? 버스를 탈 때까지 미남은 말이 없었다. 그렇다고 내가 먼저 말을 걸 수도 없었다. 버스가 오고 자리에 앉기까지 십 분여가 너무 길고 아득했다. 미남을 똑바로 볼 수도 없고 다른 곳만 계속 볼 수도 없고 난감했다. 왜 이러지? 난 완전히 주도권을 잃고 미남에게 끌려갔다. 그러나 그럴 순 없었다. 자존심이 허락하지 않았던 것은 물론이거니와 미남의 페이스에 끌려간다면 내가 어떻게 될지 모르니까. 게다가 미남은 게이가 아닐 수도 있기 때문에 나만 상처받을 수도 있었다. 자리에 앉자마자 내가 먼저 말을 꺼냈다.

"날 알고 있었어요?"

"그럼요, 매번 같은 노래 신청하는 사람, 그리 흔하지 않아요. 게다가 김수희라니……."

"김수희가 어때서요?"

"그 노래, 반줄에서 신청하기는 좀 그렇잖아요?"

"그래도 매번 틀어주셨으면서……."

"훗, 귀여우니까. 처음엔 이런 노래를 누가 신청한 건지, 어디 얼굴이나 좀 보자, 그런 생각이었는데, 노래 틀고 보니까 바로 보이더라구. 아, 저 귀여운 남자 애구나. 노래랑 매치가 안 되는 얼굴이더라구요. 근데 다음에 와서는 또 신청하고…… 또…… 그러니까 궁금해지던데? 계집애처럼 예쁘장한 애가 왜 이런 뽕짝을 그것도 구슬픈 뽕짝을 좋아하는지."

어느새 미남은 슬쩍 말을 놓고 있었다.

"아저씬 몰라도 돼요. 나만의 슬픔 같은 게 있다구요. 그리고…… 말, 까지 마요."

나를 보며 미남이 한참을 웃었다.

"기분 나빴어—요? 그럼, 나한테 왜 아저씨라고 해? 아저씨라고 해놓고는 말 까지 말라니. 앞뒤가 안 맞잖아? 난 첨에 고등학생인 줄 알았어."

내가 아무 말도 없이 뾰로통하게 있으니까 미남이 당황하는 얼굴이 되었다. 미남, 순진한 사람이었다.

"진짜 화난 거에요? 화나면 안 되는데…… 난 그냥 내가 나이가 더 많으니까…… 그래야 빨리 친해지잖아…… 형이라고 부르고 난 말 놓으면 안 될까?…… 첫 데이트부터 이러면 안 되는데…….”

헉, 뭔 소리야? 데이트? 그럼 이 남자도 게이? 순진한 꽃미남의 제안을 안 받아준다면 그건 ‘미소년’의 도리가 아니었다. 그렇게 미소년과 미남을 태운 버스는 천호동을 향했다.

한강의 야경이 나를 설레게 한다. 몇 안 되는 승객을 실은 버스와 출렁이는 강물, 멀리 보이는 강남의 불빛이 마치 여행이라도 떠나는 느낌을 들게 하는 밤이었다. 게다가 옆자리엔 미남 디제이까지 있으니 금상첨화가 따로 없었다. 나와 그를 태운 버스가 막 천호대교를 건넜다. 다리를 건너 좌회전을 한 버스가 갑자기 급정거했다. 끼이익! 브레이크 밟는 소리와 함께 몸이 앞으로 쏠렸다. 그와 동시에 그의 오른팔이 나를 받치고 그의 어깨가 앞좌석에 부딪혔다. 덜컹. 버스 전체가 앞으로 튕겨졌다가 뒤로 돌아오는 것 같았다. 미남의 오른팔은 마치 에어백처럼, 안전벨트처럼 나를 감싸고 있었다. 이 남자, 굉장히 근사하다.

늦은 밤 천호사거리는 꽤나 많은 사람으로 북적거렸다. 경기도 광주 등지로 귀가하는 사람들과 얼큰하게 취했으면서도 이 차, 삼 차를 하려는 듯 흥청거리는 사람들. 이 거리가 왠지 낯설지가 않았다. 미아리나 천호동, 거기서 거긴가? 그래, 그 유명한 이른바 집창촌이 있는 동네들 아닌가! 그러고 보니 어떤 남자든 잡아채는 포주 아줌마들이 눈에 띄었다. 첫 데이트치고는 낭만적이지 않은 거리를 걷는다는 생각이 들었다. 그러나 오늘은 어디든 판타지한 공간이다.

"포장마차 괜찮지?"

"첫, (데이트라더니) 겨우 포장마차예요?"

"왜, 포장마차 싫어?"

"아니, 싫다기보다는 왜 그런데 있잖아요. 강이 보이는 스카이라운지 같은데……. 난 뭐 그런 데라도 데려가려나 했죠."

"거기보다는 여기가 훨 낫지."

그가 데려간 포장마차는 여느 포장마차와 다를 바 없이 평범했다. 단골인 듯 들어서자마자 주인아주머니와 아는 체를 했다. 곰장어에 닭똥집이 푸짐하게 차려지고 소주병이 금방 비워졌다. 미남도 나도 긴장이 풀어지기 시작했다.

"오늘 왜 나한테 데이트하자고 했어요?"

"데이트? 데이트라……."

"흥, 뭐예요? 데이트라고 한 건 형인데?"

"데이트는 데이트지. 그냥 니가 궁금했어. 어떤 놈인지. 계집애같이 생긴 놈이, 고등학생인지 대학생인지…… 나이는 어려 가지고 이상한 노래 틀어달라고 하고, 왜 그런 노래 좋아하나 뭐 궁금도 하고, 같이 오는 여자들하고는 친한 거는 같은데 애인은 아닌 것 같고……. 뭐, 그런 거."

"형은 그런 거 없어요? 남들이 뭐라 해도…… 유치뽕이다 놀려도 상관없이 좋아지는 거, 그런 거 없어요? 난 그 노래가 그래요. 가사도 정말 유치한 뽕짝인데, 그냥 좋아요. 다 내 맘 같고……. 술 먹고 집에 가다가 혼자 그 노래 부르면서 운적도 많아요."

"나도 그런 거 있어."

술 탓인지 얼굴이 발그레해진 미남이 가방을 열어 뭔가를 꺼냈다. 삼립 크림빵이었다. 이 남자 은근히 귀엽다. 나이 어린 사람들은 모르려나? 둥근 빵 가운데 하얀 크림이 들어 있는 싸구려 빵이다. 요즘도 가끔 사 먹지만 맛이 예전 같지는 않다.

"난 이게 제일 맛있어."

쑥쓰러운 듯 웃는 그의 얼굴이 예쁘다.

"어, 나도 그 빵 젤로 좋아하는데."

"먹어볼래?"

우린 소주잔을 앞에 놓고 빵을 나눴다. 어울리지 않지만 우리는 즐거웠다. 그가 갑자기 눈을 똥그랗게 뜨면서 물었다.

"근데 그 노래가 왜 슬퍼? 어린 게 사랑 어쩌구…… 그 노래, 너랑 안 어울려. 다음부터는 안 틀어줄 거야."

"형은 사랑 해봤어요? 못 해봤죠? 난 해봤는데."

난 내 지난 사랑을 얘기했다. 첫 데이트에 지나간 사랑을 얘기하는 건 금기이지만 살짝 오른 취기가 나를 들뜨게 했는지 김수희 노래가 생각났는지 난 이미 떠들어대고 있었다.

"고등학교 때 우리 반 애였는데요, 나 좋다고 해놓고……. 흥, 내가 지 때문에 퀸을 버리고 아바를 그렇게 들었는데……. 이제 와서 나보고 뭐라 했는지 알아요? 글쎄 내가 여자가 아니라서 안 된대요. 내가 여자 아닌 거 이제 안 것처럼. 비겁한 놈이에요……. 나쁜 놈."

술이란 게 그랬다. 처음 만난 사람에게, 디제이박스에서 후광을 내비치는 미남에게 별소리를 다하게 만들었다. 급기야 난 눈물까지 떨어뜨렸다. 그랬지만 창피한 줄도 몰랐다. 아무 말 없던 그의 입술이 움직였다.

"미안해."

왜? 뭐가?

"나 비겁한 놈이야."

그는 사랑을 해본 적이 없는 순진 남이었다. 여자를 사귄 적도 없지만 남자를 사귄 적도 없다고 했다. 이유를 묻는 내게 그는 술을 마시고 침묵하는 것으로 대답을 대신했다. 그러고는 다시 또,

"미안해."

내게 미안할 것 없는데 그는 내게 미안하다고 했다. 술에 취한 미남은 예쁜 눈이 자꾸만 감기는지 아니면 사랑했지만 말 못 할 누군가를 생각하는지 한참 눈을 감고 있었다. "나한테 말해요. 내가 다 들어줄게요." 이렇게 얘기하고 싶었지만 말이 나오지 않았다. 한참 만에 눈을 뜬 그는 "나 정말 비겁해"라고 얘기하더니 내 손을 잡았다. 순간 어떻게 해야 할지 몰라 우물쭈물하고 있는 날 보며 미남, 헤벌쭉 웃었다.

"나 바보 같지?"

아뇨, 당신 바보 같지 않아요. 뽀뽀해주고 싶은 걸요. 맘은 그랬지만 난 그냥 손을 잡힌 채로 아무것도 하지 않았다. 그저 그렇게 있기만 해도 좋았으니까.

"너 참 귀엽다."

그의 풀린 눈이 나를 보며 웃었다.

"그걸 인제 알았어요?"

나도 참 가관이다. 남들이 들으면 어쩌나 싶었지만 소주를 탓해야지 뭐 별수 있겠나? 그렇게 우스운 짓거리를 천연덕스럽게 하고 있는데 아주머니가 호통쳤다. 시간 늦었으니 이제 일어나란다. 그러는 사이 시간은 흘러 새벽 두 시를 넘기고 있었다. 그제서야 미남, 정신이 드는지 고개를 흔들었다.

포장마차에서 나온 그는 길바닥에 앉아서 담배에 불을 붙였다. 나도 하나 달라고 하니까 미남이 노려보았다. 나도 대학생이라구요, 눈을 흘기니까 어거지로 하나 건넸다. 어느새 사람들의 발길이 뜸해져 있었다. 인적이 끊긴 대로변에서 피우는 담배 맛이 좋다고 느낄 때 그가 말했다.

"너, 우리 집에 갈래?"

망설였다. 이 남자, 어떤 사람이길래 처음부터 집에 가자고 하는 걸까? 머릿속이 복잡해지고 아무 생각도 안 났다. 뭘까?…… 뭘까? 미남, 나를 뚫어지게 보더니,

"복잡하게 생각하지 말구, 우리 집에 가자. 나, 오늘 너 데리고 갈래."

머리가 더 복잡해졌다.

"난 그냥 친구 집에……."

미남, 더 듣고 싶지 않다는 듯 나를 잡아끌었다. 마치 영화의 한 장면 같았다. 금방이라도 "오빠 못 믿어?" 같은 대사가 튀어나올 듯한.

"오늘은 그냥 친구 집에 갈래요."

힘주고 있는 미남의 손에서 내 손을 빼냈다. 미남, 순진한 얼굴

로 나를 쳐다보더니 딴에는 애절하게 말했다.

"오늘은 싫고 다음엔 되는 이유가 뭔데? 왜, 오늘은 안 되고 다음엔 되는 거냐구? 난 오늘 너 데리고 갈래. 오늘 갈래."

떼쓰는 어린애 같았다. 무엇이 이 남자를 이렇게 만들었을까? 술 때문일까?

"나, 오늘 너 안 데리고 가면 나중에 너한테…… 미안해…… 그럴 거 같아서 그래. 너한테는 미안하다는 말 하지 않을래. 같이 가자."

이런, 난감하다. 그를 따라 나서기도, 그렇다고 뿌리치기도 쉽지가 않았다. 술이란 녀석이 나를 유혹했다. 뭐 어때, 가서 손만 잡고 자면 되잖아? 그래 손만 잡고 자면, 아니 뽀뽀 정도는 괜찮을 거야. 흠, 심호흡하고 돌아보니 미남이 안 보였다. 헉, 뭐야? 어디 갔지? 저 멀리 보이는 게 미남인가? 저기 전봇대에다 오줌 갈기고 있는 사람? 그랬다. 그였다. 나도 모르게 웃음이 터졌다. 살금살금 다가가서 "뭐해요?" 했더니 그는 깜짝 놀랐다. 창피한지 몸을 돌리며 우이 씨, 하는 모습이 귀여웠다. 그런데 나도 오줌이 마려웠다. 다른 곳을 찾고 싶은데 너무 급해 참을 수가 없었다. 에라 모르겠다. 옆에 같이 서서 오줌을 쌌다. 창피한 줄도 모르고 오줌이 많이도 나왔다. 그가 크게 웃었다. 오른손으로 내 엉덩이를 쳤다. 미친놈들처럼 낄낄거리면서 우리는 오줌을 쌌다. 그러면서 뭐가 좋은지 마냥 즐거웠다.

그가 택시를 잡았다. 난 자연스럽게 그의 옆자리에 앉았다. 아까의 실랑이는 간 데 없고 너무 자연스러웠다. 오줌 한 번 같이 쌌을 뿐인데 무슨 대단한 사이라도 된 것 같은 기분이었다. 모두 술 때문이었다.

그가 내 손을 더 꼭 잡았다. 그의 손이 따뜻했다. 갑자기 그가 내 볼에 뽀뽀했다. 쪼—옥. 소리가 너무 크게 났다. 운전기사가 뒤를 힐끔거렸다. 당황했는지 그는 손도 놓고 얼굴도 창밖으로 돌려버렸다. 귀엽다. 이게 다 술 때문이었다.

난생 처음 가보는 신장이라는 동네는 마치 시골 같았다. 논도 보이고 밭도 보이고. 포장도로에서 비포장도로로 변하기도 했다. 택시에서 내리고 보니 어째 으스스했다. 동네는 너무 한적했고 불빛도 거의 없었다. 그가 내 손을 잡고 깜깜한 골목길로 들어섰다. 난 앞이 잘 보이질 않아서 더듬거렸다. 내가 넘어질세라 그의 손에 힘이 더 들어갔다. 이 남자, 뭘 아는 놈이다. 갑자기 그에게 업히고 싶다는 생각이 들었다. 고개를 흔들고는 혼자 실실 웃었다.

"왜?"

"나 업어줘요."

"안 돼."

"왜요? 나 다리 아파요."

"안 돼. 여긴 촌이야. 동네 사람들 다 알아. 안 돼."

"그렇게 눈치 볼 거면서 날 왜 데려왔어요? 부모님한테는 뭐라고 하려구요?"

그가 날 돌아보았다.

"우리 부모님 안 계셔. 돌아가셨어."

잠시 아무 말도 없었다. 그도 나도. 그가 손을 놓으려고 했다.

내 손에 힘이 들어갔다.

"미안해요."

그의 눈에 물기가 살짝 비쳤다. 더 미안했다. 내가 손을 더 꼭 잡자 그는 아무 일 없었다는 얼굴을 보였다. 그의 손을 잡은 내 손이 따뜻하기를 바랐다.

그의 집은 가운데 마루가 있고 양 옆에 방이 하나씩 있는 전형적인 시골집이었다. 작은 마당에는 수도가, 안방 옆에 부엌이 있는. 안방에는 불이 꺼져 있었지만 작은방에는 불이 켜져 있었다. 대문을 여는 소리에 작은방에 있던 둘째가 나오며 우리를 맞았다. 낯선 방문객인 나를 보는 동생에게 그가 말했다.

"내 팬이야."

그랬다. 난 그의 팬이었지. 둘째가 뭔 소리냐고 묻자, 그가 나에 대해 짤막하게 소개했다. 이해했는지 관심이 없는지 둘째는 얼른 씻고 자라며 들어갔다. 쌀은 자기가 씻어놓았다는 둘째의 말에서 이들의 생활이 엿보였다. 안방에는 초등학생쯤으로 보이는 막내가 자고 있었다. 누가 왔는지도 모르고 곤하게 잠들어 있었다. 미남은 막내가 깰까 봐 불도 켜지 않고 내게 자기 티셔츠와 추리닝을 건넸다. 달빛이 든 방은 깨끗했다. 한쪽 벽에는 빽판(청계천 등지에서 파는 불법 LP판)과 책 들이, 다른 쪽엔 책상과 농이 있었고…….

"먼저 씻을래?"

그러마고 나섰다. 욕실이 따로 있을 리 없었다. 마당 수돗가에 빨간 다라이가 그 옆에 비누와 대야가 있었다. 가을밤의 한기가 싫었지만 아무 말 없이 씻을 수밖에. 마루에 걸터앉아 하늘을 올려다보니 별이 꽤 많았다. 당시 신장은 공기가 서울보다 맑아서 별이 많이 보였더랬다. 심호흡을 크게 하고 있으려니 그가 커피를 건넸다. 미남의 센스. 싸구려 커피믹스에 뜨거운 물 부은 것이 고작이었지만 왠지 커피처럼 그가 따뜻했다. 미남, 담배에 불을 붙여 내게 건넸다. 둘이 그렇게 대청마루에 앉았다.

"우리 이렇게 살아."

무슨 말을 해야 하는데 잘 떠오르질 않았다.

"별이 엄청 많아요."

딴소리하는 내게 그가 오른팔을 뻗어 어깨를 감싸주었다. 담배 냄새와 어우러진 그의 체취가 느껴졌다. 그의 가슴에 대고 심호흡을 했다. 그의 팔에 살짝 힘이 들어갔다. 이대로 시간이 멈췄으면 좋겠다. 그때 그가 말했다.

"내일이 안 왔으면 좋겠어."

그의 눈에 물기가 고였다. 내 눈에서는 눈물이 떨어졌다. 그가 내 눈의 눈물을 닦아주며 조심스럽게 뽀뽀했다. 살짝 작은방 쪽을 보았다. 다행스럽게 불이 꺼져 있었다. 눈을 감고 그의 얼굴을 만졌다. 그가 더 용기를 냈다. 그렇게 가을밤이 깊어갔다.

어느새 아침이 되자 난 분주해졌다. 내 속 깊숙이 자리 잡고 있는 '하녀'가 전면에 배치되었다. 죽은 줄 알았는데 끈질긴 생명력이다. 길도 잘 모르면서 가겟집에서 두부며 채소를 사왔다. 찌개를 끓이고 호박을 볶고 어묵을 졸였다. 고등어도 한 마리 무를 넣고 졸여내고 김도 기름을 발라 구워냈다. 언제 일어났는지 둘째가 부엌을 어슬렁거렸다. 아침은 내가 할 테니 어서 씻으라고 둘째의 등을 떠다밀었다. 오빠 부대로 밤늦게 찾아와서는 아침밥을 해대는 꼴을 둘째는 어떻게 보았을까? 어느새 한상 가득했다. 밥상을 나르며 셋째가 둘째에게 나에 대해 묻는 것 같았다. 둘째가 뭐라 하는데 잘 들리지 않았다. 안방에 상을 놓고 네 형제가 빙 둘러앉았다. 미남과 셋째가 닮았고 둘째와 막내가 닮았다. 맛있게 먹어주는 그들이 고마웠다. 막내가 너무 허겁지겁 먹으니까 둘째가 내 눈치를 보며 야단쳤다. 둘째는 어른스럽고 셋째는 무뚝뚝해 보였다. 싸놓은 도시락과 숭늉을 들고 방에 들어오니 동생들이 벌써 밥을 다 먹었다. 그런 그들이 한편으로는 귀엽고 또 안쓰러웠다. 막내가 도시락 반찬을 보며 좋아라 했다. 죽지 않고 버텨주다가 나타난 하녀가 고마웠다.

동생들이 학교에 가고 난 설거지를 했다. 그리고 둘만 남았다. 그런데 미남 아무 말이 없었다. 누가 시켜서 한 건 아니지만 어째 아무 말도 없는 그를 보니 서운했다. 어젯밤의 그가 아니었다. 화는 내가 내도 모자란데 도리어 그의 얼굴이 화난 표정이었다. 입은 굳게 닫혔고 눈은 나를 계속 피했다. 슬쩍 화가 났다. 나도 그도 말이 없이 시간만 흘러갔다. 뭐지? 뭐야? 쌀쌀한 가을 아침이 무거웠다.

"나 이만 갈게요."

내가 먼저 입을 열었다. 자존심이 상했지만 학교에 가야 할 시간이었다.

"그래."

그는 아무 말 없이 앞장섰다. 대문을 나서고 골목길을 지나도록 그는 뒤를 돌아보지도 말을 하지도 않았다. 눈물이 났다. 뚝뚝 떨어지는 눈물을 보니까 더 화가 났다.

"왜 이래요?"

그는 아무 말도 안 했다. 정말 화가 났지만 더 이상 얘기하고 싶지 않았다. 버스가 오고 내가 맨 뒷자리에 앉았지만 그는 나를 바로 보지도 않았다. 버스가 떠났다. 차창 밖의 그는 그제서야 나를 보았다. 그도 울고 있었다. 그는 손도 안 들고 말없이 그렇게 눈물을 보이며 나를 보냈다. 아무도 없는 버스 뒷자리에서 난 엉엉 울었다. 멀리 그가 있었지만 난 돌아보지 않았다.

……어린 그는 용기가 없었고 나도 그를 이해하기에는 너무 어렸다…….

그 후로 반줄에 가지 않았다. 가끔 그가 보고 싶고 김수희 노래도 듣고 싶었지만 그를 보는 게 겁났다. 그의 눈물과 무거운 어깨와 어린 동생들이 부담스러웠는지 용기 없는 그가 미웠는지 모르겠지만 그렇게 한동안 반줄에 가지 않았다.

반년쯤 흘렀을까? 반줄을 찾았을 때, 그는 보이지 않았다. 카운터에 앉은 주인에게 물어보니 군대 갔다고 했다. 그렇게 미남 디제이는 사라졌다.

지금 그 미남 디제이는 어떻게 살고 있는지 궁금하다. 정말 군대를 간 건지……. 다른 사람에게는 용기 내어 사랑을 고백했는지……. 동생들은 잘 자랐는지……. 혹 길 가다 그와 부딪혔는데 내가 못 알아본 건 아닐까? 지금 다시 만난다면 그에게 말하고 싶다.

그때는 미안했어요.

엑스 그리고 비디오테이프

1984년, 난 하고 싶은 일이 정말 많은 대학생이었다. 술과 담배는 물론이고 무대에 올라 연기도 하고 싶었고 엠티도 가고 싶었고 캠퍼스 잔디 위에서 도란도란 이야기꽃도 피우고 싶었다. 풋내기의 파란 꿈이 사라진 건 다 그 선배 엑스를 만난 때문이다.

나는 학교 밖 모임에서 사회과학 공부를 하는 그렇지만 투쟁의 신심과는 거리가 먼 대학생이었다. 그런 나를 포기해서 그랬는지 나를 담당한 다른 학교 선배가 우리 학교 선배인 엑스에게 나를 인계했다. 그때가 대학 이 학년이었다. 엑스는 나보다 한 학번 위였다. 적당히 큰 키에 창백한 얼굴, 뿔테 안경까지 모범생과의 전형이랄 수 있는 그에게 내가 반한 건 촌스러운 안경 너머에 숨겨진 예쁜 눈을 본 뒤였다. 그는 늘 안경으로 예쁜 눈을 가리고 다녔다. 패션 감각이라곤 없는 사람. 청바지에 야전잠바 따위의 차림새였다. 화려한 색깔의 셔츠나 가끔 쓴 모자, 큰 맘 먹고 '지른' 나이키 신발 탓에 도마 위에 오르는 일이 많은 나와는 달랐다. 게다가 그의 입에서 튀어나오는 단어들은 대부분 민중, 혁명, 해방 같은 섹시하지 않은 것들이었고 말은 또 어찌나 어렵게 하는지 그의 말 절반은 못 알아듣기 일쑤여서 재차 물어야 했다. 하지만 가끔씩 안경을 벗을 때 보이는 예쁜 눈과 안경을 잡고 있는 가늘고 긴 손가락이 자꾸만 내 마음을 흔들었다.

그렇게 그에게 반해 열심히 공부했다. 도통 알아들을 수 없는 말로 가득한 책들을 읽고 또 읽었다. 그에게 잘 보이기 위해서였다. 시위, 농성, 그가 있는 곳이면 어디든 내가 있었다. 민중, 혁명, 해방마저도 섹시하게 느껴지던 어느 날, 그가 나를 따로 불렀다. 아무것도 묻지 말고 자기를 따라오라며 나를 자기 집으로 데려갔다. 왜? 머릿속은 온통 물음표로 가득 찼다. 가슴은 쿵쾅쿵쾅 터질 것만 같았다. 마음을 진정시키며 그를 따랐다. 아무도 없는 집. 게다가 보여줄 게 있다며 은밀한 곳에 숨겨둔 비디오테이프를 꺼내는 그를 보자 물음표는 사라졌다. "형, 샤워하고 올게요." 엑스는 뜨악하게 나를 바라보았지만 난 샤워도 하지 않고 그를 맞을 수는 없다고 생각했다. 시간이 없다고 식구들이 금방 올지도 모른다며 재촉하는 그의 말에 난 다소곳이 옆에 앉았다. 몸을 돌리면 바로 키스할 수 있는 아주 가까운 자리에. 그러나 그러나…… 잔뜩 긴장하고 바라본 티브이 화면에서는 광주항쟁의 참상이 펼쳐지고 있었다.

부끄러웠다. 대한민국의 한쪽에서 벌어진 끔찍한 일을, 나라를 지키라고 있는 군대가 자국 국민을 학살한 말도 안 되는 일을 몰랐다는 것이 너무 창피했다. 어쩌면 그런 일이 벌어지는 동안 난 내 고민에만 빠져 허우적댔다는 것이 더 부끄러웠는지도 모른다. 내 삶을 송두리째 바꿔버린 그날, 그 비디오테이프. 그날 이후 나는 '은밀한' 모임에 배속되어 심도 깊은 공부를 하게 되었다. 그에게 잘 보이기 위해서가 아니라 신념에 따라 행동하는 운동권 학생이 되어갔다. 그를 향해 품었던 연정이 금방 사라지지는 않았지만 낭만이 아니라 혁명을 꿈꾸는 내게 그는 더 이상 예쁜 눈을 가진 남자가 아니라 적에 맞서 함께 싸우는 동지였다.

촛불이 광화문을 뒤덮은 몇 년 전 아스팔트 위에서 우연히 그를 만났다. 날렵한 안경을 쓴 중년 남자의 멋이 있었다. 안경을 잠깐 벗어보라고 꼬드겼지만 그는 끝내 들어주지 않았다.

소년,
소년을 만나다

그러니까 내가 대학 이 학년생이었던 1984년, 우리 집은 미아삼거리(지금은 미아사거리라고 부른다) 근처에 있었다. 미아삼거리에서 십구 번 버스를 타면 고대를 지나 동대문운동장을 거쳐 한양대에 갈 수 있었다. 직선 노선이 아닌지라 시간은 좀 걸렸지만 고대생과 건대생, 세종대생(십구 번 버스는 면목동까지 다녔다)을 두루 볼 수 있는 재미가 있어서 난 주로 그 버스를 이용해서 등하교를 했다. 시간이 없을 때는 이십구 번 버스를 탔다. 이십구 번 버스 노선은 마장동을 거쳐 곧장 가기 때문에 시간을 이십 분 정도 줄일 수 있었다. 하지만 한양대 앞에 바로 서지 않는 단점이 있었다. 그래도 왕십리 성동경찰서 앞에서 내려 지하도를 이용하면 한양대 후문까지 그리 먼 거리가 아니어서 수업 대부분이 인문관에 있는 나에게는 이십구 번 버스가 가장 좋았다.

그날은 토요일이었다. 지금은 주 오 일 근무가 정착되어 토요일에 쉬는 곳이 많지만, 당시 토요일은 '반공일(오전에는 일하고 오후에는 쉬는 날이라는 뜻)'이라 대학에서도 수업이 있었다. 그날은 영화 워크숍이 있는 날이었다. 난 대학 이 학년에 올라가면서 학생운동에 전념한 터라 평일에는 거의 수업에 못(안) 들어가고 주말 수업만 그냥저냥 듣고 있었다. 내가 수업에 들어가면 교수님이 "어, 민주 투사 오셨구만!" 하고 놀릴 때가 많았다. 아무튼 그날 난 이십구 번 버스를 탔다.

버스를 타면 안 좋은 게 기사님이 라디오를 크게 튼다는 거다. 예나 지금이나 버스 기사님들의 센스는 제로에 가까워서 자기가 듣고 싶은 방송을 귀가 떨어져라 틀어놓는다. 시간은 오후 네 시가 넘어가고 있었나 보다. 왠지 기분이 울적했는데 그날따라 버스 기사님이 센스 있게도 에프엠 방송을 틀었다. 에프엠은 그나마 에이엠보다는 수다도 적고 수다의 내용도 달라서 그럭저럭 들을 만한 게 꽤 있었다. (난 〈지금은 라디오 시대〉류나 노래방 대결 같은 프로를 정말 싫어한다.) 암튼 그날 버스에서는 사이먼 앤 가펑클이었나 아니면 퀸이었나, 내가 좋아하는 음악이 흘러나왔다. 그런 날은 왠지 무슨 좋은 일이 있을 것만 같은 느낌이 오지 않나? 난 그랬다. 뭔가 좋은 일이 생길 것 같은 예감.

버스가 적십자사 빌딩을 지날 때였다. 노래에 취해 눈 감고 흥얼거리는데 뭔가 느껴졌다. 이거 뭐지? 뭐야? 눈을 뜨고 둘러보는데 귀여운 녀석이 나를 힐끔거렸다. 짜―식 보는 눈은 있어 가지고. 흥, 외면하고는 다시 눈을 감았다. 다시 또 뜨거웠다. 참나, 보는 눈 정말 있구나 너? 눈을 떴는데 내 앞에 바로 그 녀석이 섰다. 허걱, 난 모른 척 딴청을 피웠지만 가슴이 뛰는 건 어쩔 수가 없었다. 녀석이 너무 코앞에 있었다. 가슴 뛰는 소리가 녀석에게 들리면 안 되는데……. 녀석은 아주 핸섬했다. 키는 나보다 한 십 센티미터는 크고 얼굴은 김석훈 과였다. 요즘은 '찐한' 타입을 별로라고 생각할지 모르지만 그때는 그런 과가 최고였다.

그런 녀석이 바로 앞에 있었다. 나를 힐끔거리면서. 버스에 사람이 그리 많지 않았는데 녀석은 어쩐 일인지 내 앞자리를 차지했다. 녀석의 마이마이(당시 유행한 휴대용 카세트)에 연결된 이어폰에서는 아바가 노래하고 있다. 짜식, 아주 나를 제대로 아는구만. 그래도 짐짓 모른 체해야 한다. 일단, 녀석이 나를 노리는 건지 뭔지 모르잖나? 게다가 바로 며칠 전 대지극장 앞에서 중학생 다섯에게 회수권 열 권(백 장)을 삥 뜯긴 아픈 추억이 있는 나로서는 덩치 큰 놈들은 경계 대상이었다. 그게 아무리 핸섬 파릇한 놈이라도 예외일 수 없었다. 주머니에 회수권을 넣어둔 지갑을 꼭 쥐었다. 그런데 녀석이 계속 나를 힐끔거렸다. 아니 어떤 때는 노골적으로 빤히 날 바라보았다. 어후, 뭐야? 살짝 흘겨보다가 녀석과 눈이 마주쳤다. 놀라서 나는 얼른 고개를 돌렸다. 가슴은 왜 또 뛰는 거니? 너 좀 가만히 있어봐. 얘는 회수권 노리는 일당일 수도 있다니깐. 그러다가 슬쩍 녀석을 보니 여전히 나를 뚫어져라 보고 있었다. 그러더니 한번 씨―익 웃었다. 뜨거운 바람이 가슴을 뚫고 지나갔다. 이를 어째. 큰일 났다. 적을 알아야 대처할 텐데……. 저 녀석 보아 하니 신수도 훤하고 돈도 좀 있는 집 자식인 것 같아. 게이는 아닌 거 같고(당시 나는 게이는 나처럼 가난한 집 자식에 우울한 놈이라는 편견이 있었다. 그게 다 반줄 미남 탓이다), 뭐야 증말? 머리를 계속 그렇게 저렇게 굴렸지만 가슴은 여전히 뜨겁게 백 미터 달리기 모드로 전환되어버린 지 오래였다.

미아삼거리가 다 와갔다. 내리는 척하면서 녀석의 앞을 지나쳐 문 쪽으로 갔다. 녀석의 눈빛이 살짝 흔들렸다. 내 가슴이 또 방망이질했다. 앞으로 두 정거장 남았다. 버스 두 정거장, 오 분이 채 안 되는 시간이 너무 길게 느껴졌다. 내가 벨을 눌렀다. 녀석을 보았다. 녀석도 나를 보았다. 버스가 정류장에 도착했다. 나는 심호흡 한번 크게 하고 내렸다. 뒤돌아보지 않았다. 보고 싶지만 보면 안 된다. 그게 내 자존심이었다. 버스가 다시 출발하고 백 미터 이상 갔을 때쯤 돌아봐야 한다. 그리고 바로 확인 작업 들어간다.

확인하는 방법은 이렇다. 일단 천천히 걷는다. 최대한 천천히. 그러다가 따라오던 놈이 나를 앞지르면 꽝이다. 나를 따라오는 게 아닌 것. 내가 최대한 천천히 걷는 데도 나를 앞지르지 않으면 그건 나를 따라오는 게 맞다. 일단 확률 오십 퍼센트 이상. 그러다가 속도를 조절한다. 조금 빠르게 걷기도 하고 또 느리게……. 내 속도에 놈이 맞추면 확률 백 퍼센트. 짜증 난다구? 오~ 노. 게이들은 그런 과정을 꼭 거쳐야 한다. 시간을 들이고 노력하지 않으면 봉변당하기 십상이다.

게이 연애 수칙 일 항. 지독히도 계속 살피라. 그렇지 않으면 개

망신당하거나 때로는 맞을 수도 있다.

그런데 이 녀석, 확률 백 퍼센트였다. 좋아, 딱 이때쯤이다 싶을 때였다.

"저기요."

뒤로 돌았다. 녀석이 쑥스럽게 웃고 있었다. 빙고! 짐짓 모르는 체하며 눈을 동그랗게(최대한 예쁘게) 뜨고 쳐다보았다.

"시간 있으면 빵이나……."

빵? 내가 잘못 들은 거 아니지? 방금 빵이라고 한 거 맞지? 뭐래? 이걸 어째. 녀석, 고등학생인가 보다. 시간 있으면 커피나 한 잔……이 정석인데 빵이라니…… 어떡하지? 똥 밟았다는 생각이 들었다. '고딩'과의 연애는 내 스케줄에 없는 거였다. 그럼 그렇지 내 주제에 무슨……. 그런데 슬슬 배가 고팠다. 순간, 빠르게 돌아가는 내 머리……. 빵이나 얻어먹고 헤어져? 내 눈앞에는 문화당의 슈크림빵이 떠다녔다. 녀석이 빨개진 얼굴로 나를 '꼬셨다'. 녀석은 이 표현에 딱 맞는 모습으로 부끄러워하고 있었다.

"아까부터 계속 보고 있었어요. 그쪽만 좋다면 잘 만나고 싶어요. 저 북공고 다니는……."

귀여웠다. 북공고?

"좋아요, 문화당으로 갈까요?"

순간, 녀석 새파랗게 질렸다. 녀석, 파랗게 질린 얼굴로 한동안 말이 없었다. 이건 또 뭐지? 내가 맘에 안 든단 뜻? 나름대로 잽싸게 머리를 돌리고 있는데, "남자예요?" 하고 묻는다. 어모 쓰발, 이게 뭐란 말인가? 녀석, 나를 여자로 봤단 말인가? 정말 똥

밟았다. 그럼 그렇지 내 팔자에 무슨……. 녀석, 그래도 인간에 대한 예의는 있는 놈이었다. 빵집에 가서 얘기하자며 녀석이 앞장을 섰다. 그래, 기왕 이렇게 된 거 문화당 슈크림빵이나 먹고 가자. 버스 내리기 전까진 정말 환상이었는데……. 투덜투덜하며 녀석의 뒤를 따랐다.

문화당은 고딩으로 넘쳐났다. 당시 고딩들은 딱히 갈 곳이 없어서 빵집을 많이 이용했다. 게다가 문화당은 빵이 맛있기로 꽤나 유명한 집이니 고딩으로 미어터지는 것은 당연지사. 게다가 오늘은 토요일 아닌가? 녀석, 똥 씹은 표정이었지만 최대한 예의를 갖추느라 빵도 이것저것 골고루 시켰다. 녀석이 센스가 있는지 눈여겨보는데, 슈크림빵도 시키는 걸로 봐서는 딱 내 스타일이었다. 아까웠다. 하지만 녀석은 나를 여자로 알고 쫓아온 이성애자 아닌가…….

녀석, 말이 빨라지고 많아졌다. 내가 보이시한 여고생인 줄 알았단다. 뭐 그럴 수도 있는 것이 당시 나는 엄마랑 옷 사러 가면 "따님이 참 예쁘시네요" 소리를 자주 듣는 편이었다. 이해할 수 없다고? 뭐, 믿지 않으면 그만이지만 당시 난 꽤 이쁜 축에 속했다. 허리가 이십사 인치에 키가 백육십오(군대 가서 삼 센티 더 컸다)라면 당시엔 퀸카로 불릴 만한 여성 아닌가? 여하튼 나는 길 가다가 "쟤 여자니? 남자니?" 소리를 거의 매일 들을 만큼 예뻤다. 믿거나 말거나.

난 빵을 맛나게 먹었고 녀석은 자기 얘기를 주절거렸다. 나를 본 게 꽤 오래전이라고 했다. 녀석은 토요일마다 RCY 모임이 있어서 이십구 번 버스를 탔고, 몇 달 전부터 버스에서 나하고 마주쳤다고 그리고 사귀고 싶다는 얘기를 하려고 많이 망설였다고……. 집에서 연습도 많이 했고 엄마한테 버스에서 자주 마주치는 여학생이 있는데 사귈까 생각 중이라고 말했더니 그 엄마, 쿨하게도 사귀어보라고 하면서 딴에는 여학생들은 이렇다면서 코치도 해주셨단다. 그래서 오늘도 또 버스에서 마주치면 용기를 내보리라 마음먹고 나왔단다. 그 말을 들으니 어째 미안했다. 내가 여자였으면 좋겠다는 생각을 하고 있을 때쯤이었다. 녀석, 미안했다며 일어섰다. 아니, 오히려 내가 미안하지. 넌 잘못 없어.

같이 일어났다. 이번에도 녀석이 앞장섰고 내가 따랐다. 녀석의 집은 우리 집 방향으로 가다가 삼거리에서 좀 더 올라가는 모양이었다. 삼거리에서 뒤를 돌아보기 싫었지만(자존심을 지키고 싶었는데) 녀석의 예쁜 얼굴을 다시는 못 볼 것 같다는 생각이 들어 뒤를 돌아보았다. 그런데 녀석도 한참을 서서 나를 바라보았다. 이러면 안 되는데 또 가슴이 뛰었다. 이놈의 게이 팔자만 아니면 달려가서 안기고 싶었다. 울면서 미안하다고 내가 여자가 아니라서 정말 미안하다고 말하고 싶었지만 그럴 수는 없었다. 난 여자가 되고 싶은 맘도 없을뿐더러 남자를 사랑하는 남자인 것을.

한참을 서 있다가 녀석이 먼저 등을 보였다. 돌아서 가는 녀석의 뒷모습이 애처로웠다. 녀석이 사라지고도 한참 동안을 그 자리에서 녀석이 간 길을 쳐다보았다. 그게 녀석에게 해줄 수 있는 최소한의 예의라고 생각했다.

집에 와서도 녀석의 얼굴이 떠올라 잠을 잘 수 없었다. 최근에 나를 이렇듯 설레게 하는 사람이 없었는데 정말 비극이다. 때마침 비도 주룩주룩 내렸다. 그래 하늘도 내 편이구나. 그럼 뭐하나, 녀석과 나는 다른 세계의 사람인 것을. 한참을 뒤척이다가 잠이 들었다.

허걱, 이걸 어째. 아침 일찍 선배들과(물론 운동권이다) 회합이 있었는데 늦잠을 잤다. 일곱 시 삼십 분에 학생회관 로비에서 만나기로 했는데, 벌써 일곱 시를 넘기고 있었다. 허겁지겁 고양이 세수를 하고 버스 정류장을 백 미터 달리기 하는 심정으로 뛰었다. 마침 이십구 번 버스가 왔다. 그나마 다행이라 생각하며 버스에서 숨을 돌리고 있었다. 허걱, 녀석이 내 앞에 서 있었다. 녀석도 잠을 제대로 못 잤는지 얼굴이 푸석푸석했다. 저 예쁜 얼굴을 내가 망쳐놓은 거 같아서 미안했다.

"지금 등교해요?"

내가 먼저 말을 꺼냈다.

"저, 그쪽을 기다렸어요."

왜? 무슨 일로? 이젠 끝난 거 아니었어?

"밤새도록 고민했어요. 나 솔직히 그쪽이 여자였으면 좋겠다고, 하필이면 이게 뭐냐고 원망도 많이 하고…… 내가 바보 같아서 가슴도 때리고 그랬어요……. 나 정말 바보가 됐나 봐요……. 나 어떻게 하죠?"

내가 입이 열 개라도 뭐라 하겠나? 미안하다고, 정말 미안하다고 그렇지만 내 잘못도 너의 잘못도 아니라고 말하며 악수를 청했다. 녀석은 아직도 내가 원망스러운지 악수도 안 하고 버스에서 내렸다. 차창 밖으로 녀석의 실망한 얼굴이 보였다. 차가 출발하고도 녀석은 한동안 버스를 바라보고 있었다. 나도 보이지 않을 때까지 녀석을 바라보았다. 이렇게 우리 인연이 끝나는구나 생각하니 괜히 눈물이 났다. 난 왜 이렇게 태어났을까 신이 원망스러웠다. 하지만 어쩌랴 하는 맘으로 바로 체념했다. 그러곤 다시 또 맘을 추슬렀다. 언젠가, 내가 남자인 걸 알면서도 나를 사랑해줄 수 있는 사람이 있을 거라 믿으며 맘을 달래야지 어쩌겠는가?

그리고 며칠이 지났다. 난 또다시 허겁지겁 이십구 번 버스를 탔고, 녀석을 만났다. 녀석, 대뜸 나에게 오더니,

"너라고 해도 되지?" 하면서 웃었다. 짜식 까분다. 난 너보다 두 살이나 많아. 그런데, 녀석이 그렇게 예뻐 보일 수가 없었다.

"너 기다리느라고 오늘 지각이야. 나중에 빵 사."

또 빵? 고딩은 고딩이다. 웃는 걸로 대답을 대신했다.

"오늘 저녁에 시간 있어?"

"너, 누가 반말하래?"

"내가."

"그냥 귀여워서 봐준다."

"오늘 저녁에 시간 있냐구?"

"왜?"

"왜는. 데이트하려구."

녀석, 말해놓고는 얼굴이 빨개졌다. 옆에 서 있던 여학생이 힐끔거렸지만 녀석도 나도 개의치 않았다. 이건 또 뭘까? 가슴이 또

뛰기 시작했다. 그렇지만 들키지는 말아야 한다. 아직은 때가 아니다.

"음, 오늘 저녁은 약속 있는데……."

"취소하고 나랑 만나. 너랑 할 애기 많아."

녀석, 갑자기 쎄게 나온다. 못 이기는 척 받아줄까?

"나 내려야 돼. 일곱 시에 문화당에서 만나. 참, 너 이름이 뭐야?"

어, 내 이름? 갑자기 이름을 말하려는데 자신감이 적어졌다. 광수라고 하기가 싫었다. 나를 여자로 착각하고 온 놈에게 "내 이름은 광수야. 1920년대에 꽤나 유행한 이름이지"라고 말하기 싫었다. 어, 어쩌지? 녀석은 곧 내려야 해서 나를 재촉했다. 뭐라 하지? "나 진우야. 정진우"라고 말해버렸다. 녀석은 "진우…… 정진우. 이름 이쁘네" 하면서 내렸고. 손을 흔들며 환하게 웃는 녀석을 뒤로 하고 버스는 떠났다. 정진우. 그 세 글자가 튀어나온 건 다 〈앵무새 몸으로 울었다〉 때문이다. 정윤희를 무척 좋아한 나는 〈앵무새 몸으로 울었다〉를 감명 깊게(?) 보았고 그 후로 '꼭 정진우 감독님 같은 훌륭한 영화인이 되어야지' 생각했다. 고등학교 때부터 한 생각이다. 내 목도리에 내가 직접 정진우라는 이름을 수놓아 다닌 적도 있다. 돌아보면 창피하다. 정진우. 훗날 그 이름이 나를 창피하게 만들 줄을 그땐 몰랐다. 아무튼 그날 난 정진우가 되어 북공고 이 학년 핸섬 가이와 데이트하게 되었다.

문화당 빵은 역시 맛있었다. 내가 두 개 녀석이 세 개를 먹었다. 녀석은 고딩답게도 소세지빵 같은 걸 먹었다. 난 슈크림빵과 단팥

빵을 먹었다.

"며칠 동안 곰곰이 생각했는데, 넌 대학생이고 난 고등학생, 넌 남자 나도 남자, 우리는 이루어질 수 없는 사이다. 그런데 보고 싶다. 정말 고민 많았어……. 음…… 그래서 일단 이렇게 하기로 했어. 일단 사귀어보기로. 나, 너를 정말 좋아하는 것 같애."

허걱, 날 정말 좋아한단다. 이 녀석. 나야 뭐 고맙고도 고맙지만 녀석이 고딩이란 게 좀 걸렸다.

"고등학생이 공부 안 하고 이렇게 연애질하면 안 되는 거 아냐?"

일단, 연애질이라며 우리 사이를 공식화하고 남자, 여자, 동성애, 이성애 이런 건 쏙 뺀다. 그리고 녀석을 위하는 척까지. 녀석은 일단 자기는 반에서 오 등 안에 드는 공부 잘하는 놈이다, 엄마가 공부 열심히 하면서 사귀는 건 괜찮다고 했다, 자격증도 몇 개는 있다 등등, 자기 자랑을 해가며 나에게 걱정 말라고 했다. 엄마에게는 어떻게 말했냐니까, 엄마에게 내가 남자라는 얘기는 아직 안 했다고 하지만 자기 엄마는 자기 편이니까 나중에 말하면 이해하실 거라고 고딩답게 순진한 소리를 했다. 그래도 괜찮겠냐고 하니까 녀석은 괜찮다고 힘주어 말했다. 그래, 내가 얘네 엄마까지 신경 쓸 건 아닌 것 같아 그냥 넘기기로 했다. 그리고 일단은 예쁘니까 다른 것도 통과. 그럼 일사천리 연애질로 직행하는 일만 남았다. 꺄오!

"나랑 사귈 거지? 정. 진. 우?"

"좋아. 너랑 사귈게."

"그럼, 약속."

손가락을 내밀 줄 알았던 녀석이 쪽지를 하나 내민다. 무슨 서약서 같은 거다. 일주일에 한 번 이상 만나기. 가끔씩 공부도 가르쳐주기. 다른 사람과는 안 사귀기 같은 내용의. 또 이렇게 귀여움을 떠네. 녀석, 볼수록 이쁘다. 혹시 혈서라도 써야 한달까 봐 살짝 겁을 먹었지만 녀석은 거기까지 나가지는 않았다.

녀석과의 데이트는 꽤 즐거웠다. 북한산에도 가고 어린이대공원에도 가고 롤러스케이트 타러 여의도광장(지금의 여의도공원)에도 가고 정독도서관에도 갔다. 가끔 공부도 가르쳐주고 말이다. 같은 동네에 사는 관계로 우리는 동네에서도 우연히 마주쳤다. 그때는 남들 눈을 의식해서 씨익 웃는 걸로 인사를 대신하기도 했지만, 녀석은 멀리서 "야, 정진우" 하고 큰 소리로 부르고는 손을 흔들고 사라질 때도 있었다. 엄마와 같이 있거나 동생들과 있을 때 녀석이 그러면 진짜 곤란했다. 그래도 내 이름이 광수라고 말하기는 싫었다. 사실 광수라는 이름, 지금도 싫다. 특히 《광수생각》이 나온 이후로는 더더욱.

그렇게 꿈같은 우리들의 데이트가 익어갈 때였다. 녀석과의 데이트가 있는 날 지금은 뉴욕에 사는 여동생의 옷을 꺼내 입고(나와 내 동생은 체격이 비슷해서 옷을 같이 입었다. 심지어 발 사이즈도 비슷해서 동생 신발을 뺏어 신을 때도 있었다) 예쁘게 꽃단장하고 룰루랄라 가는데 뒤에서 누가 "저, 정진우 학생" 하고 불렀다. 사십 대 아주머니였다. 어? 근데, 첨 보는 분인데? 나 바쁘단 말예요……. 그렇지만 일단 공손하게 응대했다.

"저 부르셨어요?"

"네, 초면에 실례지만, 저하고 얘기 좀 할까요?"

"저, 죄송하지만, 저를 아세요?"

"나, 석이 엄마예요."

"네?"

뭐야? 석이 엄마? 전두환이 죽었다고 했어도 이렇게 놀랐을까? 뭐지? 뭐야? 어, 이러면 안 돼. 일단은 정신 차리자. 하늘이 노래지고 다리에 힘이 풀렸다. 올 것이 온 것이었다. 고딩을 사귀는 게 아닌데, 이를 어째? 그래도 일단은 정신부터 차리고…… 그리고 우아하게…….

"네, 처음 뵙겠습니다. 저는……."

"알아요. 우리 석이한테 얘기 많이 들었어요. 잠깐만 시간 좀 내줘요."

"네, 그럼 어디로……."

"문화당으로 가죠."

문화당이란다. 문화당. 녀석과 처음 문화당에서 만났는데, 녀석의 엄마와 문화당엘 갔다. 주문한 빵과 우유가 나왔다. 슈크림빵도 있었지만 그게 목으로 넘어갈 리가 없었다. 난 우유만 홀짝거렸고, 석이 엄마는 말없이 내 얼굴을 뜯어보았다. 대학 실기 시험 볼 때보다 더 긴장되었다. 내가 먼저 말을 꺼낼 수도 없고…… 손에서 땀이 났다. 석이가 보고 싶었다. 그러고 보니 녀석 엄마를 참 많이도 닮았다. 내가 여자 였어도 이 어머니 나를 만나러 오셨을까? 침착하자…… 침착하자…… 침착하자…….

"이렇게 만나줘서 고마워요. 며칠 전에 석이에게 진우 학생 얘기 들었어요. 아니, 그 전에 버스에서 가끔 마주치는 여학생이 있다고 맘에 드는데 어떻게 하는 게 좋겠냐고 얘기한 적이 있었는데, 내가 그럼 사귀어보라고, 대신 엄마한테 가끔씩은 얘기해야 한다고 한 적이 있었죠……."

석이 엄마, 긴장했는지 말을 끊었다가 했다.

"그리고 며칠 전에 진우 학생 얘기를 하더군요. 미안하지만 너무 놀랐어요. 우리 애도 놀랐다고…… 자기도 고민 많이 했다고……. 그런데 정말 좋아한다고 하더라구요……. 솔직히 너무 놀라고 믿어지지 않아서 석이에게는 그냥 알았다고, 공부 게을리 하지 말라고만 했어요. 내 말 이해하죠?"

이분, 정말 고상한 분이다. 당신 아들이 좋아한다는 남자 대학생을 만나서는 얼굴 붉히지 않고 때로, 내가 기분 상하지 않는지 배려할 줄 아는 분이다. 이런 어머니 밑에서 자랐으면 석이도 정말 괜찮은 놈이겠다.

"난 우리 석이 생각만 할 거예요. 진우 학생은 대학생이고 그리고……."

"네, 이해할 수 있어요. 그리고 죄송해요."

난 나도 모르게 '죄송하다'고 말했다. 지금 생각해도 그건, 석이 엄마에겐 죄송한 일이다.

"아니에요. 죄송하다고 하면 내가 더 미안해요. 하지만 진우 학생, 이런 말하기 미안하지만 우리 석이 그만 만났으면 좋겠어요. 우리 석이는 아직 어리고, 예민한 나이라서…… 석이한테는 이런

말 못 할 것 같아요. 진우 학생, 진우 학생은 우리 석이보다는 어른이니까 내가 부탁할게요. 우리 석이 그만 만나줘요."

석이 엄마, 정말 미안한 얼굴로 손수건만 만지작거린다. 이게 뭔가 싶다. 티브이 드라마의 단골 장면에 왜 내가 있어야 할까? 난 뭘 잘못했다고 좋아하는 슈크림빵도 못 먹고 석이 엄마는 또 왜 저래야 할까? 석이 엄마가 내 머리채를 잡지 않은 걸 그나마 다행이라고 생각해야 할까? 게다가 '진우 학생'이라는 호칭 탓에 더 미안했다. 에잇, 이름 사기 치는 게 아닌데 말이다. 두 배는 더 미안해졌다.

시간만 흘러갔다. 석이 엄마는 어렵게 말을 꺼내시더니 한동안 침묵으로 일관하셔서 내 속을 바짝 타게 하셨다. 목이 타는데 이미 우유는 바닥이 드러났다. 이쯤에서 내가 져야 하는 것 같다.

"네, 무슨 말씀이신지 알겠습니다. 심려 끼쳐드려서 죄송해요. 그렇지만 석이를 한 번은 만나야 할 거 같아요. 제가 석이에게 잘 얘기할게요. 오늘 석이랑 약속했는데…… 석이가 너무 기다릴 것 같아요. 좀 늦었지만 얼른 가서……."

"석이 내가 심부름 보냈어요."

"네?"

"수원 고모님 댁에 갔어요."

이런, 석이 엄마 꽤 치밀하신 분이구나.

"네…… 그럼 다음에 만나서 제가 잘 얘기할게요."

"그래요, 그럼 한 번만 만난다고 약속해줄 수 있죠?"

갑자기 밀어붙이는 석이 엄마에게 나는 자꾸만 자꾸만 밀렸다.

"네, 그렇게 할게요."

이러면 안 되는데 그 말을 하는 순간 눈물이 떨어졌다. 눈물 한 방울이 떨어지자 갑자기 서러웠다. 나도 모르게 서럽게 울어버렸다. 석이 엄마도, 빵집에 있던 사람들도 서럽게 우는 나 때문에 당황했을 테지만 난 그냥 서럽게 울었다. 한참을.

얼마나 지났을까? 눈물은 아직 멈추지 않았지만 그 자리를 빨리 정리해야 한다는 생각이 들었다. 석이 엄마에게 죄송하다는 말을 남기고 빵집을 나왔다. 다리가 휘청거렸지만 될 수 있는 대로 그 자리를 빨리 피하고 싶었다. 뛰어가고 싶은데 맘처럼 발이 움직여주질 않았다. 주저앉고 싶은 맘도 들었지만 그러면 안 된다고 생각하면서 최대한 빨리 걸었다. 언제 오셨는지 석이 엄마가 손수건을 내밀었다. 그러고는,

"저, 진우 학생이 잘 얘기하겠지만 우리가 이런 얘기한 거 석이에게는 얘기 안 했으면 좋겠어요. 석이는 아직 어리고……."

"네, 걱정하지 마세요."

석이 엄마가 총총히 사라진 길에 주저앉아 올려다본 하늘은 너무 파랬다. 파란 하늘 아래 주저앉은 내가 너무 가엽다고 생각했다. 또 눈물이 났다. 손에 쥔 석이 엄마의 손수건이 날 더 서럽게 했다. 그 자리에서 또 한참을 울었다.

그날 밤이었다. 집에 우울하게 처박혀 있다가 고등학교 친구 녀석이라도 만날 요량으로 집을 나섰다.

골목 끝에 그가 있었다. 화난 얼굴로.

"너 뭐야? 집에 있으면서 왜 안 나왔어? 지금까지 걱정했는

데…… 나 화나려고 그래."

어? 무슨 소리야? 넌 수원 고모님 댁에 간 거 아니었어?

"왜 말이 없어. 나 터미널에서 세 시간 기다렸어."

우린 소요산에 가기로 했다. 석이가 아침에 잠깐 어디 갔다 온다고 수유리 터미널에서 만나기로 했고.

"어, 미안해. 나 집에 무슨 일이 생겨서……."

"그럼 나중에라도 말해줘야 하는 거 아냐? 내가 얼마나 걱정했는지 알아?"

"미안해. 미안해."

녀석, 갑자기 나를 끌어안는다.

"아냐, 아무 일 없으면 됐어. 내가 얼마나 걱정했는지 넌 모를 거야. 그래도 이렇게 있으니까 됐어. 내 옆에 있으니까 됐어."

날 안은 녀석의 팔에 힘이 들어갔다. 난 어찌해야 할지 몰랐다. 석이의 품이 따뜻했다. 이런 녀석을 떠나보내야 한다는 생각에 마음이 아팠다. 하지만 어쩌랴 나는 남자인 것을…….

"늦었어. 어서 집에 가."

"내가 늦게까지 이러고 있는 게 누구 때문인데. 너, 섭섭해."

"그래, 미안해. 하지만 지금은 너무 늦었잖아. 엄마 걱정하셔."

"알았어. 그러니까 이제부턴 나 걱정하게 만들기 없기다."

"그래. 어서 들어가."

녀석, 못내 아쉬운 발걸음을 딛었다. 돌아선 석이의 등이 왠지 애틋했다. 저만치 가는 석이를 보며 골목에 서 있었다. 석이가 갑자기 뒤돌아서 두 팔을 벌리고 인사했다. 그런 모습이 너무 귀엽고 사랑스러웠다. 그래선지 또 눈물이 났다.

며칠 동안 잠도 잘 자지 못했다. 모든 게 손에 잡히질 않았다. 전두환 방일訪日 때문에 집회도 준비해야 했고 후배들도 다독거려야 했지만 아무것도 하지 못했다. 내게 석이가 그만큼 깊숙하게 들어와 있었다. 그때 깨달았다. 그래, 석이 엄마가 아니래도 난 그와 헤어져야 했구나. 내가 석이를 계속 만나는 건 나를 위해서도 조직을 위해서도 좋은 일이 아니었다. 아니, 결국 석이를 위해서도……. 지금은 운동을 하는 게 별로 대단한 일도 아니지만 서슬퍼런 전두환 정권 아래서 운동을 한다는 건 자신의 모든 것을 버려야 한다는 거였다. 어쩌면 목숨까지도. 게다가 나 같은 게이가 아니, 호모가 운동을 한다는 건 당시로서는 상상할 수 없는 일이었다. 조직에서도 용납하기 어려웠을 것이고 만약 적들이 안다면 '호모 빨갱이'를 선전 도구화했을 게다. 1984년, 정말 끔찍한 시대였다. 얘기가 옆길로 샜다.

그러던 어느 날, 석이가 불쑥 집으로 찾아왔다. 때마침 엄마가 계셨는데 석이는 '진우' 친구라 했다.

내가 서둘러 나갔지만 그런 사람 없다고 엄마가 먼저 말했다. 아뿔싸. 나를 보는 녀석의 눈빛이 흔들렸다. 녀석의 손을 잡아끌고 한참을 걷는 동안 그는 아무 말이 없었다. 뭐라 하지? 어디서부터 어떻게 해야 할지 난감했다. 입이 떨어지지 않았다. 삼십 분이 지났을까? 여전히 말이 없는 석이에게 내가 먼저 입을 열었다.

"우리, 그만 만나자."

지금 생각하면, 왜 그 말이 먼저 나왔는지 모를 일이다. 어쨌든 그렇게 뱉어버렸다. 석이의 눈은 정말 무섭게 변했다.

"너, 정말 그런 말밖에 못해? 너 뭐야? 너 나한테 미안하다고 해야 하는 거 아니야?"

"나 할 말 없어."

이것도 아닌데 난 안 되는 말만 골라서 했다. 왜 그랬을까? 왜? 차분하게 얘기할 수도 있는데, 난 이미 저만치 벗어나 있었다.

"너 정말 나쁜 애구나. 난 니가 내가 그런 것처럼 날 좋아하는 줄 알았어. 근데 너 뭐야? 이름도 속이고 또 뭘 속였어? 너 다 거짓말이야? 너 뭐냐구?"

녀석은 말하다가 분에 못 이겨 끝내 울음을 터트렸다. 아, 이게 아닌데…… 이러려고 그런 건 아닌데…….

"미안해. 정말 미안한데, 우리 그만 만나자."

그때였다. 정말 돌발적으로 녀석이 주먹으로 벽을 쳤다. 한 번, 두 번, 세 번. 너무 갑자기 일어난 일이라서 말리지도 못하고 멍하니 있었다. 녀석의 손은 피로 범벅이 되었다. 그리고 녀석은 뛰어갔다. 바로 뒤쫓아서 녀석을 붙잡았지만 녀석의 힘을 당할 수 없었다. 난 바닥에 뒹굴었고 녀석은 또 뛰었다. 이렇게 보내면 안 돼. 그래 이건 정말 아니야. 있는 힘을 다해서 녀석을 따라잡았다.

"내가 잘못했어. 나랑 얘기 좀 해."

"필요 없어. 무슨 얘기? 또 거짓말하려구?"

"아냐. 다 얘기할게. 다."

"니 말을 어떻게 믿어?"

녀석이 또 울었다. 피는 계속 났고. 나도 울었다. 일단 녀석을 진정시켜야 하는데, 나도 진정이 안 되었다.이럴 때 담배라도 피우면 좋겠지만 담배도 없었다. 그냥 녀석을 붙들고 울었다. 그렇게 녀석의 피 흘리는 손을 붙들고. 한참을.

둘 다 진정되자 녀석을 데리고 약국엘 갔다. 소독하고 연고 바르고 붕대 감는 동안에도 녀석은 나를 제대로 보지 않았다. 아침에 꼭 병원에 가보라는 약사의 말을 뒤로 하고 약국을 나왔다.

다시 또 한참 동안 침묵이 흘렀다. 이번에는 녀석이 먼저 입을 열었다.

"엄마한테 얘기 들었어. 그래서 니네 집에 갔던 거야. 너 우리 엄마한테 나 안 만나겠다고 했다면서? 나 정말 화났어. 왜 나한테 얘기 안 했어? 그런 건 나랑 얘기해야 되는 거 아니야? 그리고 왜 나 안 만나? 왜? 우리 엄마가 그렇게 무서워? 그럼 난 뭐야? 왜 니 맘대로냐구?"

속사포처럼 쏟아내는 녀석의 말에 난 뭐라 해야 할지 몰랐다. 난 너보다는 어른이기는 한가 봐. 뭘 어떻게 시작해야 할까?

녀석은 저녁에 엄마와 다툰 모양이었다. 다른 일로 다투다가 내 얘기가 나왔고 화가 난 녀석의 엄마가 날 만났다고, 내가 헤어질 거라고 했다고 이제 다 끝난 일이라고 그렇게 말씀하셨단다. 녀석은 다른 거 다 무시했지만 자기랑 헤어지겠다는 내 말 때문에 화가 나 있었다. 열여덟 소년의 사랑은 그랬다. 한 번 사귀면 무슨 일이 있든지 평생 사귀는 게 사랑인데, 그까짓 엄마 만났다고 헤어진다는 건 녀석의 사전에는 없는 거였다. 내가 석이보다는 어른이지만 나도 아직은 미숙했다. 내가 감당하기에는 너무 벅찬 일이었다. 고등학생 남자를 사귀는 것도 그 녀석의 엄마가 찾아와서는 그만 만나라고 얘기하는 것도 손으로 벽을 쳐서 피가 나는 것도 헤어질 수 없는 소년의 감정도 내가 감당하기에는 너무도 벅찬, 그런 것이었다. 그렇지만 이미 엎지른 물이었다. 난 녀석에게 현실을 녀석은 내게 꿈을 들려주었다. 차가운 가로등 밑에서 우린 그렇게 서로에게 사랑을 확인시키고 있었다. 평행선이었다.

"우리 어디로 도망갈까?"

무슨 소리야? 도망? 진지한 눈으로 석이가 말했을 때, 난 결심했다. 정말 녀석을 떠나보내기로.

"멀리 아주 멀리 도망가자. 우리 아는 사람 없는 곳으로 말야."

녀석의 마음이 고마웠지만, 난 사랑에 목숨 걸 만큼 순수하지도 않았다. 난 할 일이 많은 투사였다. 내게는 혁명을 꿈꾸는 조직이 있고 맞서야 할 전두환 일당이 있었다. 그의 눈을 바라보았다. 흔들리는 눈빛엔 진심이 묻어 있었다. 빨리 대답해달라는 검은 눈빛이 나를 아프게 했다. 말없이 녀석을 보았다. 예쁘다. 눈도 예쁘고 코도 예쁘고 입술도 예쁘고……. 물기 머금은 검은 눈동자를 보며 키스하고 싶은 강렬한 충동을 느꼈다. 녀석의 얼굴을 만지는 내 손이 떨렸다. 가슴이 마구 뛰기 시작했다. 석이가 눈을 감았다. 눈 감은 얼굴도 예뻤다. 떨고 있는 그의 입술에 내 입술을 얹었다. 녀석이 내 입술을 살짝 열더니 밀고 들어왔다. 앗, 깜짝이야. 살짝 눈을 떠 녀석을 살폈다. 진지하게 키스하는 모습이 귀여웠다. 녀석이 눈을 뜨는 것 같아 난 얼른 눈을 감아버렸다. 녀석도 나도 떨리는 가슴을 진정하기 어려웠다. 키스가 처음인가? 강약을 조절하지 못하고 서툴기 그지없었다. 그래도 녀석은 너무 진지하게 키스에 임하고 있었다. 언제 끝날 지 모를 것 같은 긴 입맞춤이 끝났다. 녀석이 발그레한 얼굴로 수줍은 미소를 지었다. 나도 모르게 튀어나왔다.

"너, 키스 첨이지?"

"대답하기 싫어."

"처음 맞구나?"

녀석도 못마땅하다는 듯 눈을 흘겼다.

"미안, 미안, 난 그냥 니가 첨이면 좀 미안하잖아. 난 첨이 아니거든."

"처음이냐 아니냐가 그렇게 중요해?"

그렇지, 그게 중요한 건 아니지. "아냐, 그렇지 않아"라고 말하려는 순간 녀석의 입술이 내 입술을 막았다. 이번에는 더 거칠었다. 한참 후 입술을 떼내고 "이제 처음 아니니까 됐어?" 한다. 시위하듯 눈을 부라리는 녀석을 보며 정말 미안하게도 갑자기 크게 웃고 말았다. 녀석의 화난 얼굴을 보면서도 말이다. 악! 녀석이 다친 손을 벽에 부딪혔나 보다. 녀석의 비명과 함께 우린 다시 현실로 돌아와야 했다.

"괜찮아?"

"음, 아퍼. 아, 아."

"많이 아파?"

"응, 많이 아퍼."

"안되겠다. 이제 집에 들어가고 내일 아침에 병원에 꼭 가."

"너 아직 대답 안 했어."

"들어가, 어서."

"너 대답 안 하면 안 갈 거야. 대답해 어서."

또 난감해진다. 다시, 또 우린 평행선에 마주 섰다. 이렇게 밤새 이 골목에 마주 서 있어도 우린 평행선일 것 같다. 어쩌지? 현실로 돌아가야 했다.

"나 대답 못 해. 나도 너 좋아하지만 난 어쩔 수 없어. 그래서 미안해."

녀석이 또 화를 낼까 봐 두려웠다. 녀석은 의외로 차분하게 나를 보며 서 있었다. 그리곤 침묵. 녀석과의 첫 키스보다 더 긴 시간이 흘렀을 때였다.

"너 석이 아니니?"

여학생이었다. 누구? 하는 얼굴로 내가 석이를 보았다. 석이는 당황한 것 같았다. 누구길래 저러지?

"어, 넌 이 밤에 웬일이야?"

"난 문학의 밤 준비 때문에 교회 갔다가……. 너 왜 요즘은 교회 안 나오니? 주일학교도 안 나오고. 목사님이 얼마나 걱정하셨는데……."

"어…… 나 일요일마다 좀 바빴어."

그랬지. 나랑 노느라 바빴지.

"그래? 참 , 근데 얘는 누구니?"

얘? 나보고 얘란다. 허허. 나? "나 석이랑 사귀다가 석이 엄마한테 들켜서 지금 막 헤어지려는 남자 대학생이다"라고 말하고 싫었지만 그냥 아무 말없이 있었다.

"애? 그냥 아는 애."

"그냥 아는 애가 어딨어? 우리 교회 친구는 아니고, 니네 학교 친구야?"

녀석은 우물쭈물 말을 못했다. 왜 그래? 무슨 말이든 해야 할 거 아냐? 그런데 나도 석이도 그저 우물쭈물했다.

"니네 이상하다?"

이 여학생 당돌하기도 하지, 아니 눈치도 없지. 여자의 육감으로 이상하다고 느꼈으면 자리 피해줘야 정상인데 아직 어린 그녀는 우리를 힐끔거리기만 했다. 불쾌했지만 나도 그 상황을 어떻게 할 수 없었다. 한참을 그렇게 어색하게 서 있게 만든 여학생이 한마디하며 자리를 떴다.

"니네 좀 이상해."

이상하긴 뭐가 이상해? 뛰어가서 꿀밤이라도 먹이고 싶었지만 참아야 했다. 이번 일요일엔 꼭 교회 나오라는 말을 남기고 나와 석이를 그녀의 말 그대로 이상하게 쳐다보며 여학생은 사라졌다. 석이 얼굴이 복잡해졌다. 난 불쾌했고 석이는 복잡했고……. 남자와 남자가 사귀려면 갑자기 등장한 친구의 불쾌한 시선쯤은 감내해야 하는데 녀석도 나도 그러지 못했다. 난 어리석게도 그 불쾌함을 고스란히 담아서 말했다.

"대답할게. 나 너랑 헤어질 거야. 다시는 나 찾아오지 마."

"그게 다야?"

냉정하게 말했다.

"응. 너 어차피 니 친구들한테 나 제대로 소개도 못 하잖아. 우린 그런 사이야."

나는 석이의 마음을 그렇게 송곳으로 찔러버렸다. 석이보다 이 년을 더 산 대학 이 학년생인 내가 그러면 안 되는 거였는데 그렇게 말해버렸다. 감정을 실어서 말이다. 녀석은 한참 나를 노려보다가 굵은 눈물을 떨구고 돌아섰다. 천천히, 아주 천천히 녀석이 뒷모습을 보였다. 내가 붙잡아주기를 바랐을까? 녀석을 계속 볼 자신이 없어서 난 도망치듯 뛰었다. 뛰고 또 뛰었다. 억울하기도 했고 미안하기도 했고 밉기도 했고 서럽기도 했고 원망스럽기도 해서 뛰었다. 뛰면서 울고 울면서 뛰었다. 얼마나 뛰었을까? 1984년 가을밤, 난 그렇게 뛰고 울고 뛰었다.

11월이 되니 날씨가 제법 쌀쌀해졌다. 최근에 난 집회와 철야 농성으로 학교생활을 하다시피 했다. 일주일에 이삼 회는 집회를 했다. 10월 말부터는 학생회관을 일주일째 점거하고 철야 농성을 벌였다. 석이와 그렇게 헤어지고 우울해할 틈도 없었다. 그런 내게는 또 잊지 못할 일이 있었으니 꽃다운 스무 살의 내 인생은 정말 파란만장하였어라!

엄마는 고향이 평안남도 맹산인 이른바 실향민이다. 아버지 역시 진남포가 고향이고. 두 실향민 사이에서 태어난 나는 대학에 와서 학생운동을 하면 안 되는 거였다. 왜? 엄마, 아버지가 실향민이니까. 이해가 안 되시는 분들을 위해 보충 설명을 하자면, 실향민 대부분은 레드콤플렉스가 있다. 우리 부모님도 예외는 아니었다. 고로 '운동권=빨갱이'로 인식하던 그 시절에 내가 운동을 한다는 건 우리 부모님 생각으로 '절대 해서는 안 될 짓을 하는 불효막심한 놈'이 되는 거였다는 말씀. 게다가 우리 엄마는 나에 대한 애정이 각별해서 내가 행여 빨갱이 놈들과 어울려 다니다가 감옥에 가지 않을까 노심초사하시곤 했다. 결국 감옥에 갔지만 말이다.

여하튼 감정이 오르면 물불 안 가리는 우리 엄마는 내가 운동권이 되었다는 정보를 입수하고서는 철야 농성을 하고 있는 학생회관으로 들이닥쳤다. 엄마의 등장에 놀라 도망친 나는 탈반에 숨어 있었는데, 며칠 동안을 학생회관으로 출근하는 엄마 탓에 농성 분위기가 말이 아니게 되었다. 엄마는 나를 잡아오지 않으면 학생회관에서 투신하신다고 협박까지 서슴지 않으셨으니 정말 이쯤 되면 막을 도리가 없어지게 된다. 엄마를 설득하다 지친 선배들이 급기야 내게 집에 갈 것을 명했고 난 버팅길 만큼 버팅기다가 선배 손에 끌려 엄마에게 인수되었다. 나를 엄마에게 팔아먹은 선배는 "조직을 위해서 니가 집에 좀 있어야 쓰겠다"고 했으니 정말 우리 엄마의 완전 한판승이었다. 게다가 엄마, 당시 성동경찰서에 근무하는 외삼촌을 학교 정문에 대기시키는 치밀함까지 보이면서 나를 연행해 집에 감금했다.

그 후 집에 붙들려서 어떻게 되었냐고? 그러다가 군대 갔다고 생각하면 오산이다. 나 또한 우리 엄마의 자식인지라 그렇게 호락호락하지는 않다. 집에 감금된 직후 바로 단식에 돌입한 나는 호시탐탐 탈출을 꿈꿨다. 물론 나의 단식쯤이야 엄마에겐 콧방귀 뀔 일이었지만 그게 하루, 이틀, 사흘이 되면 또 달라지는 게 엄마의 마음. 결국 엄마는 삼 학년 일 학기에 휴학한다는 조건으로 나를 가석방(?)했고 난 학교로 돌아갔다. 그러는 사이 일주일이 후딱 지나갔고 석이와는 그렇게 끝나는 것 같았다.

학교로 돌아간 다음 날이었다. 난 학생회관 앞 한마당에서 개사곡과 율동을 가르치고 있었는데(나의 임무는 항상 노래나 춤을 가르치는 거였다. 나도 〈괴물〉의 박해일처럼 짱돌이나 화염병을 멋지게 던지고 싶었고 깃발을 들고 우뚝 서 있고 싶었지만 내게 그런 임무는 주어지지 않았다. 오로지 한 가지 춤과 노래를 만들어 가르치는 것만 주어졌다), 암튼 그날 '캔디' 주제가를 개사한 곡에 맞춰 율동을 가르치다가 녀석을 보았다. 교복을 입은 녀석을. 난 '얼음, 땡!' 놀이를 하듯 그 자리에 얼어버렸고, 녀석은 나를 한참 동안 노려보았다.

집회가 시작되자마자 난 얼른 녀석을 끌고 정문 쪽으로 갔다. 우린 한참을 말없이 있었다. 녀석은 내가 먼저 말해주었으면 하는 눈치였다. 하지만 내가 먼저 입을 여는 순간 난 또 녀석에게 끌려갈 것 같았다. 헤어지기로 마음먹은 이상 그럴 수는 없었다. 지친 녀석이 먼저 말했다.

"나 아무것도 할 수가 없어. 나 좀 어떻게 해줘. 넌 아무렇지도 않아? 어떻게 나한테 이럴 수가 있어? 나 너한테 아무것도 아니었어? 난 잠도 못 자고 이렇게 바보가 되었는데 넌 어떻게 그럴 수가 있어? 어떻게……."

"난 할 말 다했고, 이제 더 할 말 없어. 이렇게 불쑥 찾아오지도 말고 내 생각도 하지 마."

"그게 다야? 여기까지 찾아온 나한테 그게 다냐고?"

"누가 찾아오랬어? 이런 짓 하지 마."

"뭐? 이런 짓?"

"그래 이런 짓. 이러지마. 너희 어머니 말씀처럼 나 너랑 헤어질 거니까 앞으로 나 만나려고도 하지 말고 생각도 하지 마."

"너 이런 사람인 줄 몰랐어. 아까 너 막 웃으면서 춤 출 때 정말 패주고 싶었어. 난 이렇게 힘든데 넌 아무렇지도 않게 잘 지낸다는 게 화나."

"그럼 화내고 가버려!"

그때였다. 녀석의 손이 내 얼굴 앞까지 왔다가 허공에서 부르르 떨렸다. 난 지지 않고 녀석을 노려보았다. 그리고 제발 돌아가 달라고 빌었다. 이렇게 끝내고 싶지는 않았지만 더 만날 수는 없었다. 어차피 헤어져야 한다고 생각한 이상 독해지지 않으면 안 되었다. 녀석이 돌아서기 전에 내가 돌아섰다. 뒤돌아보고 싶었지만 묵묵히 학생회관으로 향했다. 멀리 구호 소리가 들려왔고 난 울지 않았다. 눈물을 참으려고 운동가를 불렀다. 때마침 내려오는 스크럼 대열에 합류했다. 대열 속에서 녀석이 아직 그 자리에 있는지 살폈지만 녀석은 보이지 않았다. 대열을 보고 놀라서 자리를 피했는지 아니면 이미 집으로 갔는지는 알 수 없었다. 정말 이렇게 끝나는구나 생각하니 그제야 눈물이 났다. 때마침 정문 앞을 가로막은 전경들이 최루탄을 쏘아대는 통에 내 눈물은 그렇게 가려졌다.

정문에서 전경들과 몇 차례 공방을 하고 학생회관 앞으로 올라와 정리 집회를 했다. 석이 때문에 울적한 마음은 일로 다스리는 게 최고라고 생각하며 선배들이 시키지 않는 일까지 도맡았다. 그저 일에만 빠져 지내리라 마음먹었다. 그동안 많이 빠진 강의도 좀 챙겨 듣고 그러면 이 학기도 후딱 지나갈 테고, 그러다 보면 잊겠거니 생각했다. 그래, 그래야지. 난 몇 안 되는 대한민국 운동권 게이가 아닌가!

최루탄 냄새 풀풀 날리면서 인문관으로 향했다. 영화연출론 수업을 너무 많이 빼먹은 것 같아서 늦었지만 눈도장을 찍으러 강의실로 향했다. 소극장 앞을 지나고 있었는데, 연극 전공 선배들이 갑자기 에워싸더니 나를 분장실로 끌고 가서는 다짜고짜 패는 게 아닌가? 어안이 벙벙했다. 고함을 지르며 주먹과 각목으로 패는데, 정말 아무 생각 없이 무진장 맞았다. 소극장에서 연습하던 연극 전공 이일재 선배가 뛰어와서는 말리다가 각목에 맞아서 귀가 찢어지고 나도 그도 피투성이가 되었다. 급기야 편집실에서 강의하던 교수님도 달려오고……. 난 일단 친구들이 부축하여 대학병원으로 옮겨졌다.

나중에 알게 된 사실은 이랬다. 집회를 마치고 정문으로 향한 시위대 누군가가 연극 공연 선전물을 건드려서 넘어뜨렸기 때문에 화가 났다는 게다. 그 선전물이 망가진 것도 아니고 넘어뜨렸다는 이유로 운동권에 화가 났고 시위 대열에서 나를 보았기 때문에 그렇게 팼다고 했다. 어이가 없었다. 그렇지만 그게 당시 우리 학과의 분위기였다. 암튼 그렇게 맞고 병원에 실려 가서 치료받고 얼굴에 거즈를 덕지덕지 붙이고 집으로 향했다. (그때 맞은 코는 지금도 약간 휘어 있다.)

운동하는 선배나 친구 들이 볼까 봐 얼른 집에 갔다. 행여 그들이 나를 보고, 자초지종을 알게 되면 예기치 않은 방향으로 사건이 커질 수도 있겠다 싶었다. 괜히 학생들끼리 운동권과 비운동권으로 나뉘어 싸운다고 신문에라도 나게 되면 정말 큰 문제가 될 수도 있을 것 같았다. 내 몰골을 보면 운동하는 선배들이 열 받을 건 뻔했고.

집으로 오는 버스 안에서 정말 우울해졌다. 나를 이렇게 만든 과 선배들도 미웠고 이 지경이 된 나도 싫었고 그리고 세상도 싫었다. 돌발적으로 일어난 구타 사건 때문에 우리 과는 발칵 뒤집혔다. 특히 영화 전공하는 교수들이 가해 선배들을 징계해야 한다고 난리였고 엄마도 학교에 몇 번 오가야 했다. 결국 피해자인 내가 처벌을 원치 않는다고 설득해서 선배들이 공개 사과 하는 선에서 마무리되었지만 그 일로 나는 몸도 마음도 다친 상태로 며칠을 보내야 했다. 어린 내게는 정말 가혹한 기간이었다.

그러던 어느 날이었다. 아직 붓기도 빠지지 않은 코에 눈 주위 멍도 가시지 않은 채로 집 밖을 나간 게 화근이었다. 골목길에서 석이와 맞닥뜨렸다. 석이는 하굣길이었는지 같은 교복을 입은 친구들과 함께 걸어가고 있었다. 내가 먼저 녀석을 발견하고 피하는데 녀석이 나를 보았다. 녀석이 깜짝 놀라서 내게로 왔고 녀석의 친구들은 누구냐며 우루루 나를 둘러쌌다. 녀석은 내 얼굴을 보고 놀랐는지 친구들이 있다는 것도 잊은 채로 내 얼굴을 만지며 정신없이 물어댔다. "너 왜 그래? 무슨 일 있었어? 누구한테 맞은 거야?" 등등. 난 빨리 자리를 피하고 싶었지만 녀석은 날 놔주지 않았다.

"무슨 일인데……. 왜 얘기 안 해? 누구야? 어떤 새끼가 널 때렸냐구?"

녀석은 흥분했고 녀석의 친구들은 나를 둘러쌌고. 이런 얼굴을 석이에게 보이다니…… 정말 창피하다는 생각밖에 안 났다. 날 제발 놔줘. 너랑 이런 얼굴로 이런 상황에서 만나고 싶지는 않단 말이야.

"별일 아니야. 나 갈게."

"이 얼굴이 별일 아니야? 너 왜 그래?"

바로 그 순간, 그렇게 난감한 상황에 녀석의 엄마까지 등장했다. 허걱, 현실은 이렇게 늘 작위적이다.

"너희들 뭐하는 거야?"

석이 엄마가 오해하는 것 같았다. 나와 석이를 둘러싼 친구들이 위협적으로 보인 모양이었다. 게다가 내 얼굴은 멍투성이었고. 그때 내가 그러면 안 되는 거였는데, 난 석이 엄마의 출현으로 너무 당황했고 서둘러 자리를 피하고 싶은 마음에 그냥 도망쳐버렸다. 그때는 정말 아무 생각도 안 나고 그저 그 자리만 피하면 된다고 생각했다. 지금 생각하면 어리석기 그지없는 행동이었지만……. 내가 떠나고 어떻게 되었는지 나는 모른다. 난 그저 내 생각만 하면서 도망쳤으니까.

내가 감당하기엔 너무 많은 일이 너무 큰일들이 갑자기 날 덮쳤다. 그리고 내게는 고민을 털어놓을 사람도 없었다. 그저 혼자서 감당해야 했다. 정 힘들 때는 그냥 무작정 걸었다. 걷다 보면 맘이 가라앉았고 그러다 보면 다시 제자리로 올 수 있었다. 그렇게 11월이 갔다.

그 후로 석이를 보지 못했다. 토요일 오후 이십구 번 버스에서도 버스 정류장에서도 골목길에서도 녀석과 마주치는 우연은 없었다. 가끔 너무 보고 싶단 생각에 녀석의 집 앞을 서성거렸지만 녀석의 얼굴을 보지는 못했다. 나중에 안 일이지만 녀석은 다른 동네로 이사 갔다고 했다. 녀석의 엄마가 서둘렀다고 전해 들었다. 석이 엄마도 정말 힘들었을 거라고 생각한 건 그로부터 꽤 오랜 시간이 흐른 뒤였다. 순진한 아들과 그 아들이 좋아한다는 남자애. 그걸 감당해야 한 그녀는 지금 할머니가 되었겠지? 가끔 녀석이 어떻게 살고 있을까 궁금해진다. 그건 보고 싶은 것도 아니고 그냥 궁금한 거다. 어떤 얼굴로 어떤 생각으로 살고 있는지. 만나면 묻고 싶다. 나를 잊지는 않았냐고. 아니다, 만나면 사과부터 해야 한다. 그때 내가 너무 어려서 미안했다고.

엑스 게이 프로젝트

"너처럼 친절한 남자는 처음이야"

그녀가 내 사랑을 받아주기로 하면서 꺼낸 말이다. 그녀는 나의 첫 여자 연인이었다. 강의가 비는 시간에 그녀와 같이 다니면 참 좋았다. 우리는 나이도 같고 좋아하는 것도 비슷했다. 같이 할 수 있는 게 많다는 걸 알게 되면서 더 친하게 되었다. 혹여나 내 마음을 빼앗아갈지 모르는 남자아이들보다는 여자아이들과 어울리는 게 편하기도 했다. 그녀는 인기가 많았다. 얼굴이 예쁘기도 했지만 작은 체구에 가슴이 컸다. 어린 남자애들이 좋아할 타입이었다. 그런 그녀가 게이를 사랑하게 된 건 다 모자란 내 탓이었다.

학생운동에 매진하면서 고민이 많았다. 조직에서 받아주지 않을 동성애자라는 사실이 나를 괴롭혔지만 어느 누구에게도 그 사실을 털어놓을 수가 없었다. 고민은 거기서 멈추지 않았다. 내가 동성애자라는 사실이 알려질 경우 조직에 큰 피해를 줄 수도 있었다. 엠티 가서 한 방에 같이 자는 것을 두고 '충격, 운동권 혼숙'이라는 헤드라인을 뽑아 사회면 톱기사로 내보내는 언론들이 판을 치던 시절이었다. '운동권 호모 소굴' 운운하는 기사가 나오는 끔찍한 상황이 예견되는 건 당연했다. 고민은 또 있었다. 혹시 내가 붙잡혔을 때 호모라는 이유로 가해질 모욕도 두려웠다. 동성애자는 보수나 진보 어느 누구에게도 환영받지 못하는 존재였다. 고민 끝에 '고쳐'보기로 마음먹었다. 내가 선택할 수 있는 건 한 가지, 여자를 사귀는 거였다. 이왕에 사귀는 거라면 매력적인 여자였으면 했고 그래서 선택한 사람이 그녀였다.

작업은 고전적으로 시작했다. "너랑 사귀고 싶다"는 쪽지를 그녀의 교재 안에 슬쩍 끼워 넣었다. 매일 보는 녀석이 보낸 쪽지에 그녀가 어떤 반응을 보일지 궁금했다. 답은 금방 오지 않았다. 아무 일도 없다는 듯 일주일이 지났다. 다시 쪽지를 보내야 하나 아니면 다른 여자를 찾아야 하나 망설이는 순간 불쑥 그녀에게서 언제 어디로 오라는 쪽지가 왔다. 한참을 기다려도 그녀는 나타나지 않았다. 휴대전화가 있는 지금은 왜 늦는지 전화하면 그만이지만 삼십여 년 전에는 무작정 기다리는 수밖에 없었다. 바람 맞았다고 낙담할 즈음 그녀가 나타났다. 그러면서 한 말이 내가 친절한 남자라는 거였다. 그렇게 동성애를 고쳐보려는 게이와 그걸 모르는 여자의 연애가 시작되었다.

우리의 연애는 순조로웠다. 그녀가 나를 참 많이 좋아해주었다. 그 이유란 게 이랬다. 값싸고 예쁜 옷을 사기 위해 남대문시장을 뱅글뱅글 돌아도 투덜거리기는커녕 오히려 즐거워하는 남자는 내가 처음이었고 다른 남자애들은 사귀자고 한 순간부터 한 번만 자자고 징징거리며 졸라대기 일쑤였는데 난 그러지 않아서. 친절한 남자인 내가 점점 좋아진다고 했다.

하지만 우리의 연애는 오래가지 못해 삐걱거리기 시작했다. 이성 연인이 필요한 그녀에게 난 동성 친구 같은 남자였다. 사귀기로 하고 육 개월이 지난 시점이었던 것 같다. 그녀가 내게 "너 나를 좋아하긴 하는 거야?" 하고 물었다. 왜? 별걸 다 묻는다는 나의 태도에 그녀는 아무리 생각해도 나는 자기를 사랑하지 않는 것 같다고 했다. 같이 있을 땐 너무 좋은데, 같이 있지 않을 때 자기 생각을 안 하는 것 같고 특히 스킨십이 없다는 거다. 아, 내가 그랬구나! 가슴이 철렁 내려앉았다. 다른 건 노력하면 되는 거였지만 스킨십만큼은 노력으로 안 되었다. 아니, 노력은 했지만 그녀가 원하는 스킨십은 그런 게 아니었다. 자연스럽게 손 한 번을 잡아도 사랑하는 마음이 전해져오는 그런 걸 원했지만 게이인 내가 그걸 해줄 수는 없었다. 그래서 꾀를 냈다. "혁명을 이루기까지 난 성욕쯤은 참아야 한다!"고. 그랬는데, 우습게도 그게 먹히는 거다. 오히려 투쟁의 신심이 충만한 남자라며 더 좋아해주었다. 하지만 그 약발은 일 년까지였다. 이성애자로 살아보려는 게이와 이성애자 여성의 연애는 삼 년이라는 긴 시간을 질질 끌면서 부침을 거듭했지만 결국 해피엔딩을 맞지 못했다. 눈물을 뚝뚝 흘리며 자기를 사랑하는 게 맞느냐고 묻는 그녀에게 난 "사랑하지 않는 것 같다"는 말로 상처를 주면서 이별을 고하고 말았다. 용기 내어 게이라고 말했으면 상처를 덜 줄 수 있었을 텐데 그러질 못했다. 지금 생각해도 참 못난 짓이었다. 그녀에게 정말 미안하다.

사랑은
트럭을 타고

1985년 10월에 그를 만났다. 강원도 철원의 비포장 군사도로를 달리는 군용 트럭 안에서 그를 처음 보았다. 난 신병 교육을 마치고 막 이등병 계급장을 단 풋내기 사병이었고 그는 분대장 교육을 받고 부대로 복귀하는 하사였다. 그는 딱 보기에도 세상 모든 고민을 다 끌어안고 있는 얼굴이었다. 그때는 왜 그랬는지 우수에 젖은 눈동자를 가진 그런 과의 사람들에게 끌렸다. 군에 입대한 이후 그런 눈동자를 가진 사람을 만난 건 그때가 처음이었다. 그래서는 안 되었지만 가슴이 콩닥거렸다. 트럭 안에는 분대장 하사 대여섯에 이등병 여남은 명이 있었는데, 단연 그가 빛났다. 운명이었는지 그와 같은 중대로 배치받았다. 슬픈 이야기는 그렇게 시작되었다.

데모하다가 잡혀 끌려간 운동권 학생에게 군 생활은 많이 괴로웠다. 영하 이십 도를 넘나들던 철원의 추운 날씨도 견디기 힘들었다. 내가 배치받은 곳은 팔십일 밀리 박격포를 다루는 중화기중대였다. 중화기중대는 포병이 아니라 박격포를 다루는 보병으로 체력이 좋아야 하는 곳이었다. 고참들은 나약해 보이는 나를 좋아하지 않았다. 그래서 더 악착같이 버텨야만 했다. 가끔 "운동권들은 역시 독하다"는 이야기를 들을 만큼 이를 악물고 살았다. 그렇게 견디면서 이등병에서 일병으로 진급하고 군 생활에 적응해갔다.

난 고참들 몰래 포창고에 짱박혀 있기를 좋아했다. 혼자 있는 짧은 시간이 필요했다. 그때마다 철원을 떠나 최루탄 냄새 가득한 캠퍼스로 날아갔다. 그러던 어느 날, 포창고 문을 열고 그가 들어왔다. 어쩌나! 내가 경례를 붙이기도 전에 그가 울기 시작했다. 나는 울고 있는 그를 보았지만 아직 어둠에 적응하지 않은 그는 나를 보지 못했다. 그의 비밀을 훔쳐보는 것 같아 미안했다. 몇 분이 흘렀을까? 그의 울음이 잦아들 때쯤 밖에서 나를 찾는 고참 목소리가 들려왔다. 얼른 관등성명을 외치고 뛰어나가야 했지만 그에게 미안한 마음에 가만히 있을 수밖에 없었다. 그러는 사이 그가 나를 발견했다. 눈물 가득한 눈으로 나를 원망하듯 쳐다보았다. '이 사람을 사랑하게 되겠구나.' 누군가를 운명적으로 사랑하게 될 것 같은 예감이 든 건 그때가 처음이었다.

그는 군 생활을 하기에는 너무 유약한 사람이었다. 분단된 조국은 그런 사람도 예외 없이 징집했고 설상가상으로 분대장 교육까지 받게 했다. 마초들의 집합소인 군에서 그는 하루하루를 힘겹게 버티고 있었다. 어쩌다 우연히 마주한 그날부터 우리는 남몰래 포창고에서 만나 서로에게 위안이 되어주었다. 그 위안은 계급을 넘은 우정이 되었고 그러다 가끔씩 사랑이라는 단어를 입에 올리기도 했다. 수줍음이 많은 그는 작업을 나갔다 오는 길에 들꽃을 한아름 꺾어 왔다. 내게 직접 주지는 못하고 우리 내무반 화병에 꽂아놓는 걸로 애정을 표시했다. 하지만 그는 나와는 다른 사람, 이성애자였다. 군에 오기 전부터 사귄 여자 친구가 가끔 면회를 와서 내 속을 긁어놓았다. 외박증을 받아 면회를 나가는 그를 보는 건 힘든 일이었다. 그가 여자 친구와 헤어지자 난 해피엔딩을 꿈꿨지만 그 꿈은 오래가지 않았다. 시간은 빨리 흘렀고 그가 전역하면서 비극은 시작되었다. 띄엄띄엄 오던 편지가 끊겼을 때 현실을 깨달아야 했는데, 아직 어렸던 난 제대하고 그의 집을 찾았다. 매섭게 겨울바람이 부는 밤에 "널 한 번도 사랑한 적 없다"는 매몰찬 답을 듣고 나서도 그에게 몇 번을 더 매달리다가 눈물 바람으로 관계를 정리했다.

이성애자인 그가 왜 남자인 나를 "사랑한다" 했다가 "한 번도 그런 적 없다"로 말을 바꾸었는지 그 마음을 다 알 수는 없다. 내가 사랑했으니 그걸로 됐다.

P극장과
쌔끈한 형

"세 시, 탑골공원 앞"

후배 녀석이 와서 일러주고 갔다. 그날 가투(가두 투쟁을 줄여서 부르는 운동권 은어)는 오후 세 시에 종로 3가 탑골공원 앞이었다. 요즘에야 언제 어디서 집회, 시위를 하는지 인터넷에 다 올라 있지만 그때는 구전으로 소리 소문 없이 전달받았다. 군사독재의 서슬이 퍼랬던 시절 이야기다.

예정된 시간보다 조금 일찍 와서 주변을 서성거리고 있는데, 아뿔싸 정보가 샌 것 같았다. 이미 백골단(하얀 헬멧을 쓴 사복 차림의 체포조 경찰, 시위 진압을 위해 특별히 무술 유단자들로 구성되었다고 알려진 조직으로 잔인하기 이를 데 없다) 수가 우리

보다 훨씬 많았다. 오늘은 글렀군. 학교로 다시 돌아가려는데, 다른 학교 학생이 구호를 외치면서 유인물을 뿌리고 차도로 달려 나왔다. 에고 상황이 이런데……. 그래도 어쩔 수 없었다. 동을 떴으니(시위를 주도하는 것을 뜻하는 운동권 은어) 시작할밖에. 인도에 흩어져 있던 학생들이 우르르 차도로 나오면서 스크럼을 짰다. 구호를 외치면서 종로 2가 쪽으로 이동할 즈음 최루탄이 터지고 백골단들이 달려왔다. 순식간에 아수라장으로 변한 탑골공원 앞 차도. 백골단들이 곤봉으로 때리고 방패로 찍으며 학생들을 연행했다. 학생들이 사방으로 흩어져 도망치기 시작했다. 나도 탑골공원 옆 골목으로 뛰어갔다. 뒤에는 백골단 두 명이 쫓아왔다. 아, 이러다 잡힐 것 같은데. 그냥 골목길을 내달려서는 안 될 것 같았다. 골목길로 깊게 들어오면 백골단들이 따라붙지는 않는 게 보통인데, 그날은 해산이 아니라 체포를 하려는 것 같았다. 어쩌지. 큰일이다. 백골단들과 거리가 좁혀지고 있었다. 옆 골목으로 돌아나왔다. 그때 P극장이 보였다. 아, 구세주가 따로 없었다.

오후 세 시 P극장엔 사람들이 꽤 많았다. 휴게실을 지나 극장 안으로 들어가는 구조였는데, 소파에는 할아버지 여럿이 앉아 담배를 피우고 있었다. 내가 휴게실로 들어오는 순간 할아버지들의 눈이 일제히 나를 향했다. 뜨겁고 끈적끈적한 눈빛들. 직감이란 게 있지 않나? 할아버지들의 시선은 성적인 것이었다. 그랬다. 동성연애자(그때는 그렇게 불렀다)들이 섹스할 상대를 찾아 모여든다는 극장, 소문으로만 들은 유명한 P극장이었다. 순간 다리가 후들거렸다. 어쩌지. 나가야 하나? 어떡하지. 이성은 '얼른 돌아서 나가'라고 했지만 감정은 '일단 어떤 곳인지 보기만 해'였다. 몇 년 동안 꾹꾹 눌러왔던 동성을 향한 성욕이 꿈틀거리는 걸 느끼면서 극장 안으로 들어갔다.

어두운 극장 안으로 들어가 가운데 자리에 앉았다. 영화는 상영 중인데 자리에 앉은 사람보다는 서 있는 사람이 더 많았다. 가슴이 터질 듯 뛰었다. 영화는 눈에 들어오지 않았고 연신 사람들만 살피고 있었다. 그때 어떤 할아버지 한 분이 내 옆자리에 앉았다. 내 얼굴을 뚫어져라 쳐다보는 할아버지는 성욕에 달뜬 표정이었다. 할아버지는 손을 뻗어 내 무릎에 얹으며 내 귀에 뜨거운 입김을 쏟아냈다. "괜찮아." 나는 너무 놀라 소리를 꽥 질렀다. "뭐가 괜찮아요! 도대체 왜 이러세요?" 내가 너무 크게 소리 지르자 할아버지가 놀라서 자리를 피했다. 아, 이러는 게 아닌가 보다. 사람들이 웅성거렸고 난 밖으로 나와버렸다. 휴게실을 지날 때 또 끈적한 시선을 받아야 했다. 극장 밖에는 한낮의 뜨거운 태양이 이글거리고 있었다. 극장에서 지하철역까지 한달음에 달렸다. 내 무릎에 손을 올린 할아버지가 쫓아오는 것 같아 무서웠다.

학교로 돌아왔고 또 행사와 집회 준비로 바빴다. 그런데 자꾸만 P극장 생각이 났다. 그동안 억누른 성욕이 자꾸만 고개를 내밀었다. 뜨거운 시선, 무릎에 올려진 손. 도무지 일이 손에 잡히지 않았다. P극장에 가야만 했다. 하지만 갈 수 없었다. 동성연애자로 살고 싶지는 않았다. 게다가 그날 극장에서 본 할아버지들의 끈적끈적한 눈빛이 싫었다. 그 할아버지들처럼 섹스할 대상을 찾아 평생 극장을 어슬렁거리며 살고 싶지는 않았다. 그렇지만 가고 싶었다. 한 번만, 한 번만 더 가고 싶었다. 솔직히 섹스를 하고 싶었다.

가고 싶은 욕망과 갈 수 없는 이성 사이에서 고민하던 나는 꾀를 냈다. 맞아! 거기는 극장이 아닌가. 난 영화를 보러 가는 거야. 섹스를 하러 가는 게 아니라 영화를 보러 가는 거라구. P극장에서 영화사적으로 꼭 봐야 할 영화를 할 때를 기다렸다. 그러다가 발견했다. 〈지옥의 묵시록〉. 이 정도면 명분으로 충분했다. 난 오늘 〈지옥의 묵시록〉을 보러 극장에 가는 거다. 그게 우연히 P극장이었을 뿐이다. 하지만 막상 극장 앞에 오니 떨려서 들어가기가 힘들었다. 몇 번을 망설이다가 들어선 극장엔 할아버지들이 가득했다. 난 또래 남자를 찾고 있는데, 왜 노인들뿐일까? P극장이 탑골공원 옆에 있어서 그런가? 허탕을 쳤다.

학교로 돌아와서야 깨달았다. 바보. 시간을 잘못 택한 거였다. 오후 시간에 갔으니 노인들밖에 없지. 그때는 경제가 호황인 시절, 대낮 극장에 젊은 사람들이 있을 리 없었다. 밤에 갔어야 했다. 또 며칠을 기다렸다. 이번에는 〈부룩클린으로 가는 마지막 비상구〉를 보러 갔다. 그럼, 난 영화를 보러 가는 영화학도야.

세 번째 찾은 P극장. 우습게도 친근한 느낌이 들었다. 이젠 떨리지도 않았다. 여덟 시 P극장의 휴게실은 '쌔끈한' 형들로 가득했다. 그래. 이거야. 형들의 끈적한 시선을 한 몸에 받았다. 그러다가 정말 괜찮은 형과 눈이 마주쳤다. 눈을 피하지 않고 잠깐 있다가 극장 안으로 들어갔다. 첫날 앉은 그 자리에 앉았다. 아까 휴게실에서 눈을 마주친 그 형이 내 옆자리로 왔다. 수법은 할아버지와 똑같았다. 손을 내 무릎에 얹고 내 귀에 뜨거운 입김을 뿜었다. 그리고 "괜찮아". 아, 너무나 괜찮았다. '오빠'의 손이 무릎에서 위로 또 위로 조금씩 올라왔고 귀에 뿜어대는 입김이 더 뜨거워졌다. 그의 손이 내 앞섬에까지 왔다. "나갈까?"

그를 따라나섰다. 극장 뒤에는 모텔이 참 많았다. 그나마 좋아 보이는 모텔을 찾아 들어갔고 그와 너무나 황홀한 섹스를 했다. 그는 담배 피우는 모습도 멋졌다. 이렇게 그와 사랑에 빠지는 건 아닐까 생각했다. 그때 그가 말했다.

"난 적금 타면 스웨덴으로 이민 갈 거야."

"스웨덴? 왜?"

내가 눈을 동그랗게 뜨고 묻자 그가 꿈꾸듯 약간 달뜬 표정으로 대답했다.

"거기엔 우리 같은 사람들이 즐겁다는 뜻으로 자신을 '게이'라고 불러. 게이들이 모인 단체도 많고 해마다 크게 퍼레이드도 하고 인권 운동도 하거든. 난 스웨덴에서 게이로 당당하게 살 거야."

처음 듣는 얘기였다. 게이, 동성애자 이런 말도 처음이었고 단체를 만들고 인권 운동을 하고 퍼레이드도 한다니. 동성애와 운동은 함께할 수 없는 거라고만 생각했는데 그런 세상이 있다니. 형에게 꼬치꼬치 계속 물었고 형은 약간 잘난 체하며 아는 대로 알려주었다. 더 알고 싶으면 큰 서점에 가서 책을 사서 보라는 친절까지. 그에게 물었다. 그런데 왜 이민이냐고. 그는 한국에서는 게이로 당당하게 살 수 없으니 이민 갈 수 밖에 없지 않느냐고 했다. 이상했다. 스웨덴이라고 처음부터 그런 곳은 아니었을 터. 누군가는 먼저 시작했을 게 아닌가. 그러면 한국에서 시작하면 되지 않을까? 그는 깜짝 놀라며 손사래를 쳤다. 한국에서 동성애 운동이라니 말도 안 된다고 했다. 그 순간 멋지게만 보이던 그가 너무 초라해 보였다.

그길로 모텔을 나왔고 그날부터 동성애, 동성애 인권 운동을 공부하기 시작했다. 책과 논문을 읽고 동성애가 병이 아니라는 것을 알았고 수많은 동성애자의 삶을 접했다. 그건 엄청난 변화의 시작이었다. 그로부터 육 개월 뒤 난 생애 처음으로 커밍아웃을 했다.

솔직한 고백

"난 남자가 좋아."

같은 학과 출신인 이성 친구에게 고백한 말이다. 1993년. 커밍아웃이 뭔지도 잘 모르던 시절에 그렇게 시작했다. 내가 커밍아웃할 대상으로 그 친구를 고른 것은 그가 퀴어 영화에 호의적인 평을 많이 했기 때문이었다. 당시에는 국내에 개봉하는 퀴어 영화가 많지 않았을 때였는데, 그는 미개봉 퀴어 영화도 꽤 많이 골라보는 퀴어 마니아였다. 그런 이유로 나와도 아주 잘 통하는 사람이었다. 학교를 졸업하고 '무슨 일을 하며 살까' 고민을 많이 하는 시절이자 잔치가 끝났다는 서른 살이 되는 해였다. 삼십 년을 이성애자인 척하면서 살아왔지만 이성애자로 살 수는 없는, 이제 동성애자임을 숨겨서는 안 된다고 생각한 청년의 고백이었다.

사랑의 상대가 아닌 사람에게 "난 남자가 좋아"라고 말한 건 그때가 처음이었다. 내게는 아주 어려운 고백이었다. 고백하리라 마음먹고도 몇 달을 망설인 끝에 그 말을 내뱉고 나서 짧은 시간 동안 얼마나 후련했는지 모른다. 하지만 이내 힘든 시간이 다가왔다. 퀴어 마니아이며 자유분방해 보이던 그는 쉽게 말을 꺼내지 않았다. 한참의 시간(심리적으로는 정말 너무나 긴)이 흐른 뒤에 그는 시간을 달라는 말을 했다. 아직은 준비가 되지 않았다고. 내가 사랑을 고백한 것도 아닌데 그는 내게 생각할 시간을 달라고 했다. 그리고 며칠 동안 그를 만나지 못했다. '바보. 멍충이.' 괜한 고백을 했다는 자책감에 수없이 스스로를 질책했다. 그를 만나지 못하고 지낸 며칠간을 절망과 두려움 속에서 떨었다. 많이 울기도 했었다. 일주일쯤 지난 뒤 그는 술에 취해 찾아와 나를 안고 울면서 말했다. 두렵고 무서웠다고. 이성理性은 동성애를 이해하지만 감정은 그렇지가 않았단다. 게다가 누군가 자신에게 커밍아웃할 수도 있다는 생각을 단 한 번도 해본 적이 없었기 때문에 크게 당황했고, 그런 자신을 보며 또 실망했다고. 내가 그에게 고백하기 전에 무수히 많이 망설였듯이 그도 힘든 시간을 보낸 모양이었다. 나의 첫 번째 커밍아웃은 그야말로 눈물바다였다.

뭐든지 처음이 힘들고 그다음은 수월하듯 나의 커밍아웃도 예외는 아니었다. 나에게 깜짝 놀랄 만한 고백을 받은 친구들의 숫자는 점점 늘어갔고 오 년이 흐른 뒤에는 가족에게도 이야기할 수 있었다. 처음에 눈물바다로 시작했지만 나중엔 "그런 줄 알고 있었다"는 쿨한 대화로 변했다. 세월이 흘러 시대가 변한 때문이기도 하지만 내 스스로 자존감을 얻었기 때문이라고 생각한다.

요즘은 만나는 사람마다 "커밍아웃을 준비하라"고 한다. 성소수자들에게는 커밍아웃할 준비를 하라는 주문을, 이성애자들에겐 고백을 들을 준비를 하라고 말이다. 특히 이성애자들에게 "누군가 당신에게 커밍아웃할 수도 있으니 마음의 준비를 하라"고 이야기한다. 세상에서 많이 일어나는 일이며 당신에게도 언젠가 일어날 가능성이 있는 일이라고 말한다. "나는 동성애자(를 포함한 성소수자)야"라고 고백해올 상대가 친구일 수 있고 때로는 가족일 수 있으니 마음의 준비를 해두라고 한다.

그런 말을 들으면 대부분 눈을 동그랗게 뜬다. 마치 자기에게는 그런 일이 없을 것처럼 말이다. 세상에 성소수자는 많고 그들이 점점 자신의 정체성을 드러내는 추세이니 커밍아웃은 이제 남의 얘기만은 아니다. 그리고 이건 협박이 아니다. 준비 없이 듣게 된 고백 때문에 당황하지 말라는 정중한 권유이다. 그러면서 한 가지를 덧붙이는데, 대체로 커밍아웃하는 성소수자들은 상대를 찾을 때 '나를 가장 잘 이해해줄 것 같은 사람, 내가 정말 좋아하는 사람, 믿을 수 있는 사람'을 택한다는 것이다. 커밍아웃에 실패(거부한다거나 절교당한다거나 하는 경우가 많다. 때때로 한 사람에게만 한 은밀한 고백을 다른 이들에게 떠벌리고 다니는 아우팅을 하는 사람들도 있다)하고 싶지 않기 때문이다. 이건 아주 중요하다. 고백하는 사람의 마음을 알고 있다면 대처하는 것도 쉬울 것이다.

커밍아웃을 무조건 받아주라는 얘기는 아니다. 물론 커밍아웃을 편하게 받아준다면 더할 나위 없이 좋겠지만 그러지 못한다 하더라도 "너를 믿고 있기 때문에 고백하는 것"이라는 상대의 마음을 헤아린다면 대처하는 방법이 달라질 것 아닌가. 수없이 많은 고민 끝에 하는 고백이다. 게다가 나를 믿고 하는 고백이다. 가능하면 서로 상처를 주지 않는 게 좋은 것 아닌가.

커밍아웃할 필요가 없는 세상이 오면 모든 게 다 해결될 일이지만, 앞으로 당분간은 누구는 커밍아웃하는 문제로 다른 누구는 고백을 듣는 문제로 고민하는 일이 되풀이될 게다. 그러니 준비하라. 나에게도 닥칠지 모르는 일이다.

엄마,
난 남자가 좋아요

엄마에게 두 번 커밍아웃했다. 한 번은 "엄마, 나 학생운동하고 있어요"였고, 두 번째는 "엄마, 나 동성애자예요"였다. 두 번 다 엄마에게 거짓말하고 싶지 않아서였다.

첫 번째 커밍아웃을 했을 때 엄마는 많이 놀랐다. 엄마는 고향이 평안남도 맹산인 이른바 실향민이다. 1939년생으로 한국전쟁이 나기 전에는 이북에서 사셨고 1·4 후퇴 때 할아버지 손을 잡고 남쪽으로 피란하시다가 사리원에서 미군 폭격으로 하나밖에 없는 언니를 잃은 뼈아픈 경험이 있는 분이다. 엄마는 레드콤플렉스가 강했다. "빨갱이라면 치가 떨린다"는 말씀을 많이 한 걸로 기억한다. "학생운동을 한다"는 나의 고백을 엄마는 '빨갱이가 되었다'

로 들으시곤 놀란 가슴을 부여잡고 한동안 말씀을 못 하셨다. 그 뒤로 엄마와 난 소리 높여 싸우는 일이 많아졌다. 그때 나는 겨우 스무 살이었다. 나의 미숙함 탓이기도 했지만 엄마의 빨갱이 알레르기 탓이기도 했다. 급기야 가출해 학교에서 먹고 자는 일까지 벌어졌다. 엄마는 나를 잡으러 학교에 매일 출근하듯 하셨다. 그러다 난 군대를 갔고 엄마는 내가 그렇게 학생운동과는 멀어지겠거니 생각하셨다. 그렇지만 광주 학살의 원흉이 대통령으로 있는데 학생운동을 그만둘 수는 없었다.

복학하고 다시 학생운동에 매진했고 단과대 학생회장을 맡게 되었다. 단과대 학생회장은 구속될 각오를 해야 하는 일이었다. 엄마에게 숨길 수는 없었다. 하지만 아들을 이해하지 못하는 엄마, 엄마를 설득하지 못하는 아들의 괴로운 싸움을 다시 시작할 수는 없었다. 때마침 학교에 '애국한양 어머니회'라는 모임이 생겼다. 학생운동을 하는 자식을 둔 어머니들의 모임이었는데, 엄마는 그곳에서 비슷한 고민을 하는 친구들을 만났고 차츰 아들을 이해하게 되었다. 그러다 내가 구속되면서 민주화실천가족운동협의회에도 나가셨다. 그러면서 엄마는 한국 현대사의 비극이 모두 빨갱이들 때문이라는 콤플렉스에서도 벗어나셨다.

어쩌면 엄마에겐 나의 두 번째 커밍아웃이 더 힘든 일이었는지도 모른다. "그건 마치 청천벽력과 같았다"고……. 아들이 동성애자라는 사실을 받아들이고 스스럼없이 대하게 될 때까지 엄마는 고통스러운 과정을 겪으셨다. 밥을 짓다가 빨래를 개다가 길을 걷다가 문득 아들이 게이라는 생각에 울컥 눈물을 쏟은 적이 한두 번이 아니셨다고 하니 엄마의 고통이 어땠을지 짐작할 수 있다. 빨갱이 아들보다 게이 아들을 더 견디기 힘들어 한 엄마였다. 그러다 차츰 머리로는 이해하게 되셨다. 하지만 가슴으로 받아들이는 데까지는 긴 시간이 필요했다. 그 시간을 혼자 감당해야 했고 그 때문에 고통이 크셨단다. 지금은 아들의 동성 연인과 같이 여행을 가서 한 방을 써도 아무렇지도 않고 게이들로만 구성된 합창단의 공연에 여장한 아들이 나와 사회를 봐도 큰 소리로 웃으며 박수 치시지만 한동안 엄마의 가슴은 시커멓게 썩어들었다. 그때 엄마 주변에 같은 고민을 하는 사람들이 있었다면 그렇게 힘들지는 않았을 텐데……. 엄마는 혼자였다. 과거의 엄마처럼 힘든 시기를 겪고 있는 동성애자 가족들에게 친구가 필요하다고 생각한다.

게이 소년의
잔혹한 사춘기

얼마 전부터 이메일을 주고받는 게이 소년이 있다. 나이는 열일곱, 사는 곳은 경북의 작은 소도시. 이 소년이 내게 처음 보낸 이메일의 제목은 "감독님 죽고 싶어요"였다. 깜짝 놀라 열어본 이메일에는 열일곱 꽃 같은 나이의 소년이 겪기엔 너무 절망적인 이야기가 구구절절 펼쳐져 있었다.

소년은 중 삼때부터 자기가 친구들과는 다른 성적 지향을 지녔다는 걸 알게 되었다고 했다. 그는 같은 반 친구를 짝사랑하면서 괴로움이 커져갔다. 주변에 고민을 털어놓을 사람이 없어 인터넷을 뒤지다가 '이반(異般, 동성애자들이 스스로를 부르는 말)'들이 모이는 사이트를 알게 되어 거기서 사람들과 대화하게 되었고 가끔은 대구로 가서 사람들을 만나기도 했단다. 하지만 불행하게도 그가 만난 이반들은 그를 친구로 대하기보다는 성적 대상으로만 여겼다. 소년의 고민은 깊어갔고 결국은 학교 선생에게 도움을 청했다. 그런데 문제는 여기서부터였다. 소년의 고민을 들은 선생은 그 사실을 소년의 부모에게 알렸다. 부모는 소년의 컴퓨터는 물론 방 구석구석을 뒤졌고 음란한 것들(대개의 사춘기 소년들이 가졌을 법한 것들이다. 다만, 이성애가 아니라는 것이 다를 뿐이었다)이 쏟아져 나왔다. 아무것도 모른 채 집에 간 소년은 부모에게 취조당한 것도 모자라 정신병원에 끌려다녔다. 정신과 의사들은 동성애가 병이 아니라고 했다. 병원에서 치료할 수 없다는 것을 알게 된 부모는 종교에 매달렸다. 방학이 되자 소년은 기도원으로 끌려다녔다. 마귀를 쫓아야 한다며 감금당했고 심지어 폭행에 가까운 안수기도란 것을 받기도 했다.

방학이 끝나 학교로 돌아갔지만 불행은 끝이 아니었다. 누가 말을 전했는지 이미 학교에는 소년이 게이라는 소문이 쫙 퍼져 있었고 같은 반 아이들 가운데 호모포비아 성향을 가진 아이들이 소년을 괴롭히기 시작했다. 참다못한 소년은 부모님께 전학 보내달라고 했지만 돌아온 것은 견디라는 말뿐이었다. 소년은 이제 더 이상 도움을 청할 곳도 사람도 없다고 했다. 그래서 죽고 싶다고 했다. 겨우 열일곱 소년이 그렇게 말했다.

소년은 그저 사춘기를 지나고 있을 뿐이다. 누군가를 짝사랑하고 그것 때문에 설레기도 하고 괴롭기도 하고 그런 것이 사춘기라면 소년도 그것을 겪고 있을 뿐이다. 그 대상이 이성이 아니라는 이유로 이렇게 가혹한 일을 겪어야 하는지 너무 화가 나고 답답했다. 하지만 내가 해줄 수 있는 건 많지 않았다. "그건 네 잘못이 아니다. 병이 아니다. 결코 목숨을 가벼이 해서는 안 된다" 이런 말뿐이었다. 다행스럽게도 소년이 이메일을 또 보내왔고 난 답장했고 다시 또 답장이 왔다. 소년의 환경이 변한 건 아니지만 소년의 마음은 조금씩 변하는 듯했다. 최근에 보내온 이메일에는 자기 꿈을 이야기하기도 했다. 선생님이 되고 싶은데 가능한 일인지 물었다. 내가 대학에서 학생들을 가르치고 있다고 하니까 신기하게 생각했다. 이반 교사도 꽤 많고 인터넷에는 이반 교사 모임도 있다고 알려주었다. 포기하지 말고 꼭 좋은 교사가 되기를 바란다고 전했다. 그리고 혹시라도 급하게 도움이 필요하면 전화하라고 내 전화번호도 남겼다. 아직 소년에게서 답장이 없다. 전화도 오지 않았다.

잔혹한 사춘기를 보내고 있는 게이 소년의 이야기를 신문 칼럼에 쓰고 나서 많은 사람이 다양한 이야기를 전해왔다. 그 소년과 똑같은 괴로움을 겪고 있다는 다른 소년, 집을 나와 방황하고 있다는 소년, 우울증 치료를 받고 있는 레즈비언 소녀의 아버지도 있었다. 아주 가끔씩 부모에게 커밍아웃한 이후 당당하게 잘 지낸다는 글도 있었지만 대개는 우울하고 괴로운 사연이었다. 동성애는 죄가 아니고 치료받아야 할 병이 아니란 것을 사람들이 모르는 건 아니었다. 하지만 현실은 그렇게 호락호락하지 않았다. 우리 사회는 동성애자들을 특히 청소년 동성애자들을 편견 없이 대해주지 않는다. 그들은 학교에서 변태로 취급받아 따돌림당하고 부모에게는 치유의 대상이 되어 압박을 받는다. 결국 그들은 홀로 외로움과 싸우거나 집을 나오거나 극단적인 경우 스스로 목숨을 끊는 것으로 가혹한 현실을 탈출해야만 했다.

나의 청소년기도 다르지 않았다. 동성연애자 또는 호모라는 낙인은 나를 자책하게 만들었다. 나는 스스로 병든 사람이라 여겼고 결국 그 병을 이기지 못하는 나약한 사람으로 생각하며 우울해졌다. 좋아하는 친구가 생겼을 때는 더 비참했다. 혹시나 내가 좋아하는 사람에게 몹쓸 병을 옮기는 건 아닌지 두려웠고 그 두려움은 결국 자신을 학대하는 것으로까지 나아갔다. 그나마 다행인 것은 주변에 나를 좋아해주는 친구가 많았다는 것이다. 그들에게 나에 대해 솔직하게 털어놓지는 못했지만 그들 덕에 청소년기를 잘 견딜 수 있었다. 다른 사람들과 어울릴 땐 의도적으로 명랑한 척 밝은 척하다가 혼자 남겨졌을 때 슬픔에 휩싸이는 이중적인 소년으로 힘든 사춘기를 보냈다.

나를 바꾼 것은 자기 긍정이었다. 호모가 아닌 게이라는 단어를 알게 되고 나는 단지 이성애자와 다른 사람이란 걸 깨닫는 순간, 그 순간 나는 변했다. 그러기까지 십 년이 넘는 시간이 흘렀다. 그리고 나는 다짐했다. 다른 동성애자들 특히 청소년 동성애자들은 나처럼 괴로운 과정을 겪지 않게 하겠다고. 세상에 "나는 동성애자예요"라고 외쳤고 누구보다 열심히 일하려고 노력하고 있다.

2010년 미국에서는 동성애자라는 이유로 따돌림받던 열세 살 소년 애쉬 브라운이 권총 자살하고, 열여덟 살 소년 타일러 클레멘티가 다리에서 몸을 던진 사건이 있었다. 이 사건을 계기로 청소년 동성애자는 물론이고 다른 괴롭힘을 당하는 모든 아이에게 용기를 주기 위해 사람들이 격려의 메시지를 촬영하여 유튜브에 올리는 'It gets better'라는 캠페인이 벌어졌다. '이제 곧 나아질 거야' 그러니 용기를 내라는 이 캠페인에 마돈나, 레이디 가가, 토드릭 홀 등 스타들이 나섰고 힐러리 클린턴, 버락 오바마 미국 대통령 등 많은 이가 동참했다.

지금도 동성애자라는 이유로 괴로워하고 있는 청소년들에게 컴퓨터를 켜고 검색창에 'It gets better'를 치고 세계인이 올려놓은 동영상을 보라고 권하고 싶다. 그리고 자신을 긍정하고 사랑하라고 말해주고 싶다. 얘들아 이제 곧 나아질 거야!

엄마와
거짓말

다들 그랬겠지만 나 역시 어릴 적 엄마에게 혼난 적이 많았다. 난

혀를 내두를 정도의 개구쟁이는 아니었지만 조용한 '범생'도 아니었기 때문에 엄마의 매를 피할 수는 없었다. 우리 엄마의 매는 매섭기로 치면 거의 동네 최고 수준이었다. 그렇다고 엄마가 매번 매를 드시는 체벌의 여왕은 아니다. 정말 큰 잘못을 했을 때 엄마는 매를 들었고 그 매는 참 많이 아팠다. 그중에서도 엄마를 제일 화나게 한 건 거짓말. 엄마는 거짓말하는 걸 제일 싫어했다. "다른 건 다 용서해도 거짓말은 용서 못 한다"는 말씀을 입버릇처럼 달고 사셨다.

중학교 이 학년 때였다. 친구들과 밤늦도록 놀다 들어와서는 선

생님 심부름을 갔다 왔다고 거짓말했다. 선생님이 집에 전화한 것도 모르고 말이다. 그때 나를 보던 엄마의 눈빛을 지금도 잊을 수가 없다. 그날 엄마는 정말 모질게 매를 들었고 난 울면서 약속했다. "엄마 다시는 거짓말하지 않을게요."

하지만 엄마와의 약속은 오래가지 못해 깨지고 말았다. 그 이듬해 난 같은 반 친구(물론 남학생이다)를 좋아하게 되었다. 그 이후로는 엄마에게 계속 거짓말을 해야 했다. "엄마 사실 저는 게이에요"라고 솔직하게 털어놓고 싶었지만 용기가 나지 않았다. 나는 삼십 년 가까운 세월을 이성애자로 속이거나 최소한 동성애자가 아닌 척하고 살았다. 몇 번이고 말하고 싶었지만 그러지 못했다. 내 마음속에서 용기와 두려움이 싸우다가 항상 두려움이란 놈이 이겨버렸다고 할까? 결심하고 나섰다가도 막상 입이 떨어지지 않아 발길을 되돌린 적이 한두 번이 아니었다. 그렇게 수십 년을 망설이다가 1993년에 가까운 친구에게 고백했다. 그러고도 십 년이 더 지난 2006년 겨울이 되어서야 대중을 향해 커밍아웃했다.

어제 만난 후배도 커밍아웃을 못해 전전긍긍하고 있었다. 녀석은 최근에 결혼하라고 다그치는 엄마 때문에 고민이 많았다. 녀석의 위로 있는 형과 누나가 결혼한 지는 이미 오래되었고 어느새 동생마저 결혼해서 남은 건 달랑 자기 하나뿐이라며 엄마의 성화가 장난이 아닌 모양이었다. 독신으로 살겠다고 여러 번 얘기했지만 그것도 통하지 않았단다. "너 때문에 내 명에 못 산다"는 얘기를 듣다 못한 녀석은 급기야 선을 보러 다닌다고 했다. 소개팅도 아니고 선이라니. 이성애자 연기(?)를 하며 맞선 상대 여자 앞에 앉아 있을 녀석을 생각하니 한편으로 우습고 한편으로 짠했다. "너는 그렇다 쳐도 상대방 여성은 무슨 봉변이냐"며 뭔가 수를 내라고 얘기했지만 엄마에게 커밍아웃하라고는 말하지 못했다. 쉬운 일이 아니라는 걸 너무 잘 알기 때문이다. 녀석은 이번 주말에 또 선을 보러 나간다고 했다. 그러면서 또 깊은 한숨을 뱉어냈다. 녀석의 가장 큰 고민도 거짓말이다. 평생 거짓말하면서 살 수는 없는 노릇. 녀석도 언젠가는 용기를 내야 한다.

이런 보고 사례도 있다. 민주노동당 성소수자위원회를 비롯한 성소수자 인권 단체 등은 "레즈비언(133명), 게이(150명), 양성애자(52명), 성전환자(37명) 등 372명을 대상으로" '한국 성소수자 사회의식 조사'를 실시하여 결과를 발표했다. 보고서에 따르면 "85.5퍼센트의 응답자가 자신의 성(별)정체성을 주변의 누군가에게 밝혔다"고 한다. 하지만 그중 56.8퍼센트는 "가족에게는 말하지 않았다"고 했다. 친구나 직장 동료에게는 하는 말을 가족에게 하지 않았다(못했다)는 얘기다.

이유가 뭘까? 다른 질문에 대한 응답을 살펴보면 답을 쉽게 찾을 수 있다. "자신의 성(별)정체성 때문에 가족에 대한 죄의식이나 사회에 대한 두려움을 느껴본 적이 있느냐"는 질문에 대해 응답자의 71.4퍼센트가 그런 경험이 있다고 대답했으며, 특히 "성소수자이기 때문에 생기는 어려움으로 가장 심각한 문제는 무엇인가"라는 질문에 30퍼센트에 이르는 사람들이 "가족으로부터의 소외와 차별"이라고 답했다. 성소수자라는 이유로 가족에게 죄의식을 느끼고 또 그들에게서 소외될까 두려워하고 있는 상황이라는 얘기다. 이런 상황에서 커밍아웃한다는 게 쉬울 리 없다.

누구나 거짓말을 해봤을 것이다. 동시에 양심에 찔려 죄의식을 느껴보기도 했을 것이다. 그렇다면 알 것이다. 평생을 거짓말하며 죄인처럼 사는 것이 얼마나 힘든 일인지……. 그래서 말인데, 가족 가운데 성소수자가 있을 수 있다는 걸 생각하며 살았으면 좋겠다. 그런 가족에게는 손을 내밀거나 따뜻하게 안아주면 더 좋겠다. 성소수자들이 평생 거짓말쟁이로 살지 않게 말이다.

아버지
사랑해요

어릴 적 우리 집은 가난한 편이었다. 이북에서 피란해오신 아버지와 어머니는 든든한 후원자가 있는 것도 아니었고 오로지 자수성가해야 했기에 부자로 살기는 어려운 형편이었다. 그래도 아버지는 우리 사 남매가 기죽지 않게 하려고 어려운 형편에도 이것저것 신경을 많이 쓰신 편이었다. 텔레비전도 전축도 전화도 동네에서 우리 집이 제일 먼저 들였다. 없는 살림에 쪼들려 살면서도 뭔가 새로운 것이 나오면 아버지는 먼저 사셨고 그 덕분에 난 동네 친구들의 부러움을 사곤 했다. 김일 선수의 레슬링 경기가 있을 때마다 우리 집에 가득 모여들던 동네 사람들의 모습이 생각난다.

초등학교 사 학년 겨울방학 때 아버지가 갑자기 우리 사 남매를 데리고 체육사에 가서는 스케이트를 하나씩 사 주셨다. 지금은 스케이트 하나 사는 거야 대단한 일이 아니지만 그때는 자기 스케이트를 가진 아이들이 거의 없는 때라 우리들에겐 너무나 큰 크리스마스 선물이었다. 형과 내게는 스피드 스케이트를 여동생에게는 피겨 스케이트를 사 주셨다. 한창 자랄 때라서 엄마는 내년이면 못 신을 텐데 사 주지 말라고 만류하셨지만 아버지는 껄껄껄 웃기만 하셨다. 우리들은 행복한 비명을 질러댔다. 엄마 말씀처럼 일 년밖에는 못 신어 아까웠지만 그해 겨울은 스케이트 덕에 마냥 행복했다. 머리맡에 스케이트를 놓고 잠을 자며 행복해했던 기억이 새록새록 난다.

서울 변두리에는 논이나 웅덩이에 물을 대 얼린 다음 줄을 쳐놓고 스케이트장이라고 만들어놓은 곳이 꽤 있었다. 하지만 우리 동네에는 스케이트장이 없어서 버스를 타고 멀리 가야 했던 터라 아주 많이 타지는 못했다. 친구들과 스케이트장에 가는 날에는 자랑거리가 하나 있어 유치하지만 약간 우쭐해하며 뽐냈던 기억도 있다. 스케이트를 지치는 것에 익숙해지면서 재미가 붙어갈 때쯤 큰 고민이 생겼다. 여자아이들이 타는 '피겨'에 꽂힌 것이다. 피겨는 모양은 물론이거니와 색깔부터 '스피드'와는 달라도 너무 달랐다. 흰색이나 분홍색 피겨는 내 맘을 사로잡았다. 하지만 내겐 시커먼 스피드 스케이트뿐이었다. 한 번은 피겨가 너무 타고 싶어서 돈을 주고 빌려 탄 적이 있었다. 익숙하지 않은 탓에 연신 엉덩방아를 찧어댔지만 그렇게 행복할 수가 없었다. 그 뒤로도 가끔씩 피겨를 빌려 타는 날이 많았다. 그러다 나에게는 스피드 스케이트보다 피겨 스케이트가 더 어울린다고 생각했다. 어느 날 아버지께 다음에 스케이트를 사 주실 때는 꼭 피겨를 사 달라고 부탁했다. 피겨가 너무 타고 싶다고 얘기했지만 아버지는 내 청을 들어주지 않았다. 아버지는 내가 중학교를 졸업할 때까지 거의 매년 스케이트를 사 주셨고 그때마다 난 간절히 피겨를 원했지만 "남자는 롱(스피드 스케이트를 그렇게 불렀다)을 타야 한다"며 단호하게 말씀하셨다. 매번 내게는 까만 스피드 스케이트가 돌아왔다. 아버지 몰래 스케이트를 바꾸러 갔다가 차마 바꾸지 못하고 발길을 돌리며 눈물을 훔친 기억도 있다. 아, 그때 아버지가 피겨를 사 주셨다면 난 브라이언 오서처럼 되었을지도 모른다.

대한민국 남자들이 거의 다 그렇듯 나도 아버지와 사이가 좋지 않은 편이었다. 아버지와 다정하게 얘기한 적이 별로 없다. 내 기억으로는 아버지와 두 문장 이상의 대화를 한 기억이 거의 없다. 그런데 대중목욕탕에 같이 갔을 때만큼은 예외였다. 아버지는 내 등을 밀어주실 때마다 이런저런 얘기를 붙이셨고 나도 그때만큼은 "네, 아니오"가 아닌 다른 대답을 했다. 아버지와 난 목욕탕에 가는 걸 좋아했다. 지금은 집집마다 대부분 욕실이 있지만 내가 어릴 적엔 집에 욕실이 없는 경우가 많았고 욕실이 있다고 해도 난방비가 아까워서 겨울엔 샤워하기가 쉽지 않았다. 일주일에 한 번 일요일이면 아버지는 형과 나를 데리고 목욕탕에 가 우리 때를 밀어주시면서 대화를 시도하셨다. 자상한 성격은 아니었다고 생각했는데 돌이켜보니 남다른 데가 있으셨던 것도 같다. 한 번은 좋아하는 사람이 있냐고 물으셔서 남자애를 여자애인 것처럼 바꿔 얘기했다. 그랬더니 아버지는 내가 계집애 같아서 남자 같은 애를 좋아한다고 하셨다. 남자 같은 애는 안 되는 거냐고 물으니 웃으시면서 "네가 좋으면 됐지 무슨 상관 있냐"고 하셨다.

이십 년이 더 흐른 뒤 아버지 생신에 남자 같은 애가 아닌 남자를 데리고 갔다. 가족 모임에 다른 사람을 데리고 온 적이 없어서 식구들 모두 의아해했다. 아버지가 누구냐고 물으시기에 친구라고만 했다. 그 후로 오 년 동안 부모님 생신이나 명절 때마다 같은 사람을 데리고 나타나면서 자연스럽게 커밍아웃했다. 그러다 그 사람과 헤어져 혼자 명절에 갔더니 아버지는 왜 같이 오지 않았는지 궁금해했다. 내가 헤어졌다고 말씀을 드리니까 "친구끼리 헤어지는 게 어디 있느냐?"며 다음에 같이 오라고 하셨다. 아버지에게 그 사람은 친구가 아니고 우리는 헤어졌다고 다시 정확하게 말씀드렸다. 아버지는 아무 말씀이 없었다. 그 뒤로는 길게 사귄 사람이 없어서 가족 모임에 늘 나 혼자였다. 아버지는 내가 안돼 보였는지 가끔은 같이 올 '친구'는 없냐고 물으셨다.

아버지는 당뇨합병증으로 시력을 잃고 고생하시다가 2010년 1월에 세상을 떠나셨다. 돌아가시기 몇 해 전부터 거동을 못하시고 누워만 계셨기 때문에 갑작스런 일은 아니었지만 아버지의 죽음을 받아들이는 것이 쉽지 않았다. 아버지가 돌아가시기 며칠 전에 파트너를 데리고 병원에 갔었다. "아버지 내가 사랑하는 사람이에요"이렇게 말씀드리고 싶었는데 혹시 아버지가 충격받으시면 큰일 나니까 그러지 말라고 파트너가 말렸다. 그래서 '같이 지내는 사람'이라고 소개했다. 아버지는 아무 말씀이 없으셨다. 그리고 며칠 뒤 의사로부터 마음의 준비를 하는 것이 좋겠다는 얘기를 들었다. 난 아버지가 떠나시기 전에 꼭 사랑한다고 말하고 싶었다. 정신이 온전하실 때 마음을 전해야 하는데 입술만 달싹일 뿐 입 밖으로 나오질 않았다. 며칠을 망설이다가 손을 꼭 잡고 말씀드렸더니 웃으시면서 "안다"고 하셨다. 가끔씩 그때 그 순간을 떠올리면서 아버지를 추억하곤 한다. 내가 살면서 가장 잘한 일이라고 생각한다.

광수,
화니를 만나다

겨울이었다. 겨울은 언제나 시리다. 없이 사는 사람들에게 봄, 여름, 가을, 겨울, 어느 한 계절 힘들지 않을 때가 있으랴만 겨울이 가장 힘들고 시리다. 늘어가는 난방비에 마음이 무거워지는 탓? 아니, 그냥 춥기 때문이다. 추우면 사람이 좀 달라지지 않나? 난 그랬다. 추우면 달라졌다. 마음의 여유란 게 없이 까칠해지게 되는 날. 그날도 무척 추웠고 한참 예민해 있었다. 영화 일은 잘 풀리지 않아 같은 자리를 맴돌고 사무실은 춥고……. 일찍 사무실을 나와 '친구사이(한국 게이 인권 운동 단체)'로 향했다. 그랬다. 힘들다고 느낄 때 '친구사이'로 가면 왠지 마음이 놓였다. 여자는 아니지만 친정집에 가는 기분이 이럴 것 같다고 하면 과장일까?

날이 추우면 '친구사이' 사무실도 북적였다. 난방비 걱정에 방열기를 잘 켜지 않아 '친구사이' 사무실은 겨우내 추웠지만 사람들은 여름보다 훨씬 많이 모여들었다. 실제 온도는 낮았지만 체감온도는 높았기 때문이다. 시린 마음을 데우는 데 게이 친구들만 한 게 없었다. 그냥 함께 있는 것만으로도 체감온도 5°C 상승! 옹기종기 모여 하는 일도 참 많았다. 지금은 사무실도 널찍한 곳으로 옮겼고 회원도 엄청 늘어서 '친구사이' 문화가 많이 달라졌지만 그때는 작은 동아리 같았다. 인권 운동을 기본으로 했지만 짬날 때, 기분을 '업'하고 싶을 때, 보드게임도 많이 했고 작은 티브이 앞에 모여 앉아 〈대장금〉, 〈안녕, 프란체스카〉 등을 함께 보기도 했다. 물론 술을 더 많이 마시긴 했다.

그날도 여럿이 모였고 게임을 할까 술을 마실까 분분한 의견을 조율하고 있었다. 그때 벌컥 문을 열고 들어오는 남자. 모두의 눈이 그에게로 쏠렸다. 이십 대 초반의 핸섬한 남자, 화니였다. 아, 그의 몸에서 광채가 났다! 후광! 그랬다. 사람들이 말하는 후광이란 걸 보았다. 그의 등장은 흡사 순정만화, 아니 순정만화 같은 영화, 왜 〈늑대의 유혹〉 같은 그런 영화 말이다. 딱 그 영화의 '강동원' 등장 신 같았다. 슬로우로 들어오는 그와 그의 뒤에서 빛나는 후광. 그런 그에게 반하지 않는다면 게이가 아니다!

내가 정신을 못 차리는 사이 벌써 한 녀석이 그를 안내하고 있었다. 이런, 선수를 놓치다니! 빛나는 후광을 달고 자리에 앉은 그는 스물한 살의 앳된 청년이었다. 쌍꺼풀이 없는 큰 눈에 아직 솜털이 보송보송한 하얀 얼굴, 게다가 손가락이 길었다. 이걸 어떡해. 정신을 차릴 수가 없었다. 그는 채 한 시간도 되지 않아 서둘러 자리를 떴다. 그가 앉은 자리, 아직은 그의 온기가 남아 있는 자리에 앉아 그를 떠올렸다. 그와 무슨 이야기를 나누었는지 기억이 나질 않았다. 분명 무슨 말을 하긴 했는데 전혀 기억에 없었다. 그럴 만큼 그에게 빠져버린 것. 기억 나는 건 딱 하나 '데이'라는 닉네임이다. 데이, 〈패왕별희〉의 주인공 이름인가? 〈패왕별희〉를 알 만한 나이는 아닌 것 같은데……. 퍼뜩 정신을 차리고 '친구사이'를 나섰다. 술 한잔하자며 붙잡는 후배들을 뒤로하고 집으로 달려갔다. 언제 또 올지 모르는 그를 놓치고 싶지 않았다.

마음이 급했다. 집에 가는 동안 내내 달렸다. 마음 같아서는 버스에서도 달리고 싶었지만 발만 동동 구를 뿐이었다. 그날따라 차는 막혔다. 버스에 사람도 많았다. 가슴이 답답해서 정류장을 두어 개 앞두고 내려서 달렸다. 대문에서 사 층 옥탑방까지 한달음에 올랐다. 문을 열고 들어와 서랍장을 뒤졌다. 있어야 한다. 있어야 해. 재킷이 빨간색이었는데, 그래 빨간색 재킷이었어. 아, 여기 있다. 드디어 찾았다. 빨간색 재킷의 〈패왕별희〉 DVD.

오랜만에 보는 〈패왕별희〉는 자체로 감동이었지만 그날따라 영화가 눈에 들어오지 않았다. 데이라는 이름에 꽂혀 자꾸만 다른 상상했다. 아름다운 장국영도 그날만큼은 빛을 잃었다. 온통 그 생각뿐이었다. 이걸 어째.

혹시 그가 '친구사이' 홈페이지에 글을 남기지 않았을까 싶어 찾았지만 그의 흔적은 발견할 수 없었다. '새로 고침'을 누르고 또 눌러봤지만 그는 들어오지 않았다. 아니, 들어왔는지는 모르지만 글을 남기지 않았다. 초조하다. 담배를 벌써 몇 개비째 피우는지 모르겠다. 이렇게 집중해서 시나리오를 썼다면 벌써 걸작을 만들고도 남았을 게다. 하지만 인생이란 꼭 그렇게 흘러가는 법. 집중력이란 놈은 꼭 남자에게 올인할 때만 나타난다. 그날 밤을 하얗게 새웠지만 그를, 그의 흔적을 붙잡지는 못했다. 그렇게 그는 잡히지 않을 듯 먼 거리에 있었다.

그가 다시 나타난 건 일주일 뒤였다. 처음 등장할 때처럼 또 불쑥 문을 열고 '친구사이'로 들어왔다. 그의 포스는 여전했다. 아니다. 붙잡을 수 없는 먼 곳에 있다고 생각해서였는지 포스가 더 강하게 느껴졌다. 가슴은 다시 뛰었고 머리는 하얘졌다. 오늘은 지난주처럼 그를 보내선 안 된다. 다시 일주일을 그렇게 보낼 순 없다. 꼭 그의 번호를 따야 했다.

연애의 기본은 '밀당'인데, 그와는 처음부터 너무 기울어진 시소게임이었다. 이런 적이 한 번도 없어서 난감했다. 뭘 어떻게 시작해야 할지 모르겠다. 내 연애 매뉴얼엔 항상 내가 우위에 놓여 있었는데, 이게 뭔 꼴이란 말인가. 하지만 고민할 틈이 없었다. 일단 저돌적으로 밀어붙이기로 했다. 다시 또 괴로운 나날을 보낼 순 없으니. 자연스레 번호를 딸 수 있는 방법이 없을까? 아, 있다. 빙고!

"저 휴대폰 좀 잠깐만 빌려주세요."

"네? 제 휴대폰을요?"

"네, 제 전화기가 어디에 있는지 보이질 않아서 찾아보려구요. 분명히 가방에 넣어놨거든요. 그런데 안 보여요."

"아, 여기……."

그의 휴대폰을 받았다. 손끝이 스치길 기대했지만 살짝 어긋났다. 아쉽다. 떨리는 마음을 진정시키고 그의 휴대폰에 내 번호를 찍고 통화 버튼을 눌렀다. 띠리리리. 가방에서 울리는 벨.

"어? 가방에 있었네? 아까는 왜 못 찾았지?"

살짝 웃으며 그에게 휴대폰을 돌려주었다.

"고마워요. 아 그리고 이건 제 번호. 난 피터팬이라고 해요."

"전 데이."

"알아요. 지난주에 왔잖아요. 데이는 〈패왕별희〉에 나오는 그 데이 맞죠?"

그가 방긋 웃었다.

"아, 맞아요. 제가 그 영화, 특히 장국영을 좋아해서요."

"저도 그 영화 완전 좋아해요."

그렇게 번호도 따고 〈패왕별희〉 얘기를 하며 그에게 다가갈 수 있었다. 내가 영화를 하는 사람인 게 얼마나 다행인지……. 내가 얘기하면 주로 그가 듣는 편이었지만 가끔씩 그는 이를 보이며 웃어주었다. 그럴 때마다 정신이 아득했다. 시간이 얼마나 빨리 흘러갔는지 모르겠다. 닿을 수 없는 곳에 있던 그가 손만 내밀면 잡을 수 있는 거리만큼 가까이 있었다. 하지만 아쉽게도 그는 자리에서 일어났고 그렇게 우린 또 아쉽게 헤어졌다. 그래도 행복했다. 그의 번호가 있었으니.

집으로 돌아와 휴대폰을 계속 만지작거렸다. 혹시 그가 나에게 연락해오지 않을까 내심 기대했지만 그런 일은 일어나지 않았다.

내가 먼저 전화를 걸어야 하나? 아니면 문자를 보낼까? 오늘 보내면 너무 빠르지 않나? 내일이면 될까? 언제가 적당할까? 마음을 전하면서도 부담스럽게 느끼지 않을 시간은 언제일까? 메시지 창을 열었다가 닫았다가 다시 여는 별거 아닌 그 행위를 반복하며 그에게 자꾸만 빠져들었다. 그래도 행복했다. 그의 번호가 있었으니까.

태어나 처음이었다. 사람을 이렇게까지 좋아해본 건. 사랑을 안 해본 것도 아니고 나처럼 열정적으로 사랑하는 사람도 없다고 생각했는데, 이런 건 처음이었다. 누구를 이렇게 심하게(심하게란 표현이 딱 맞다) 좋아해본 적이 없었다. 삼십 대 초반에 길에서 우연히 만난 어떤 남자와 다음 날 일도 팽개치고 무작정 여행을 떠난 적도 있었지만 그를 이만큼 좋아하진 않았다. 나이 사십에 첫눈에 반하다니. 게다가 그가 너무 보고 싶다는 생각이 들면 머리가 하얘지고 어쩔 땐 울컥 눈물도 났다. 중증이다. 혹시 상사병에라도 걸린 건 아니가 몰라 걱정하기도 했다. 그렇게 사랑이라는 열병에 빠졌다.

지금 돌이켜봐도 설렌다. 평생 다시없을 사랑을 만났고 그 사랑을 만들어갔다. 그로부터 육 개월 정도 그의 옆에서 계속 '알짱'거렸다. 술자리에선 옆 옆 자리에 앉아 아는 지식을 총 동원해 떠들어댔고 재미있는 행사, 진지한 행사, 스크린쿼터 집회까지 온갖 사회를 자청했다. 그에게 내 존재를 계속 알렸다. 재밌는 사람, 즐거운 사람, 멋있는 사람으로 보이도록. 조금씩 조금씩 그가 내게 마음을 열었고 그렇게 우리는 열아홉이라는 나이 차이를 무시하고 사랑을 시작했다.

"어젯밤에도 녀석이 갑자기 보고 싶어서 녀석의 미니홈피를 찾아 멍하니 바라보았다. 잠도 오지 않았다. 그렇게 멍하니 몇 시간을 보냈다. 녀석이 날 좋아하는 것도 아닌데 난 왜 이러지? 빨리 녀석에게서 빠져나오고 싶다. 아니, 솔직히 녀석을 내 걸로 만들고 싶다.

녀석에게 좋은 형이 되어준다고 약속했다. 좋은 형…… 녀석을 봐도 가슴 떨리지 않고 녀석의 입술을 탐하지 않고 녀석을 그냥 그대로 지켜볼 수 있었으면 좋겠다. 녀석이 원하는 대로 그렇게 하고 싶다. 그를 진심으로 좋아하기 때문에……."

—2005년 어느 날, 블로그 일기에서.

티나

티나라는 이반 이름을 가진 후배가 있었다. 티나는 요리를 잘하는 친구였다. 서울 충정로 근처에 작은 스파게티집을 운영하는 녀석에게 게이 친구들은 스파게티나라는 이름을 붙였다. 그걸 줄여서 티나라고 불렀다. 녀석은 이름이 촌스럽다고 투덜거리기도 했지만 어느새 익숙해졌고 나중엔 정겹다고 좋아했다.

티나는 경북 영주가 고향인데, 영주에서도 시내가 아니라 시골 쪽이어서 우리는 그를 '시골게이'라고 부르기도 했다. 짐작했겠지만 그는 고향에서는 게이라고 밝힐 수 없었다. 시골 노인들은 게이라는 단어도 모를 것이고 어느 집 숟가락이 몇 갠지도 다 아는 마을에서 동성애자라는 사실을 밝힌다는 건 그 공동체를 떠나야 하는 일이었을 테니까. 그런 시골게이 티나가 동성애자라는 걸 드러내고 살기까지 삼십 년이 넘게 걸렸다. 스무 살 초반에 서울에 올라온 티나는 소문으로만 들은 이태원과 종로 골목을 뒤져 게이바를 알게 되었다. 하지만 그곳에서 만난 게이들은 하룻밤 상대는 될지언정 친구가 되지는 못했다. 게이바를 드나든 지 십 년이 넘은 어느 날 종로의 포장마차에서 게이 인권 운동을 하는 친구를 만나면서 티나의 운명은 바뀌었다.

노래방에 가면 마이크를 놓지 않을 정도로 노래 부르는 걸 좋아한 녀석은 게이로만 구성된 합창단 지보이스G_Voice에 가입했다. 단원들과 함께 공연하면서 자신이 게이라는 걸 사람들에게 드러냈다. 퀴어 퍼레이드가 열리는 서울 한복판의 큰 무대에 서기도 했고 대구 공연에는 어릴 때 짝사랑한 친구 부부를 초대하기도 했다. 어떤 공연에서는 그토록 원하던 마돈나의 〈라이크 어 버진 Like a Virgin〉의 솔로 부분을 맡아 하얀 드레스를 입고 끼를 떨어 관객의 환호를 받기도 했다. 더 이상 골방에 틀어박혀 눈물로 밤을 지새우지 않았고 동성애자로 사는 것에 대한 자책도 사라져갔다. 친구도 많아지고 웃음도 많아졌다. 지보이스 단원으로 활동한 기간을 녀석은 "내 인생의 황금기"라고 불렀다. 그렇게 황금기를 구가하던 티나가 병을 이기지 못하고 2010년 가을 세상을 떠났다. 그에게 황금기는 고작 이 년이었다. 죽기 며칠 전 그는 가족들에게 커밍아웃했다. 그제야 가족들은 티나와의 사이에 놓인 두꺼운 벽이 무엇인지 알게 되었다. 그리고 언제부턴가 티나가 확 달라진 이유도.

얼마 전 티나의 추도식이 있어 그가 잠들어 있는 납골당에 갔다. 가족과 게이 친구 여럿이 모인 가운데 영정 속의 그는 환하게 웃고 있었다. 가족들은 티나가 더 일찍 커밍아웃하지 못하고 떠난 것을 아쉬워했다. 짧게 살다 간 인생, 한 번뿐인 인생, 가족들과 더 허물없이 지내다 갔으면 하는 마음에 티나가 공연할 때 박수를 보내주지 못한 아쉬움이 더했다. 몇 년을 더 살다 갔다면 공연에 가족들도 초대했을 거라고 생각했다. 혹시나 나 편하자고 가족에게 상처를 주는 게 아닐까 싶어 커밍아웃하지 못하고 주저한 녀석이었는데……. 가족들 마음은 그랬다. 다른 세상에서라도 그가 알았으면 좋겠다.

티나가 세상을 떠나고 남은 우리들은 티나를 추억하기 위해 여러 일을 해왔다. 공연과 영화에 티나와의 추억을 새겨넣었다. 그렇게 티나의 이야기는 다큐멘터리 영화 〈종로의 기적〉에 있고, 또 나의 장편 데뷔작 〈두 번의 결혼식과 한 번의 장례식〉에도 있다.

화니와의 이별

2008년 1월 화니가 나를 버리고 미국으로 떠났다. 사실은 시카고에 교환학생으로 유학을 갔다. 한 학기 동안 떨어진 거였지만 왠지 모르게 '우리의 인연이 이렇게 끝날지도 모른다'는 생각이 들었다. 딱히 이별의 징후 같은 게 있었던 건 아니었다. 그런데도 문득 문득 그런 생각이 들었다.

어느 날이었다. 화니와 여행을 가기로 해서 서울역에서 만나기로 했는데, 버스를 타지 않고 지하철을 탔다. 분명히 방향을 잘 보고 탔는데 웬걸 타고 보니 반대 방향으로 가는 게 아닌가. 허겁지겁 내려서 다시 타려니 사람이 너무 많아서 타질 못하고 전철을 그냥 보내야 했다. 마음은 초조한데 다음 전철은 더디 오고…….

어렵게 전철을 타고 간신히 서울역에 도착했다. 열차 시간 오 분 전. 뛰어가면서 화니에게 전화했지만 받지 않았다. 속이 점점 타들어갔다. 죽을힘을 다해 서울역 대합실에 도착했다. 그런데 만나기로 한 장소에 화니는 없었다. 전화도 받지 않고 도대체 어딜 간 거지? 열차에 먼저 탄 게 아닐까 싶어 열차로 뛰어들었다. 열차 호수를 확인하고 자리를 찾았다. 아, 화니가 저기 있다! 뒤통수만 봐도 내 사랑인지 딱 알아보겠다. 반가운 마음에 부리나케 달려갔다. 까꿍. 그런데, 그런데…… 화니 옆에 남자가 있다. 누구? 여기는 내 자리라고 이야기했지만 그 남자는 내 말이 안 들리는지 화니와 수다만 떨었다. 화니도 나를 못 본 건지 안 보는 건지 그 남자와 이야기 나누느라 정신이 없었다. "자기야 나 왔어. 나 왔다구!" 소리를 질러보았지만 두 사람은 나를 쳐다보지도 않았다. 땀이 비 오듯 쏟아졌다. 사람들이 웅성거리며 나를 둘러쌌다. 조용히 하라고 소리치는 사람에게 당신이나 조용히 하라고 대꾸했다. 분위기가 험악해지면서 사람들이 내게 달려들었다. 뭐야? 왜 이래? 발버둥 치다가 눈을 떴다.

꿈이었다. 침대 시트가 젖을 만큼 땀을 흘렸다. 너무나 다행이라는 생각과 내가 왜 이러나 하는 생각에 머리가 아팠다. 창밖에 어느새 동이 트고 있었다.

화니에게 불안한 내 마음을 털어놓지 못했다. 자존심 때문이 아니라 화니의 입에서 "나도 그래"라는 소리가 나올까 봐 불안해서였다. 그럴수록 불안감이 커져갔지만 내색하지 않았다. 시간은 내 마음도 몰라주고 쏜살같이 흘러만 갔다. 그렇게 약속한 시간이 흘러 화니가 미국으로 출국하는 날이 되었다.

공항으로 가는 내내 화니의 손을 꼭 잡고 놓지 않았다. 이게 마지막이 될지도 모른다는 마음이 들자 손을 놓을 수가 없었다. 짐을 부치고 출국장으로 들어가야 하는 순간 울컥했지만 눈물을 꾹 참았다. 울면 진짜로 헤어질지도 모른다는 생각이 때문이었다. 울면 안 돼. 절대로 울면 안 돼. 탑승 수속을 마치고 손 흔들며 뒤돌아선 화니가 보이지 않을 때까지 난 우두커니 서 있었다.

공항버스에 앉고 나서야 울음이 터졌다. 사람들이 힐끔거렸지만 눈물이 멈추지 않았다. 이제 돌아오지 않을 것 같은 불안함과 미국에서 혼자 지낼 화니 걱정과 내가 견뎌야 할 외로움이 뒤섞여 울고 또 울었다. 가지 말라고 붙잡지 못한 것을 후회하며 집으로 돌아오는 길은 길었다.

스마트폰이 없던 시절이라 화니의 연락이 오기까지 하루가 넘게 걸렸다. 띵동! 동경을 경유하는 비행기를 타고 시카고에 도착해서 기숙사 방을 배정받아 짐을 풀고 나서야 온라인에 접속한 화니는 부랴부랴 엠에스앤에서 나를 불렀다. 하루 새 핼쑥해진 얼굴이 짠했지만 반갑기 그지없었다. 노트북에 달린 웹캠으로 기숙사 방을 찬찬히 보여주는 화니를 보니 또 울컥했지만 눈물을 보이지 않으려 애썼다. 대신 "보고 싶다, 사랑한다, 건강 잘 챙겨라"는 말만 수없이 반복했다. 내 마음이 오롯이 전달되기를 바라면서. 시카고와 서울을 하나로 이어주는 놀라운 기술 덕분에, 그것도 공짜로 쓸 수 있다는 장점 때문에 우리의 대화는 삼십 분이 넘게 이어졌다. 그러면서 나도 화니도 안정을 찾을 수 있었다. 대화를 끝낼 때 화니는 약간 들뜬 목소리를 내비치기도 했다. 나를 안심시키려고 그런 거였을 텐데……, 효과가 없지 않았지만 한편으로 야속한 마음도 들었다. 내가 어제 얼마나 울고불고 난리를 쳤는데…….

그날 이후 우리는 하루도 거르지 않고 아침과 밤에 삼십 분 이상을 웹캠 앞에 앉아 수다를 떨며 사랑을 확인했다. 컴퓨터 앞에 앉는 시간이 그리웠고 행복했다. 주변에서 너무 닭살이라고 놀렸지만 신경 쓰지 않았다. 그가 그리웠고 또 그를 그리워하는 내 마음을 보면서 행복했다. 마흔넷 노총각 게이가 느낀 불안감은 그렇게 천천히 조금씩 사라져갔다.

파리의
연인

화니가 없는 서울은 외로운 도시였다. 매일 하루에 두 번씩 웹캠 앞에서 사랑의 말을 나눈다 한들 외로움은 달래지지 않았다. 그 당시 나는 영화 연출을 한번 해보겠다고 단편 〈소년, 소년을 만나다〉 시나리오를 쓰고 본격적인 준비를 하고 있어서 굉장히 바쁘게 보냈다. 하지만 바쁘면 바쁜 대로 화니를 향한 그리움과 혼자 지내는 외로움이 커져갔다. 내 마음에 따라 도시의 상태도 바뀌어갔다. 복잡한 도시, 서울 사람들의 표정이 그렇게 외롭고 무겁게 느껴진 적이 없다. 어쩌다 행복한 웃음을 짓는 사람을 보기도 했지만 영혼 없는 웃음처럼 느껴졌다. 나를 중심으로 세상이 돌아갔다.

그렇게 우울한 솔로 아닌 솔로 생활을 두 달째 이어가는 어느 날이었다. '파리에서의 밸런타인데이, 당신을 초대합니다' 이메일 한 통이 나를 확 잡아끌었다. 여행사에서 보낸 이벤트 이메일이었다. 평소 같으면 스팸으로 처리했을 메일을 여는 순간 펼쳐진 로맨틱한 도시 파리의 전경에 빠져들고 말았다. 그래, 저거야!

진행은 말 그대로 일사천리였다. 파리행을 마음먹고 비행기 표를 끊기까지 걸린 시간이 한 시간이 채 걸리지 않았다(온라인 이벤트에 참여하진 않았다. 요행을 바랄 나이는 아니었으므로). 마침 화니도 봄방학 기간이라 짬을 낼 수 있었고 미국에서 대서양을 건너 프랑스로 날아가는 건 그리 어려운 일이 아니었다. 다만 밸런타인데이 연휴 기간이라 항공, 숙박 요금이 비싼 것이 흠이었다. 옥탑방에 월세로 사는 빚쟁이 영화인 신세로는 어려운 결단을 내려야 했지만 두 달 만에, 그것도 파리에서 화니를 만날 수 있다는 데 망설일 이유가 없었다. 게다가 화니와 사귄 지 천 일이 되는 때였다! 이래서 내가 돈을 못 모으고 가난하게 사는 걸까? 내가 파리행을 쉽게 결심하게 된 다른 이유는 베를린영화제 출장 때문이기도 했다. 어차피 베를린에 가야 했고 공교롭게도 베를린에서 한국으로 들어오기로 한 날짜가 2월 14일이었다. 14일에 한국으로 오는 대신 파리로 향하면 되었기에 큰돈이 필요한 건 아니었다.

베를린에서 만나는 사람들마다 화니의 안부를 물었다. 미국으로 유학 갔다는 얘기를 전하니 그동안 벌인 닭살 행각 탓인지 쌤통이라고 놀려대는 사람들도 있었다. 그런 사람들에게 "밸런타인데이에 파리에서 만나기로 했어"라고 염장질을 했다. 파리로 떠나기 전 베를린에 머문 일주일은 너무 길고 추웠다. 게다가 베를린에서는 화니와 화상 채팅을 하기가 어려웠다. 숙소에서는 와이파이가 되지 않았고 당시엔 스마트폰도 없었다. 그렇게 길고 지루하게 느꼈던 일주일이 지나 꿈에 그리던 밸런타인데이가 되었다.

식빵에 잼을 발라 한 입 베어 무는데 함께 출장 온 동료가 "일곱 시 비행기 아니에요?"라고 물었다. 잉? 여덟 시 아니었나? 인쇄해온 이티켓을 가방에서 꺼낼 때 팍, 불길한 느낌이 왔다. 떨리는 손으로 펼친 이티켓에는 일곱 시가 정확히 찍혀 있었다. 이를 어째! 그때 시간이 여섯 시였다. 택시를 타고 공항으로 간다 하더라도 삼십 분은 족히 걸리는데 비행기를 탈 수 있으려나. 허겁지겁 짐을 챙겨 나왔다. 다행히도 택시를 바로 탈 수 있었다. 출근 시간 전이라 길도 막히지 않았다. 하지만 국제선 비행기라서 마음이 너무 초조했다. 아, 안 돼. 제발. 비행기 출발 삼십 분 전에 공항 입구에 도착했다. 정말 쏜살같이 달렸다. 제발 제발. "익스 큐즈 미" 항공사 직원에게 이티켓을 내밀었다. 하지만 이미 탑승 수속이 끝난 뒤였다. 아, 어떡해. 게다가 파리행 비행기는 이틀날에나 있다고 했다. 털썩.

머리가 하얘졌다. 이를 어쩐다. 공항에 파리로 가는 다른 항공사는 없는지 물었다. 대답은 노! 그 공항은 저가 항공사가 주로 이용하는 곳이라 국제선이 별로 없다고 했다. 어떡해 어떡해. 파리에서 나를 기다릴 화니를 생각하니 입이 바짝바짝 말랐다. 연락할 방도도 없으니 더 막막했다. 이럴 때일수록 정신을 차려야 해.

그래. 다른 공항에 가자. 아직 일곱 시밖에 되지 않았잖아.

지하철을 타고 다른 공항으로 이동하는 동안에 기도했다. 제발 오늘 안에 파리에 갈 수 있도록 해주세요. 돈은 얼마든지 들어도 좋아요. 나는 왜 이렇게 간사한 것일까? 즐거울 때 행복할 때 감사의 기도를 드리는 일은 백만 년에 한 번 있을까 말까인데, 아쉬울 땐 바로 기도한다. 내가 신이라도 들어주지 않겠다. 아냐, 나랑 똑같으면 신이 아니지. 암.

한 시간 반 만에 도착한 공항은 사람들로 붐볐다. 파리행 비행기는 오후에 한 대가 있었다. 휴, 다행이다. 한 자리는 남아 있겠지. "밸런타인데이에 파리, 축하해요." 항공사 직원이 웃으며 반겼다. 티켓은 있었다. 아, 고맙습니다. 간사한 저를 구해주셨어요. 그런데, 얼마죠? 왕복 사백오십 유로였다. 털썩. 사백오십 유로면 그 당시 환율로 계산했을 때, 팔십만 원 정도 되는 거였다. 꺅. 난 보증금 오백에 월 사십만 원 월세 사는 사람인데, 팔십만 원이라니요. 편도는 없냐고 물으니 편도는 더 비싸다고 했다. 엥? 편도가 더 비싸다고? 규정이 그렇다고 했다. 망했다. "돈이 얼마든지 들어도 좋으니 파리에 갈 수 있게 해주세요"라고 기도한 내 탓이다. 입이 방정이다. 어젯밤에 이티켓을 확인만 했어도 팔십만 원을 아끼는 건데. 울고 싶었다. 공항에서 일곱 시간을 기다리는 내내 수도 없이 자책했다. 내 탓이오. 내 탓이오.

그렇게 한바탕 쇼를 하고 파리에 입성했다. 2008년 2월 14일, 이름도 로맨틱한 밸런타인데이. 버스를 타고 지도를 보며 찾아간 숙소에서 드디어 만났다. 내 사랑 화니. 만나자마자 울컥 눈물이

솟았다. 얼마나 보고 싶었는지 몰라. 특히 오늘은. 내가 제시간에 오지 않아서 화니는 많이 걱정했다고 했다. 혹시 비행기 사고? 아니면 소매치기? 아니면 길을 잃고 헤매는 중? 민박집 주인장과 이런저런 걱정을 하고 있었는데, 내가 아무렇지도 않게 들어와서 조금 야속했다고……. 미안해. 하지만 절대 그렇지 않아. 난 똥줄이 탔단 말야. 게다가 팔십만 원을 썼단 말야. 피 같은 팔십만 원.

파리는 연인들로 북적였다. 이성, 동성 구분 없이 커플들로 넘쳐났고 스킨십도 자유로웠다. 물론 우리도 그 대열에 합류했다. 서울에서도 거침 없이 스킨십을 했던 우리지만 두 달 만이어서인지, 파리여서인지 더 과감했다. 한국은 언제쯤 이렇게 변할까? 부럽기도 하고 한편 답답하기도 했지만 단 며칠 동안이라도 파리의 연인으로 살자고 했다. 하룻밤 꿈이 될지라도. 그렇게 샹젤리제를 걸었고 에펠탑에 올랐고 루브르에 갔고 카페에 앉아 속삭였다.

베를린의 일주일이 일 년처럼 길더니 파리의 오 일은 하루보다 짧았다. 순식간에 지나갔다고 해도 지나치지 않은 오 일. 앞으로 오 개월은 또 그리워해야 한다고 생각하니 너무 막막했다. 하지만 어쩔 수 없는 일. 짐을 챙겨 공항으로 갔다. 각자 보딩패스를 들고 몇 시간 후에 다가올 이별을 예감하자 우린 침울해졌다. 잡은 손을 더 꼭 쥐고 공항을 돌았다. 면세점에서 뭐라도 사 주고 싶었지만 알뜰한 화니는 아무것도 필요 없다고 했다. 화니가 미국으로 떠날 때보다 더 애틋했다. 서로 사랑한다고 확신했기 때문이었다. 그래서 더 그리울 것을 알기 때문이었다. 인천으로 가는 비행기가 더 빨라서 내가 먼저 자리를 떠야 했다. 발이 떨어지지 않았다. 일 분만 더. 일 분만 더. 그러다 일어섰다. "건강하게 잘 지내야……" 말을 떼는데 그만 눈물이 쏟아지고 말았다. 평소 눈물을 잘 보이지 않던 화니도 울고 있었다. 엉엉 소리까지 내면서 울었다. 지나는 사람들이 무슨 일인가 싶어 힐끔거렸지만 사람들 시선 따위 신경 쓰지 않았다. 앉은 자리에서 끌어안고 삼십 분은 울었나 보다. 더 지체하다간 비행기를 놓칠 것 같아 울면서 탑승구로 향했다. 뒤돌아보고 또 뒤돌아보고. 화니는 망부석처럼 꼼짝하지 않고 울면서 서 있었다. 여권을 체크하는 항공사 직원이 이상하게 생각했지만 울음이 멈추지 않았다. 화니의 모습이 보이지 않았지만 울면서 비행기를 탔다. 너무 울어서 힘들었지만 울고 또 울어야 우리 사랑이 해피엔딩에 이를 것 같았다. 비행기는 나를 태우고 한국으로 향했고 화니는 미국으로 갔다. 그날이 우리가 사귄지 천구 일이 되는 날이었다.

지금도 우린 가끔 그때를 떠올리며 행복해하곤 한다. 그때 그 마음 잊지 않고 살고 싶다. 사람은, 사랑은 변하기 마련이지만 나는 변하고 싶지 않다. 이런 사람을, 이런 사랑을 또 어떻게 만날 수 있을까 싶다.

문간방 애인

레즈비언 커플의 집들이에 다녀왔다. 올해로 동거 사 년 차인 그들은 최근에 집을 넓혀 이사했다. 일산 끝자락에 위치한 새 아파트 단지였는데, 지하철역에서 좀 먼 것이 흠(여태 운전할 줄 모르는 내게는 지하철역에서 가까운가 아닌가가 좋은 집의 기준이다)이었지만 동네도 깨끗하고 아파트 평수도 꽤 넓어서 쾌적했다. '상다리 부러지도록'에 어울릴 만큼 많은 음식을 그들이 직접 요리해서 내왔다. 중국집에 주문한 음식을 먹게 될 거라는 생각은 기우였고 "요리 잘하는 레즈비언 없다"는 말도 편견이었다. 맛있는 요리와 술 그리고 친구들. 이보다 더 좋을 순 없는 밤이었다. 술잔이 채워지고 비워지기를 거듭하면서 "생활 습관이 달라서 여전히 다툴 때가 있다", "가사 노동이 한 사람에게 치우치는 건 언년이 근성 때문이다"는 등의 여느 동거 커플에게서 들을 수 있음 직한 얘기들이 오갔다. "그래, 그렇게 사는 거지. 다 똑같지 뭐"라고 생각했다. 그러다가 발견한 것. 방이 세 개였는데 침실이 둘이었다. 각방을 쓰나? 노! 커밍아웃하지 않은 레즈비언 커플임이 적나라하게 드러나는 순간이었다.

사 년째 동거 중이지만 부모님들은 그들의 동거를 '맘에 맞는 선후배가 같이 어울려 사는 것' 정도로만 알고 계신다고 했다. 그렇다 보니 부모님이 방문할 때를 대비해서 각자 침실을 따로 만들어놓고 있었다. 그들은 그 정도로도 만족하며 사는 것 같았다. 사랑하는 사람과 같이 살면 됐지 뭐 더 바랄 게 있냐는…….

생각해보니 우리 커플도 만만치 않았다. 나의 파트너도 부모님께 커밍아웃하지 않은 터라(이때까지 화니는 부모님께 커밍아웃하지 않았다) 우리의 동거도 위장이 필요했다. 나의 파트너는 작년 10월까지 누나와 함께 살았다. 그때까지 우리는 주중엔 따로 지내고 주말에만 같이 지냈다. 그러다가 그의 누나가 결혼하면서 혼자 살게 된 그의 집에 내가 들어가면서 본격적인 동거가 시작되었다. 나는 월세 그는 전세였기 때문에 내가 그의 집으로 들어가는 게 낫다는 현실적인 이유도 있었지만, 나의 집으로 그가 옮기기에는 명분이 없다는 것이 주요했다. 그런데 문제는 왜 같이 사냐는 것. 그의 부모님을 납득시킬 만한 이유가 필요했다. 그래서 짜낸 묘안이 방을 세놓는 거였다. 문간방을 세놓아 그걸로 아파트 관리비를 내겠다고 하면서 모양새를 갖췄다. 인생 파트너가 세입자로 바뀌는 순간이었다. 이름하여 '문간방 애인'.

창원에 사시는 그의 부모님은 두 달에 한 번쯤 서울로 올라오셨다. 그의 부모님이 방문하실 때마다 나는 이런저런 핑계를 대고 집을 비웠다. 그의 부모님께 세입자로 인사드리고 싶지는 않았기 때문이었다. 얼굴 마주 대하며 천연덕스럽게 거짓말하고 싶지도 않을뿐더러, 언젠가 그가 부모님께 커밍아웃하면 그때 정식으로 파트너로서 인사드리고 싶었다. 그의 부모님이 며칠씩 머무르실 때는 좀 곤욕스럽긴 했다. 그때마다 선후배들에게 신세를 지며 버티다가 어머니 댁에도 갔다. 어째 맘이 짠하다고? 그럴 것 없다. 덕분에 효자라고 칭찬을 듣기도 했고……. 좋지 않은가! 하하!

문간방에 세 들어 산다고 속였던 것이 사 년 전인데, 이제 우리는 결혼해서 함께 산다. 화니의 부모님께 내가 그 문간방 선배인 것을 아시는지는 여쭤보지 않아서 잘 모르겠다. 이제는 지난 얘기를 해도 될 때이지만 왠지 거짓말했다는 게 꺼림칙해서 쉽게 말이 나오지 않는다. 언젠가 웃으며 얘기할 날이 오리라.

내가
아빠?

나와 화니의 나이 차이는 열아홉 살이다. 내가 더 많다. 도둑놈이라고? 처음 사귈 때는 그 생각에 동의하지 않았다. 연륜 있는 나와 사귀는 화니가 땡잡은 거라고 생각했다. 미친 거 아니냐고? 뭐, 그렇게 생각하더라도 할 수 없다. 진짜로 그랬으니까. 그러다가 어떤 이가 나에게 '유괴범'이라고 얘기했을 때 알았다. '아, 땡잡은 건 나로구나!' 그는 내가 대학 이 학년생이던 때 태어났다. 그러니 만약 그즈음에 내가 화니와 사귄다고 했다면 유괴범이란 말이 성립되는 거였다. 그런 고로 내가 미안해야 하는 것을 인정할 수밖에. 이 무슨 해괴한 염장질이냐고? 성이 나더라도 조금 참으시라. 이상한 가부장제 나라 대한민국에서 커밍아웃하고 사는 게이가 부리는 약간의 호사다. 이쯤은 받아주셔야 한다. 이성애자로 사는 게 얼마나 많은 걸 누리고 사는 건데! 다만, 솔로로 사는 성소수자들에겐 미안하다. 좀 봐주시라. 그래도 열받는다면 내 얘기를 더 들어보시라.

사실 이 글은 내 신세 한탄이다. 화니는 내 명의로 된 아이폰을 갖고 있다. 결국은 내가 선물한 꼴이 되었지만 시작은 이랬다. 신형 아이폰을 빨리 갖고 싶었던 화니는 온라인 예약 첫날 새벽같이 일어나 광란의 클릭을 했다. 하지만 서버가 다운되는 탓에 뜻을 이루지 못하고 등교(그가 대학생일 때 얘기다)를 했고 그를 어여삐 여긴 내가 컴퓨터 앞에 앉아 새로 고침을 누르다가 결국 접속에 성공! 하지만 난 그의 주민번호나 통장번호 등을 알지 못했고 결국 내 명의로 아이폰을 예약했다. 대기 순위도 엄청 빨라서 화니에게 칭찬에다가 '자상한 파트너' 칭호까지 하사받았다.

그런데 며칠 후 전화기를 받으러 갔을 때 예약 사항을 변경하려면 육 개월이 지나야 한다는 사실을 알았다. 명의도 바꿀 수 없고 요금도 내 신용카드로 납부해야 했다. 뭐, 거기까지는 통 크게 선물했다고 생각할 수 있었다. 전화기를 받고 뛸 듯이 기뻐하는 파트너를 보면서 나도 흐뭇했으니까. 나를 슬프게 한 사건은 그로부터 며칠 뒤에 일어났다. 전화기에 약간의 문제가 있어서 대리점에 갔던 화니는 본인의 이름으로 등록한 것이 아니라는 이유로 발길을 되돌려야 했다. 다음 날 내 주민등록증을 들고 다시 대리점을 찾았다. 큰 문제가 아니어서 쉽게 해결했다. 여기까지는 아무 문제없었다. 대리점 직원의 "아버지가 참 좋은 분이시네요. 아드님께 아이폰을 선물하고"라는 말을 듣기 전까지는.

나 원 참. 이게 무슨 꼴인가. 새벽같이 일어나 예약하고 명의 빌려주고 요금까지 내주는데 아버지라니! 내가 어딜 봐서 대학생 아들이 있는 사람이냐고. 더 열받는 건 화니의 태도였다. 그렇게 얘기하는 대리점 직원에게 아무런 해명도 하지 않고 웃으며 나왔다고 했다. 거기에다가 재밌는 얘기 들려주듯 내게 전해주는 게 아닌가. 동성 결혼 합법화에 대해 한바탕 연설은 아니더라도 최소한 아버지는 아니라고 했어야지! 응?

…….

내 신세 한탄을 들어주셔서 너무 고맙다. 복 많이 받으실 것이다. 그래도 염장질이라 화가 난다고? 아닌데, 신세 한탄 맞는데.

어느 멋진 날

1970년, 초등학교 취학 전인 내게 가장 재미있는 놀이는 소꿉놀이였다. 다방구, 자치기, 술래잡기, 오징어. 놀이가 참 많았지만 내게는 소꿉놀이를 따라갈 만한 게 없었다. 그런데 소꿉놀이는 남자아이들보다는 여자아이들의 놀이였다. 남자아이들은 대부분 밖에서 뛰어노는 쪽을 택했다. 하지만 난 소꿉놀이가 좋았다. 꼬마들이 어른인 척 연기하는 것이 좋았고 무엇보다 싸우거나 경쟁하지 않고 그냥 알콩달콩 재미나게 살면 되는 놀이라서 좋았다. 짝을 이뤄서 하는 놀이인지라 난 인기가 꽤 많은 편이었다. 남자아이들이 밖에서 놀았기 때문에 짝을 맞추기엔 남자아이들이 턱없이 부족했다. 나를 차지하려고 여자아이들은 경쟁했고 때때로 가

위바위보를 해야만 했다. 난 그렇게 뽑혀서 누군가와 짝을 이뤘고 가상의 부부가 되었다. 생각해보니 〈우리 결혼했어요〉와 비슷한 콘셉트다! 하하, 내가 재밌어 할 만했다!

다른 아이들의 소꿉놀이는 결혼 후에 벌어지는 가상 부부 놀이, 밥 짓고 반찬 만들어 먹는 거였는데, 난 결혼식 하는 걸 좋아했다. 아마도 동화를 읽은 영향 때문인 것 같다. 짝이 정해지면 여자아이에게 먼저 동화 하나를 고르라고 했다. 신데렐라, 백설공주, 잠자는 숲 속의 공주, 개구리 왕자와 공주, 콩쥐팥쥐 등등 동화 속 공주를 하나 고르면 그에 맞게 대본을 짰고 피날레는 항상 결혼식이었다. 내가 읽은 동화의 결말이 그런 것처럼. 나는 언제나 가상의 성을 만들었고 짝을 이룬 여자아이와 함께 마차를 타고 입장했다. 수많은 하객이 모여들고 팡파르가 울리고 축포가 쏘아지는 성대하고 화려한 결혼식(물론 가상의 공간에서 벌어지는 거였지만)을 올렸다. 그때만큼은 공주가 될 수 있는 나의 짝꿍도 너무나 좋아했다. 밥 짓고 상 차려서 맛있게 먹고 있던 다른 친구들도 다 우리를 부러운 눈으로 보았다. 행복했다. 그리고 언젠가는 꼭 그렇게 결혼하리라 마음먹었다.

1981년 7월 29일, 세기의 결혼식을 보았다. 영국의 황태자 찰스와 그의 연인 다이애나의 결혼식이었다. 성과 마차, 수많은 하객의 축복. 바로 내가 꿈꾸던 것이다. 게다가 동화 속 판타지가 아닌 현실에서 벌어지는 결혼이라니! 그날 이후 나의 꿈은 더 커져만 갔다. 그들과 똑같은 결혼식은 아니더라도 꼭 수많은 하객의 축복을 받으며 결혼하리라 마음먹었다. 그리고 그 꿈이 이루어지는 날을 손꼽아 기다리게 되었다.

하지만 사춘기를 겪으면서 그 꿈은 산산조각 났고 난 우울해졌다. 난 신랑이 될 수 없었다. 신랑이 되려면 신부가 있어야 하는데, 난 신부와 짝을 이루는 이성애자가 아니다. 세상은 이성애자들의 결혼을 축복했지만 나 같은 동성애자들의 결혼은 축복은커녕 법적으로도 도덕적으로도 받아주지 않았다. 누구보다 행복한 결혼식을 꿈꿨지만 그건 내가 할 수 있는 일이 아니란 걸 알게 되면서 우울한 날을 보냈다. 꿈 많던 사춘기 게이 소년은 좌절의 시간을 견뎌야 했다.

대학에 들어가 학생운동을 하면서 결혼 제도가 가진 문제도 알게 되었다. 꼭 결혼을 해야만 행복한 것이 아니란 것도 비혼이라는 단어도 알게 되었다. 하지만 이성애자들만이 할 수 있는 결혼이란 것에 늘 목말랐다. 그럴수록 냉혹한 현실에 몸서리쳐야 했다. 형과 여동생 둘, 친구들과 아는 이들이 결혼했고 난 언제나 결혼을 축하해주는 하객으로만 있어야 했다.

그런데 커밍아웃하고 성소수자 인권 운동을 하는 동안 세상이 바뀌었다. 아직은 다른 나라의 이야기지만 동성 커플의 결혼을 법적으로 보장하거나 파트너십을 인정하는 나라가 하나둘 생겨나기 시작했다. 결혼을 꿈꾸다 좌절한 소년은 이제 어느덧 중년이 되었지만 꿈을 포기할 수는 없다고 생각하기에 이르렀다. 그래, 지금도 늦지 않았어! 하지만 다시 좌절을 맛보아야 했다. 결혼은 혼자 하는 것이 아니기 때문이다. 연애하고 관계가 무르익으면 연인에게 결혼 얘기를 슬쩍 꺼내곤 했다. 돌아오는 대답은 한결같이 단

호하게 "노!"였다. 나처럼 결혼을 꿈꾸는, 아니 실제로 결혼하려는 게이를 만나기란 하늘의 별 따기였다. 그렇게 꿈이 사라지는 것 같아 불안했다.

2005년 1월, 겨울 칼바람이 매서웠던 날, 김승환이라는 사람을 처음 보았다. '친구사이' 사무실 문을 열고 들어오는 그는 빛났다. 그때부터 가슴앓이가 시작되었고 내가 끈질기게 구애하면서 우리는 연인이 되었다.

2008년 1월, 그가 미국에 교환학생으로 떠났다. 금방 사귀고 금방 헤어진다는, 아무하고나 만나 섹스하는 것에만 관심 있다고 이른바 '동성연애자'로 불리는 우리들에게 육 개월간의 이별이 있었다. 하지만 우리는 육 개월 동안 매일 아침과 밤 화상 채팅을 하는 닭살 행각을 벌였고 밸런타인데이에는 파리에서, 학기를 마친 여름엔 뉴욕에서 만나 사랑을 불태웠다. 그렇게 서로 더 깊이 사랑하면서 욕심이 생겼다. '아, 이 사람과 평생 함께하고 싶다!'

2010년 4월, 장편 데뷔작으로 준비한 영화 〈두 번의 결혼식과 한 번의 장례식〉으로 서울국제여성영화제 피치 앤 캐치에서 상을 받았다. 상을 받을 때 소감으로 무엇을 이야기해야 하나 고민이 많았다. 고마운 사람들의 얼굴이 스쳐 지나갔고 그중에서도 가장 고마운 사람의 얼굴이 빅 클로즈업되어 떠올랐다. 영화제의 폐막식에서 수상자로 호명되어 무대에 올랐다. 떨리는 마음을 진정시키고 객석에 앉아 누구보다 기뻐하고 있는 그 사람, 화니를 향해 외쳤다. "나와 평생 함께해줄 수 있겠어? 난 그러고 싶어!"

2013년 5월, '당연한 결혼식'을 하겠다고 기자회견을 했다. 많은 사람이 물었다. 왜 결혼하려고 하느냐고. 대답은 "사랑하니까요!". 더 필요한 게 있나? 우리도 여느 부부들처럼 사랑하기 때문에 그래서 함께하고 싶기 때문에 결혼하고 싶다고 했다. 많은 기자가 고개를 갸우뚱거렸다. 우리의 결혼은 놀라운 뉴스가 되어 퍼져나갔다. 하지만 대한민국의 법과 제도는 우리의 결혼을 인정하려 하지 않았다. 결혼하기까지, 그리고 결혼 후에도 우리 앞에는 항상 난관이 있었고 앞으로도 수없이 많은 어려움이 있을 거란 걸 너무나 잘 알았지만 2005년부터 지금까지 쌓아왔던 신뢰와 사랑을 바탕으로 우리는 그 어떤 커플보다 행복할 자신이 있었다. 그건 지금도 마찬가지다. 결혼식을 준비하면서 다른 커플들처럼 많이 싸웠고 또 많이 행복했다. 걱정보다는 기대하면서 준비한 결혼식, 대한민국에서 한 번도 없었던 일을 하려니 쉽지 않은 것도 사실이었다. 하지만 많은 분이 내 일처럼 도와주어서 힘들 때보다는 행복할 때가 더 많았다.

2013년 9월 7일 결혼을 했다. 사랑하니까 하는 '당연한 결혼'에 수천 명의 하객이 참석해 축하해주었다. 내가 내민 손, 덥석 잡아 준 많은 분께 정말 감사드린다.

결혼한 후 거리에서 고등학생쯤으로 보이는 소녀를 만났다. 그 소녀는 대뜸 내게 다가와서 "감독님 덕분에 저도 결혼이란 걸 꿈꾸게 됐으니 제가 결혼할 때쯤엔 우리나라도 동성 결혼이 합법화될 수 있도록 책임"지라고 했다. 하하, 귀여운 소녀의 당돌한 이야기에 웃음이 터졌다. 행복한 나의 결혼이 누군가에게 꿈을 준다니 얼마나 기쁘고 즐거운 일인가!

우리의 결혼으로 세상이 당장 바뀌지는 않는다. 하지만 우리 결혼은 대한민국 국민들의 생각을 조금은 바꾸었다. 이성애자들에겐 '한국에서도 동성 결혼을 하는구나'라는 생각을 하게 했고 동성애자들에겐 '우리도 결혼할 수 있구나'라는 생각을 하게 했다. 대한민국에서 동성 결혼은 이제 남의 나라 이야기 혹은 할 수 없는 것이 아닌 바로 우리들의 이야기가 되었다. 게다가 우리의 결혼으로 대한민국이 조금 더 로맨틱해졌을 거라고 생각한다. 내가 너무 자뻑했나?

화니 이야기

치마 입은 남자아이

생각해보면 어릴 때부터 나는 보통 남자아이들과 확실히 달랐던 것 같다. 내 고향은 경상남도 창원이다. 보수적인 도시였고, 남녀의 의복 제한이 분명한 곳이었다. 남자아이는 대부분 짧은 머리에 무채색 옷, 여자아이는 긴 머리에 알록달록한 옷을 입었다.

대다수 아이들은 이러한 옷차림에 대해 아무런 반응이나 반발을 하지 않았지만, 나는 불만이 많았고 부모님에게 여러 가지를 요구했다. 노란색, 파란색, 빨강색, 주황색 등 눈에 띄는 색상의 옷이나 디자인이 남들과 다른 옷을 입고 싶다고. 그중 백미는 바로 '치마'를 입어보고 싶다는 것이었다.

여섯 살밖에 되지 않았지만 어린아이 눈에도 여자아이들은 치마뿐 아니라 바지까지 자유롭게 입는데 남자아이는 바지만 입어야 한다는 것은 뭔가 불공평했다. 여자 친구들이 특히 여름에 치마를 입으면 매우 시원하고 편하다고 했기 때문에 더욱 입어보고 싶었다.

다행히도 나의 부모님은 이러한 요구를 말도 안 되는 소리라며 무시하지 않으셨다. 자신들이 지금까지 생각하지 못한 부분을 어린 아들이 이야기하자 재미있게 생각해주셨다. 다만 나에게 남자아이가 치마를 입는 것을 사람들이 본적이 없기 때문에 내가 그러고 나가면 주변 사람들이 이상하게 볼 텐데 괜찮겠냐고 한 번 더 물어보셨다. 당시 나는 사람들 시선보다는 치마를 입어보고 싶다는 욕망이 훨씬 더 컸다. 결국 치마를 입고 어머니 손을 잡고 동네를 한 바퀴 돌았다. 드디어 치마를 입었다는 사실에 들떠 신나게 동네를 걸었지만 역시나 동네 사람들의 반응이 좋지 않았다. 어떤 사람은 어린 나에게 직접 훈계했고, 어떤 사람은 어머니에게 남자아이가 치마를 입고 싶어 한다고 이렇게 입히는 것이 말이 되냐며 한마디씩 했다. 어머니는 치마 한번 입는 것이 뭐 어떠냐고 대꾸하시며 나의 손을 놓지 않으셨다. 하지만 나는 위축되었던 것 같다. 괜히 나 때문에 어머니가 곤란한 상황에 처한 것 같아 마음이 매우 불편했다.

이후 다시는 치마를 입겠다는 말을 하지 않았다. 동네에서 나는 '치마'를 입은 남자아이라는 꼬리표가 붙어 다녔다. 그럴 때마다 나는 남성성을 드러내며 내가 남자임을 그들 앞에서 확인시켜야 했다.

지금 돌이켜보면 '치마'를 입어보겠다는 것은 여자아이들은 입는데 왜 남자아이인 나는 입을 수 없느냐라는 뭔가 불공평하다는 마음에서 출발한 단순한 일이었다. 하지만 그게 옳든 그르든 내가 속한 사회에서 통용되는 일이 아니라면 하지 않는 것이 나의 신상에 좋다는 사실을 깨달았다. 이 일은 내가 자기 검열을 시작하게 된 계기가 되었다. 그렇게 본연의 내 자신의 모습 그대로 성장하는 것이 아니라 사회가 원하는 모습에 나를 맞추며 성장했다. 그랬기 때문에 내가 게이라는 것을 자각했을 때 더 이상 난 사회가 요구하는 모습으로 성장할 수 없다는 사실에 괴로워했다. 또한 나로 인해서 부모님이 주변 사람들로부터 받을지도 모를 따가운 눈총을 걱정했다. 나는 게이라는 나의 성 정체성을 더욱 숨겼다.

만약 여섯 살 무렵 내가 치마를 입고 동네 한 바퀴를 걸었을 때 주변에서 따가운 눈총이 아니라 최소한 나의 부모님 정도의 태도라도 보였다면 나는 조금 더 빨리 내 자신의 모습을 있는 그대로 인정하지 않았을까.

첫사랑
그리고 이별

모든 첫사랑이 그러하듯 나의 첫사랑 역시 싱그럽고 수줍고 떨리는 마음으로 시작되었다. 또래 친구들에 비해서 비교적 조숙했던 나는 중학교 일 학년 때 첫사랑을 했다. 나의 연인은 같은 반 친구였다. 이 친구랑은 서로 첫눈에 호감을 느꼈다.

중학교 입학식 날 전교 신입생이 운동장에 모여 반 배정을 받았다. 그날 매우 귀엽고 잘생긴 한 남학생이 내 눈에 들어왔다. 우연인지 필연인지 그 친구도 계속 나를 바라보고 있었다. 우리는 끊임없이 서로 곁눈질을 하다 눈이 딱 마주쳤고, 그 순간 둘이서 빙그레 웃었다. 운이 좋게도 우리는 같은 반에 배정되었다. 짝은 되지 못했지만 금방 가장 친한 사이가 되었다.

당시 조숙했다 하더라도 연애 감정, 즉 누군가를 사랑의 마음으로 좋아한다는 것이 어떤 것인지 몰랐기 때문에 우리는 같이 등하교하거나 공부할 때 그저 마주 보고 웃기만 했다. 그냥 같이 있는 것 자체로 기분이 좋았고 하루 종일 보고 싶었다.

반년 가까이 시간이 지나서부터 우리는 '구체적인' 연애를 시작했다. 같이 자전거를 타고 호수가 있는 공원에 놀러 가기도 하고 괜히 인근 대학교 캠퍼스에 가서 대학생 흉내를 내며 도시락을 까먹기도 했다. 얼굴이 맞닿으면 자연스럽게 뽀뽀했고, 꽉 껴안고 사랑을 나누었다. 그때는 섹스라는 것이 뭔지 몰랐기 때문에 우리가 한 행위가 어떤 것이지는 잘 몰랐지만 그건 분명 사랑이었다.

우리는 서로 열렬히 사랑했지만 첫 연애였고 어렸던 만큼 감정이 앞서서 자주 다투었다. 사랑하면서도 난 그가 상처받을 만한 말을 많이 했고, 내가 아닌 누군가와 더 가깝게 지내는 모습을 볼 때 불같이 화를 냈다.

그와는 고등학교 삼 학년 때까지 육 년간 사귀었다. 그 과정에서 만남과 헤어짐을 수없이 반복했다. 바이섹슈얼(양성애자)인 그는 나와 연애하면서 다른 여학생과도 사귀었다. 나는 화가 나서 또래의 다른 남학생들과 사귀었다. 바이섹슈얼이라는 개념을 몰랐기 때문이었지만, 헤어지자는 나에게 그는 자신이 여자애를 만나는 것은 바람이 아니라고 주장하며 나를 비난했다. 결국 나는 화를 참지 못하고 그를 때리고 말았다.

고등학교에 들어가 약간 껄렁해져서 질이 좋지 않은 친구들과 어울리는 그를 보며 난 크게 실망하기도 했다. 그는 있는 그대로 자신의 모습을 사랑해주지 않는 나를 비난했다. 우리는 사귀는 육 년 가운데 최소한 삼 년은 서로를 증오했다. 하지만 그 모든 것에도 불구하고 우리는 서로를 너무 좋아했고, 때로는 정신적으로, 때로는 육체적으로 갈망하며 중·고등학교 학창 시절을 함께 보냈다.

수능을 보고 대학 원서를 썼다. 서로 가고자 하는 대학이 완전히 달랐기 때문에 우리는 자연스럽게 멀어졌다. 그렇게 잊고 살았다. 그런데 몇 년 후, 어느 동사무소에서 정말 우연히 그와 만났다. 우리는 바로 그날 저녁 다시 만나 술잔을 기울였다. 그는 다시 나를 갈망했지만 나는 그날 내가 좋아한 그의 모습, 그 빛이 사라졌다는 것을 깨달았다. 서로를 위해서, 아니 나를 위해서 그와의 관계를 완전히 정리하는 것이 옳다는 것 또한 분명히 깨달았다.

우리의 마지막은 버스 안에서였다. 그는 나를 배웅했고 나는 정류장에 내리기 직전 그를 꼬옥 안았다. 그리고 중학교 입학식에서 처음 만났을 때처럼 빙그레 웃었다. 그날 이후 우리는 연락을 끊었고 지금까지 연락하지 않고 지낸다.

영화 〈라잇 온 미〉의 마지막 장면에서 주인공이 자신을 위해 십 년간 사귄 연인과 이별하듯 나의 첫사랑도 그렇게 끝이 났다. 그를 더 이상 사랑하지는 않지만 그가 행복한 삶을 살고 있기를 늘 기도한다. 그와 함께한 시간이 없었다면 나는 성숙하고 건강한 연애를 하지 못했을 것이다.

어머니와
홀로서기

평소에는 부드럽지만 때때로 정말 내 자신이 참 독하고 강인한 구석이 있다는 것을 느낄 때가 있다. 친구들 사이에서도 생존력이 강하다는 이야기를 종종 듣는데 어떤 계기로 나의 이런 성격이 생겼는지 생각해본다.

아마 그 시작은 어머니의 신장이식 수술 때가 아니었다 싶다. 어머니는 내가 중학교 이 학년 때 만성신부전증을 앓아 투석 치료를 받았다. 한동안 고통에 시달리셨지만 다행히 둘째 외삼촌께서 신장을 기증해주셔서 연세대 세브란스병원에서 신장이식 수술을 받을 수 있었다.

지금은 신장이식 수술을 받는 사람이 많다지만 1998년에는 위험한 수술이었다. 담당 의사는 어머니가 수술받기 며칠 전에 결과에 따라서 마지막이 될 수도 있으니 어머니를 뵈러 서울로 올라오라고 했다. 누나랑 나는 둘이서 서울로 향했다. 당시 어머니는 자식들 앞에서 약한 모습을 보이지 않으려 애쓰셨다. 헤어지기 직전까지 "집에서 보자"라는 말을 강조하셨다.

어머니와 헤어지고 세브란스병원을 담담하게 나서는데 신호등 앞에서 누나가 갑자기 목놓아 울기 시작했다. 누나가 그렇게 우는 걸 본 건 처음이었다. 나 역시 그 순간 어머니를 다시는 못 볼 수도 있다는 슬픔과 두려움이 밀려와 같이 울고 싶었지만 눈물을 참고 누나를 다독였다. 어느 상황이 닥치든 좌절하지 않고 굳세게 헤쳐 나가겠다고 결심했다. 부모님 역시 내가 그렇게 성장하기를 원하신다고 생각했다.

마음을 가다듬고 어머니가 병원에 입원하신 일 년여 동안 그 어느 때보다 열심히 지냈다. 가끔 나를 두고 어머니 손길이 필요한 아이라 삐뚤어지기 쉬울 거라고 수군대는 사람들에게 보란 듯이 더욱 밝게 학교 생활을 했다. 책도 그 어느 때보다 많이 읽었다. 특히 대하소설 《토지》를 읽으면서 주인공 '서희'에게 큰 힘을 얻기도 했다.

그 일 년간 친할머니가 대신 집에 와 계시기는 했지만 어머니의 빈자리는 역시 컸다. 아버지는 직장에 다니시면서 어머니 병간호하느라 서울을 자주 가셔야 했다. 누나는 고등학교 이 학년이라 수능 준비에 여념이 없었다. 결국 내가 청소, 빨래, 식사 준비, 분리 수거 같은 집안일을 할 수 밖에 없었다. 경상도에서 남자아이로 자란 탓에 한 번도 해보지 않은 일들이었지만 다행히도 난 집안일에 '소질'이 있었다. 요리도 처음 했을 때는 맛이 없었지만 차츰 어머니의 맛이 났다. 집 청소 후 깨끗해진 거실 마루에 누어 뒹굴며 고생한 내 자신을 위로하기도 했다. 보통 예민하고 부모님에게 반항적인 시기라는 사춘기가 이처럼 나에게는 성인으로 차츰 성장하는 기간이 되었다. 물론 중학교 삼 학년이 끝날 무렵 어머니가 건강을 회복하여 집으로 돌아오셨을 때 병간호를 한다는 명분으로 어릴 때처럼 하루 종일 어머니 옆에 찰싹 붙어서 시간을 보냈다. 지난 일 년을 심리적으로 보상받고 싶었다.

당시에는 정신적으로 힘들었지만 지나고 나니 그 경험이 나를 더욱더 단단하게 해주었다. 늘 나의 우산이 되어줄 것이라 믿은 부모님도 어느 순간 또는 언젠가 부재할 수 있기에 스스로 독립적인 존재가 되어야 했다. 그리고 그런 사람으로 살기 위해서는 기본적인 집안일과 요리를 할 줄 알아야 한다는 것을 깨달았다. 미리 그 예행연습을 했기 때문에 앞으로 그 누구보다 당당하고 독립적으로 살 수 있을 것이라는 자신감이 생겼다.

그뿐만 아니라 어머니가 아프실 때 아버지가 보여주신 가족에 대한 헌신적인 태도는 이후 나의 동반자 의식에 큰 영향을 미쳤다. 부부란 단순히 서로 사랑하고 함께 사는 존재를 넘어서서 상대방이 가장 힘들고 필요할 때 버팀목이 되어야 한다는 사실 말이다. 내가 2013년 9월 7일 당연한 결혼식 때 읊은 부부생활 십계명에서 아홉 번째 내용인 '당신이 힘들거나 아플 때 당신의 손과 발이 되겠습니다'가 바로 이때 내가 깨닫고 늘 실천하겠다고 다짐한

계명이다.

이렇게 나는 조금 부족하지만 정신적으로 홀로서기를 시작했다. 그리고 부드럽지만 때론 강인한 성격을 갖게 되었다.

사랑의 방정식

참 운이 좋게도 난 주로 사랑받는 쪽이었다. 조금 덜 사랑하는 사람이 권력을 쥐게 되는 게 사랑의 방정식이다. 난 주로 상대의 고백을 받아 연애를 시작했고 내 생각과 시간이 중심인 연애 관계를 유지했다. 지금 생각하면 참 어처구니가 없지만 한때는 누군가가 나에게 호감을 표시하는 것에 대해 고마워하기보다 너무나 당연하게 생각했다. 심지어 헤어지자는 말도 늘 먼저 쉽게 꺼내 상대를 힘들게 했다.

또래 다른 남학생들에 비해서 상대적으로 피부가 희고 예쁘장하게 생긴 편이라서 그랬는지는 몰라도 난 학교에서 늘 관심의 대상이었다. 나에게 잘 보이려고 하는 남자친구들이 늘 주변에 있었다. 난 성격이 약간 당돌한 편이라 나에게 관심을 보이는 친구들에게 비 오는 날 우산을 들게 한다거나 준비물 사 오라는 등 심부름에 가까운 부탁을 했다. 그리고 등하굣길에 걷기 싫을 때 친구들 자전거 뒤에 타고 대신 그들에게 뽀뽀해주었다. 다행히도 이런 왕자(또는 공주) 생활은 재수 시절 누군가를 내가 먼저 좋아하게 되어 고백하고 사귀다 결국 차이는 경험을 하면서 청산한다.

고등학교 때까지는 창원에서 생활했지만 서울에 위치한 모 학원에서 재수 생활을 했다. 그 재수학원에는 전국에서 올라온 학생들이 모여 있었다. 자연스레 지방에서 올라와 하숙하거나 자취하는 학생들끼리는 친하게 지냈다. 그때 모든 것이 낯설고 외로운 서울에서 같은 하숙집에 있는 한 친구가 눈에 들어왔다. 미남은 아니었지만 우수에 젖은 그의 눈빛을 볼 때마다 가슴이 뛰었다. 난 어떻게 그의 마음을 사로잡을 수 있을지 고민했다. 그는 나를 친구 이상으로 대하는 것 같지 않다가도 어느 순간에는 연인 이상으로 나를 대하는 것 같아 더욱 나의 애간장을 태웠다. 하루빨리 그에게 고백하여 사귀고 싶었지만 혹시라도 그가 거부하면 지금의 가까운 친구 관계까지 사라질까 봐 두려운 마음에 쉽게 말을 꺼내지 못했다. 왜냐하면 일단 그가 확실히 이성애자로 보였기 때문이었다.

결국 수백 번의 고민 끝에 용기를 내어 그에게 사랑을 고백했다. 그는 당황했지만 떨고 있는 나를 꼭 안아주었다. 이후 우리는 사귀게 되었다. 같이 공부하고 데이트도 종종 하며 사랑을 나누었다. 하지만 이전 연애와 달리 난 넘을 수 없는 벽 같은 걸 계속 느꼈다. 데이트할 때도 그는 매우 조심스러웠고, 사랑을 나눌 때도 같이 호흡한다는 느낌보다는 내가 일방적으로 매달리는 느낌이 들었다. 그래도 그와 함께 무언가를 하고 있다는 것 자체가 좋았다. 그는 그 나름대로 자신의 마음을 작은 행동 하나하나로 보여주며 나를 행복하게 했다.

내 생일은 10월 24일이다. 수능이 얼마 남지 않은 때다 보니 신경이 예민해져서 그에게 생일을 챙기지 말라고 했다. 여느 때처럼 함께 하숙집으로 귀가했고, 나는 그날 밀린 빨래를 돌리려고 세탁실에서 분주하게 움직였다. 그런데 갑자기 그가 내 손을 잡더니 빨리 방으로 가자고 그답지 않게 재촉했다. 이유를 알려주지 않아 약간 짜증을 내며 그를 따라서 방으로 들어갔더니 케이크에 초가 켜져 있었다. 초가 다 탈까 봐 재촉했다고 미안해하며 그는 작게 노래를 불러주었다. 그가 처음으로 내게 먼저 마음을 표현한 것이었다. 정말 소박한 이벤트지만 이때가 내 삶의 가장 로맨틱한 순간 중 하나였다. 아마도 그건 내가 그를 조금 더 사랑했기 때문이 아니었나 싶다.

지방에서 올라온 재수생들은 고향으로 내려가서 모교나 그 주변 학교에서 수능 시험을 치르기 때문에 보통 수능 이후에 다시 만나기가 쉽지 않다. 불행히도 나는 재수에 실패했고, 집에 있는 게 눈치 보여 서울로 올라와서 아르바이트를 했다. 그는 부모님 간의 불화를 견디지 못하고 무작정 서울로 다시 올라왔다. 우리는 한 달 정도 함께 지내며 서로를 위로했다.

또래의 친구들이 그렇듯 나와 그는 지원한 대학이 완전히 달랐다. 함께 있을 수 있는 시간이 얼마 남지 않은 것이었다. 함께한 마지막 데이트에서 그가 들떠 있는 나에게 한 말은 잊을 수 없다.

"너무 행복한 표정 짓지 마……. 내가 미안하잖아……."

그와의 이별은 그렇게 잔잔했다. 그래서 그만큼 더 아련하다.

이후 나는 누군가가 나에게 좋아한다고 말하거나 표현하면 그 사람이 마음에 들지 않아 사귀지 않더라도 그 마음이 고마워서 감정을 밀어내지 않고 따뜻하게 맞아주었다. 누군가에게 사랑을 고백하는 것이 얼마나 많은 용기가 필요한지 그 말을 하기 전에 수없는 망설임이 있다는 것이 어떤 것인지 알기 때문이다.

상상 속에만 존재하는 동물

나는 경상남도 창원이라는 보수적인 지역에서 자랐고 청소년기를 보냈지만 특이하게도 학창 시절에는 게이라는 성 정체성 때문에 스트레스를 받거나 고민하지 않았다. 도리어 여성성을 가진 남성으로 많은 혜택(?)과 특권(?)을 누리며 학창 시절을 즐겁게 보냈다. 당시만 하더라도 게이나 성소수자라는 개념이 없는 시절이었다. 선생님이나 동네 어른 들도 남고, 여고에 있는 동성 커플을 이상한 눈으로 바라보기보다 또래 문화 정도로 여긴 듯하다. 물론 이 생각에는 대학교를 가면 어차피 이성을 만나서 연애하고 결혼하여 자식을 낳을 것이라는 전제가 깔렸지만, 덕분에 최소한 나의 학창 시절은 참 행복했다.

나의 성 정체성에 대한 고민은 대학교에 들어가서부터 시작되었다. 비록 재수에 실패해서 우울한 마음으로 대학에 입학했지만, 한편으로는 새로운 삶이 펼쳐지고 어떤 좋은 남자를 만날지에 대한 기대감에 부풀었다.

나는 과 생활뿐만 아니라 동아리 활동도 열심히 했다. 그러다가 내가 뭔가 남들과 다르고 이게 문제가 될 수 있다는 것을 엠티에 가서 깨달았다. 보통 엠티처럼 함께 어울리는 자리에서 놀다 보면 분위기가 무르익었을 때 나에게 호감을 표시하는 남자 친구가 있었다. 그런데 이상하게 소위 '산책 타임'이 되었는데도 아무도 나에게 의사 표현을 하지 않았다.

한 커플, 두 커플이 맺어지고 그들이 산책을 가다 보니 방에는 나를 포함해 '팔리지 않은' 소수 몇 명만 덩그러니 남았다. 심지어 그 소수 몇 명은 선배들이었고 이미 애인이 있거나 연애할 마음이 없는 사람들이었다. 자연히 남은 사람들은 신입생인 나에게 마음에 드는 여자가 없냐고 물어왔다. 난 반사적으로 오래 사귄 여자 친구가 있다고 둘러댔다. 그러고는 피곤해 자야겠다며 자리를 피했다. 다음 날 아침 식사 준비를 하며 뭔가 그런 대화 주제에서 벗어나려고 노력했다.

게이인 나에게 오래 사귄 여자 친구는 정말 '상상 속에나 존재하는 동물'이지만 동성애자인 새내기 남학생에게 정말 꼭 필요한 존재였다. 왜냐하면 넌지시 동성애에 대해서 이야기하면 대다수의 반응은 동성애자는 문란하고 더럽다는 식으로 말하거나, 우리나라에는 동성애자가 없다라는 식으로 존재 자체를 부정하는 등 나쁜 반응을 보였기 때문이다. 그동안 남자가 남자를 좋아한다는 것이 아무 문제가 아니라고 생각했는데 비로소 내가 남들과 확실히 다르다는 것, 그리고 내가 지금처럼 동성애자로 살게 되면 앞으로 내 삶이 힘들어질 것이라는 걸 실감하게 되었다.

나는 나의 성 정체성을 철저히 숨겨야겠다고 마음먹었다. 본격적으로 이중생활이 시작되었다. 주변 사람들이 물어보면 오래된 여자 친구가 있고 지방 대학을 가서 학기 중에는 만나기 어렵다는 식으로 거짓말을 했다. 가장 난감할 때가 여자 친구 생일이 언제냐? 가족 관계가 어떻게 되냐? 어느 고등학교를 나왔냐? 같은 신상에 관한 질문이었다. 매번 사람들을 만나기 전에 내가 예전에 뭐라고 대답했는지 기억해서 잘못 말하지 않으려고 진땀을 흘렸다. 그런 자리가 끝나고 기숙사로 들어오면 녹초가 되었다.

그렇게 시작된 거짓말은 단순히 거짓말로 끝나는 것이 아니었다. 다른 사람과 유대 관계를 맺는 데에도 악영향을 주었다. 분명 누군가를 만났을 때 나름대로 철저히 거짓말을 하며 그 시간이 서먹하지 않게 여러 이야기를 나누지만 결국 진실하게 대하지 않는다는 것을 상대방이 먼저 눈치 채서 그런지 모두 나를 조금씩 멀리했다. 나 역시 계속 거짓말을 하고 여자 친구가 있는 척 연기하는 것이 힘들었다. 자연스레 일대일 약속을 피했고 그러다 보니 아는 사람은 많아도 외롭게 지내는 나 자신을 발견했다.

당시 동성애자로 사는 것이 어떤 삶인지 잘 몰랐다. 사회적 편견이 막연히 두렵기만 했다. 인격적으로 괜찮아 보이는 선배나 동기에게 커밍아웃하고 진실한 관계를 맺고 싶었지만 혹시라도 거

부당하거나 도리어 원치 않는 아웃팅을 당하게 될까 봐 시도조차 하지 못했다. 그렇게 '상상 속에만 존재하는 동물'인 오래된 여자 친구는 나의 반복되는 거짓말 속에서 점점 자라나 꽤나 그럴싸한 모습을 갖추었다. 나는 그만큼 주변 사람들로부터 고립되어갔다. 정말 외롭고 힘든 기간이었다.

사진을 같이
안 찍는 선임

나는 어릴 때부터 남성성을 지나치게 강요하는 사회나 집단을 좋아하지 않았다. 남성성을 강요하는 태도를 싫어하게 된 이유 하나는 아마도 경상도 말로 소위 '가오' 잡는 사람들 치고 정말 필요할 때 자신들이 그렇게 강조한 '남자답게' 행동하는 것을 단 한 번도 본 적이 없어서인 것 같다. 그렇다 보니 우리 사회에 깔려 있는 군대 문화에 대해서 좋지 않게 생각했다. 당연히 군대 역시 가고 싶지 않았다.

하지만 대한민국에서 생물학적인 남성으로 태어난 데다 보기보다 건강한 편이라 군대에 안 가는 것은 불가능한 일이었다. 신검을 받은 스무 살 때 난 재수 중이다 보니 신검 당시 학력이 고졸이었다. 내가 부모님과 살던 곳에 내 또래의 남자가 별로 없었는지 운이 좋게도 난 '상근예비역'으로 군 생활을 하게 되었다.

상근예비역에 대해서 간략히 설명하자면 신분은 군인이라 병장으로 제대하되, 국방예산 부족으로 내무생활을 하지 않고 집에서 출퇴근을 하는 형식으로 복무한다. 부대에서 이 년 내내 있는 친구들에 비해서 편한 보직이지만 예비군 훈련을 맡아서 관리해야 하는 일이라 기본 군사훈련은 다 참가해야 했다.

그렇게 군 생활을 시작했다. 난 원래 낯가림이 심한 편이거나 말수가 적은 편은 아니지만 군 생활 내내 매우 과묵한 사람으로 지냈다. 심지어 원래 적극적으로 친구나 동료에게 친밀함을 말과 행동으로 표현하는 편임에도 불구하고, 군 생활을 할 때는 그 어떤 (피부) 접촉을 하지 않으려고 매우 신경을 썼다. 그렇게 말없이 냉정한 태도로 지낸 이유는 군대에서 마음을 터놓고 지내는 친한 동료가 생기다 보면 혹시라도 누군가가 내가 게이라는 사실을 알아차릴 수도 있다고 걱정했기 때문이다.

이렇게 지내다 보니 같이 군 생활을 하는 선임뿐만 아니라 동기와 후임 들까지 나에게 불만이 많았다. 이 년 동안 같이 지내는 사이인데 단 한 번도 퇴근 후 따로 만나서 저녁을 먹거나, 사진을 찍거나, 또는 마음속 깊은 이야기를 나눈 적이 없기 때문이었다. 특히 몇몇은 호감을 표시하며 최소한 사진이라도 같이 찍자고 했지만, 나는 어차피 우리는 군 생활이 끝나면 서로 남남이기 때문에 그럴 필요가 없다는 식으로 매우 냉정히 대했다. 혹시라도 지금 다시 그들을 만나게 된다면 그때 내가 보인 태도에 대해서 사과하고 싶다. 그리고 너희가 싫어서 그렇게 행동한 것이 아니라 군대에서 게이라는 것이 알려졌을 때 어떤 일이 벌어질지 두려웠기 때문이라고 솔직하게 말하고 싶다.

대다수 성소수자의 군 생활은 나와 비슷할 것이라고 본다. 여전히 우리 사회에서는 성소수자에 대한 편견과 차별이 심하다. 특히 폐쇄된 집단인 군대 내에서 자신이 성소수자라는 것이 알려질 경우에 받을 불이익을 혼자서 감당하기 어려울 것은 뻔하다. 간혹 용기를 내어 커밍아웃한다거나 혹은 원치 않는 아웃팅으로 게이라는 사실이 알려진 사례를 보면 전역할 때까지 무난하게 군 생활을 마무리한 경우가 거의 없다. 현실이 이러하다 보니 대다수의 성소수자들은 군대에서 자신의 성 정체성을 드러내기보다 더욱 자기 자신을 감추고 조용히 군 생활을 마무리한다.

동성애를 혐오하는 사람들은 군대에서 일어나는 동성 간의 성추행 또는 성폭행 사건의 가해자가 동성애자라고 선동한다. 그러나 실제 가해자는 주로 성욕을 주체하지 못한 이성애자 남성이 대부분이다. 물론 군대 내에서도 서로 마음이 맞아 사랑을 나누는 경우가 있다. 하지만 이것은 어디까지 두 사람이 동의하여 이뤄지는 것이기 때문에 성추행이나 성폭행과는 완전히 다르다. 우리나라 법 가운데 유일하게 동성애자를 처벌하는 조항이 바로 군형법 제92조 6항이다. 군형법 제92조의 6항에는 “항문성교나 그 밖의 추행을 한 사람은 2년 이하의 징역에 처한다”라고 명시되어 있다. 이 조항이 동성애자를 차별하는 독소 조항인 이유는 바로 성인인 두 남자가 합의하에 하는 성관계까지 처벌하겠다는 것이기 때문이다. 성추행이나 성폭력이 아닌 두 남성이 사랑하는 행위 자체를 징벌하겠다는 것은 군대 내에서 동성애를 허용하지 않겠다는 뜻이고 이것은 명백한 차별이므로 이 조항은 반드시 개정되어야 한다.

만약 내가 군복무를 한 그 시절에 군형법 제92조 6항과 같은 차별적 법조항이 사라졌고, 동성애자에 대한 사회적 편견과 차별이 없었다면 어땠을까. 나의 이 년간 군 생활은 지금보다는 나은 추억으로 남았을 것이다.

종로 대학
친구사이

내가 이십 대에 가장 잘한 선택 하나는 바로 '친구사이'에 나간 것이다. 왜냐하면 '친구사이' 활동을 통해서, 나 자신을 완벽하게 긍정하게 되었을 뿐만 아니라, 성소수자로서 갖춰야 할 지식, 동성애자로서 삶의 방향을 배웠고, 소중한 '친구사이' 형들과 다른 단체의 성소수자 인권 활동가들 그리고 나의 배우자인 광수 형과 만날 수 있었기 때문이다.

대학교 일 학년 초반에 겪은 고립감에서 벗어나기 위해서 성소수자에 관련된 정보를 필사적으로 찾았다. 중·고등학교 시절에는 '아이샵'의 김현구 소장님이 운영하는 '구야홈닷컴'에서 주로 정보를 얻으며 서울에서의 삶을 꿈꿨다. 2003년 이후에는 그 사이트가 예전처럼 활발하게 운영되지 않았고, 모임이나 단체가 아니였기 때문에 자연히 '친구사이'에 관심을 가지게 되었다. 당시 '친구사이' 자유게시판은 단순히 정보를 주고 받는 공간이 아니라 지금의 트위터나 페이스북처럼 회원들이 적극적이고 활발하게 교류하는 곳이었다. 서로 생일을 챙겨주기도 하고 서로 더 이쁘다고 머리끄덩이를 잡기도 하는 등 그 게시판을 읽는 것만으로도 굉장히 즐거웠고 '친구사이'에 호감을 가질 수 있었다.

'친구사이' 정기모임이 매달 마지막 주 토요일 저녁에 열린다는 것을 알게 되었다. 어떤 사람들이 있을지 궁금함에 들뜬 마음을 품고 '친구사이' 사무실을 찾아갔다. 당시 사무실은 종로 3가 모텔촌 사이에 있는 매우 허름한 건물(신아산 빌딩, 지금은 허물고 재건축되었다)에 있었다. 서울 지리에 익숙하지 않은 나는 겨우 사무실을 찾았다.

처음 본 사무실 풍경은 열 명 남짓한 회원이 조그마한 사무실에 옹기종기 모여 앉아 회의록을 들고 그 달의 안건에 대해서 의논하는 장면이었다. 정말 게이 은어로 그렇게 '찰지게' 이야기를 나눌 수가 없었다. 사무실에는 특별히 좋은 사무기구나 집기는 없었지만 각종 책과 서류 등이 쌓여 있었고, 그 어느 사무실보다 살아 있다는 느낌을 풍겼다.

당시만 해도 인터넷을 중심으로 한 온라인 모임이 활성화되면서 '친구사이'와 같은 오프라인 모임에는 사람들이 잘 나오지 않아 신입 회원이 크게 부족한 상황이었다. 그러다 보니 나처럼 처음 나온 회원에게는 각종 모임이나 행사가 있을 때마다 매번 꼭 오라고 연락이 올 뿐만 아니라 형들이 돌아가면서 밥을 사주는 등 매우 잘 챙겨주었다. 지금처럼 회원 수가 많지 않았기 때문에 기존 회원들끼리 자주 만났고 금방 친해졌다.

또한 성소수자 커뮤니티 자체도 그리 크지 않았다. 연합 행사에 가게 되면 대다수 성소수자 활동가와 교류할 수 있었다. 운이 좋게도 짧은 시간 동안 많은 지식과 경험을 배울 기회를 자연스럽게 얻었다. 또한 학교와 달리 이미 사회에 나가서 직장을 다니거나 자기 사업을 하는 다양한 형들의 모습을 보면서 내가 게이라는 성정체성을 가지고 대학을 졸업한 후 어떠한 일을 하며 살아갈지에 대한 고민도 누구보다 먼저 진지하게 할 수 있었다.

물론 나 역시 처음부터 적극적으로 얼굴을 드러내고 행사에 참여하지는 못했다. 당연히 누군가가 나를 알아볼까 봐 두려웠기 때문에 처음에는 형들이 하는 행사를 일반 시민인 척하고 지켜보았다. 차츰 행사 부스 뒤편에서 허드렛일하기, 그다음에는 부스에서 행사 홍보 보조하기, 마지막으로 부스 행사 진행까지 조금씩 발전했다. 다행히도 형들은 나의 변화를 기다려줬고, 처음에 부담스러워하는 것을 당연한 것으로 이해해줬다. 이러한 커뮤니티 활동을 통해서 난 대학에서 느꼈던 소외감과 고립감에서 벗어날 수 있었다. 그 어떤 동아리 활동보다 나 자신을 빠르게 성장시킬 수 있었다. 나는 이른바 게이 은어로 '종로 대학'을 졸업한 것이다.

지금도 그 어느 순간이든 내 마음속 든든한 친정과도 같은 '친구사이'를 잊지 않고 가장 소중하게 생각한다. 부모 형제도, 대학에서도, 그 어느 누구도 채워주지 못한 성소수자로서의 이십 대

삶을 '친구사이'를 통해서 풍성하게 만들 수 있었기 때문이다. 성소수자 누군가가 자신의 정체성을 고민하고 있고, 성소수자로서 앞으로 어떠한 삶의 태도를 가지고 살지에 대해서 고민하고 있다면, 나는 그에게 '친구사이'에 나오라고 제안할 것이다. 그리고 나처럼 여기서 새로운 가족을 만들라고 이야기하고 싶다.

마흔 살 피터팬

대다수의 생물학적 남성(이성애자 남성, 동성애자 남성 등)이 그러하듯이 나 역시 애인이나 배우자를 고를 때 '미모'를 매우 중요한 덕목으로 생각한다. 물론 여기서의 미모는 지극히 주관적인 기준이다.

나의 배우자인 김조광수 감독을 처음 만난 건 2005년 2월 '친구사이' 사무실에서이다. 당시만 하더라도 광수 형은 지금처럼 사회적으로 커밍아웃한, 이름이 알려진 감독이 아니라 '친구사이' 형들 가운데 한 명이었다. 이름도 본명이 아닌 '피터팬'이라는 자신과 딱 어울리는 닉네임을 사용했고, 그 누구보다 발랄하고 유쾌한 형이었다.

사실 처음 만났을 때 광수 형은 내가 좋아하는 스타일이 아니었다. 첫 만남에서 초록색 빵모자에 보라색 잠바, 은색 스키니 바지를 입은 그의 모습은 당시 게이들 사이에서조차 굉장히 파격적인 의상이었기 때문에 소심한 게이였던 내가 가까이 하기에는 조금 부담스러웠다. 그런데 두 번째 보았을 때 광수 형은 매우 얌전한 의상을 입고 있었다. 한때 그의 별명이었다는 '오십 미터 장국영'처럼 장국영을 연상시켰다. 퀴어 영화 〈패왕별희〉에서 그가 분한 '데이'라는 역할에 매료되어 게이 커뮤니티에서 '데이'라는 닉네임을 쓸 만큼 장국영 팬인 나에게 그런 그의 외모는 충분히 아름답고 매력적이었다.

나는 장국영을 연상시키는 그의 외모와 발랄함에 호감을 가지게 되었다. 운이 좋게도 인연이었는지 그 역시 나에게 관심을 보였다. '친구사이'에서 주최하는 행사나 엠티에서 꼭 내 근처에 머물며 눈에 띄려고 하는 그의 적극적인 모습이 귀여웠다. 그렇게 서로 설레는 감정은 연인의 감정으로 발전했다.

서로 사귀기로 결정한 후부터 주말마다 열심히 데이트를 했다. 그는 지방 출신인 나를 위해서 과거에 자신은 이미 여러 번 가본 적 있는 서울의 명소들을 전혀 지겨워하지 않으며 안내했다. 또 이미 여러 번 가본 맛집에도 나를 데리고 다니며 내가 서울을 구석구석 알 수 있게 해주었다.

사귄 지 백 일이 된 날 우리는 제주도로 단둘이서 3박 4일 여행을 다녀왔다. 그는 내가 단 한 번도 해본 적이 없는 여행 방식, 바로 일명 '호텔 로비 투어' 형식으로 제주도를 안내했다. 광수 형이 당시에 경제적으로 어려워 전세 오백만 원에 월세 삼십만 원짜리 옥탑방에 살고 있었기 때문에 우리는 비교적 저렴한 숙소에 머물렀다. 대신 처음 함께 간 여행인 만큼 식사며, 부대시설 이용 등은 꼭 유명 호텔에서 하는 신기한 여행을 했다. 심지어 나는 호텔 로비에 있는 피아노를 어설픈 실력으로 살짝 연주하고 광수 형은 사진을 찍는 용감한 행동까지 했다.

광수 형과 함께한 데이트는 늘 즐거웠다. 그동안의 연애와 큰 차이점이 있었는데, 바로 자기 친구나 지인에게 나를 당당하게 애인으로 소개하는 것이었다. 사회적 커밍아웃을 하지는 않았지만 주변 대다수 지인들은 광수 형이 게이라는 사실을 알고 있었다. 그들은 연인이라고 소개받은 나를 따뜻하게 맞아줬다. 늘 그냥 친한 친구, 아끼는 동생 등으로만 소개받다가 정식으로 관계를 인정받고 함께 노는 자리는 마음이 편할 뿐만 아니라 훨씬 더 즐거웠다. 그러면서 자연스럽게 많은 영화인을 알게 되었다. 또…… 광수 형의 나이도 알게 되었다.

소개받은 광수 형의 친구들 가운데 꽤나 나이가 들어 보이는 사람들이 광수 형을 '형'이라고 부르는 것을 보았다. 처음에는 조금 나이 들어 보이는 얼굴이구나라고 생각했지만 점점 그렇게 부르는 사람이 많아지면서 광수 형의 나이가 내가 생각하는 것보다 훨씬 많다는 것을 뒤늦게 알았다.

사람들이 이해하지 못할 수도 있겠지만 내가 게이커뮤니티에 '데뷔'하던 2004, 5년만 하더라도 게이들끼리 오랜 시간 신뢰가 쌓이기 전에는 서로의 이름이나 나이 같은 인적 사항을 물어보는 것이 실례였다. 누군가가 아웃팅할 위험이 있었기 때문에 다들 상대방의 나이나 인적 사항을 대충 알았고, 나 역시 광수 형의 나이를 외모에서 예상할 수 있는 수준으로 생각했다. 삼십 대 초반일 것이라고 생각한 형이 알고 보니 나보다 무려 열아홉 살이 많은 마흔 살이라는 사실을 알았을 때 나는 상당히 놀랐다. 하지만 다행히도 당시 연애하며 쌓아온 감정을 무너뜨릴 만큼 영향을 주진 않았다. 단순히 나이 차이가 예상보다 많이 난다는 이유만으로 헤어지기에는 그가 매력적이었고 그와 함께하는 시간이 행복했기 때문에 매 순간의 감정에 충실하기로 마음먹었다. 그 감정은 꽤 오래 지속되었고 시간이 지나면서 우리의 관계는 연애에서 동반자 수준으로 발전하였다.

스물넷,
벽장에서 나오다

'친구사이' 활동과 광수 형과의 연애에 푹 빠져서 행복한 나날을 보내다 보니 어느 순간 이성애자 친구들을 만나는 자리가 부담스러워지기 시작했다. 분명히 예전에 굉장히 친했고 지금도 꽤나 친한 사이임에도 불구하고, 연애 이야기가 나올 때마다 거짓말로 둘러대고 있는 내 자신에게 화가 났다. 거짓말을 하고 있는 상황이 불편하다 보니 이성애자 친구들과 만나는 횟수를 줄이게 되었다. 그 친구들도 점차 나에게서 거리감을 느끼기 시작하는 것 같았다.

이러다 보면 결국 이성애자 친구들과는 거리가 멀어져서 서로 연락이 안하는 사이가 될 것이고, 나의 인간관계는 주로 게이들 위주로 남을 수 있다는 생각이 들었다. 나보다 앞서 이런 고민을 했을 만한 선배 게이들에게 조언을 구했다. 형들은 나의 성 정체성을 받아들이지 못하는 이성애자 친구는 서른 살이 넘으면 친구로 잘 남는 경우가 없으니깐 너무 스트레스 받지 말고, 차라리 이 기회에 친구 관계를 한번 정리해보라고 조언했다.

아마 대다수의 사람들이 그렇겠지만 나 역시 마찬가지로 중학교, 고등학교, 재수학원, 대학교 순으로 삶의 큰 단계별로 매우 친밀하게 지내는 친구가 두세 명씩 있었다. 이 친구들만 내가 게이라는 사실을 받아들이고 지금처럼 지속적으로 교류한다면 친구 관계에서는 만족감을 충분히 느끼리라고 판단했다.

누구에게 가장 먼저 이야기할까 생각해보니 남자보다는 여자가 나을 것 같았다. 그때 상황으로 정신적, 육체적으로 스트레스가 적은 친구한테 이야기하는 것이 나에게 가장 유리할 것 같았다. 결국 중학교 때부터 절친한 친구로 지낸 '민주'를 첫 번째 커밍아웃할 사람으로 결정했다. 그녀에게 중요하게 할 말이 있으니 밥을 먹자고 불러냈다. 전화와 문자로 약속 장소에 나온다는 것을 필요 이상으로 확인했다. 만나서도 다른 이야기를 빙빙 둘러서 계속하다가 결국 몇 시간의 망설임 끝에 커밍아웃을 했다. 다행히도 그녀는 나의 손을 따뜻하게 잡고는 편견 없이 내 이야기를 들어주었다.

이렇게 친구에게 첫 커밍아웃을 성공적으로 하고 나니 용기가 생겼다. 이후 다른 친구들에게도 커밍아웃을 했다. 역시 처음이 어렵지 다음은 쉬웠다. 그리고 내가 게이라는 것을 긍정적으로 받아들이는 친구들이 늘어날수록 자신감도 붙고 그 친구와의 관계도 더욱 깊어졌다. 내가 진실해지니 상대방도 진실해졌다. 친구들 역시 그동안 자신들이 누군가에게 말하기 힘들었던 고민이나 문제 또는 가정 환경을 이야기하며 우리는 서로에 대해서 더 잘 알게 되었다.

지금 돌이켜보면 참 재미있고 고마웠던 점이 바로 내가 커밍아웃했을 때 보여준 친구들의 반응이다. "난 또 불치병에 걸려서 시한부라고 고백하는 줄 알았다." "사고 쳐서 아기 생겼냐?" "누가 뭐래도 우린 친구이기 때문에 네 성 정체성은 우리 관계에 아무런 영향이 없다." "그동안 힘들었을 텐데 말해줘서 고마워." 가슴이 따뜻해지는 대답이 많았다. 백미는 바로 "이제 드디어 커밍아웃하는 거야?" "이미 알고 있었는데?" 등 나를 오랫동안 지켜보면서 내가 게이일수도 있다는 것을 예상하고 있었다는 반응이었다. 그리고 내가 게이냐 아니냐는 아무런 문제가 아니었지만, 내가 먼저 이야기하기 전에 자기들이 캐묻지 않는 것이 친구로서의 예의라고 생각하는 태도였다.

이렇게 스물네 살을 기점으로 가까운 친구들에게 커밍아웃했다. 우리의 우정은 더욱 깊어졌을 뿐만 아니라 누군가에게 말하기 힘든 이야기도 서로 솔직하게 할 수 있는 사이로 성숙하게 발전했다. 이때 내가 커밍아웃한 친구들은 모두 내 결혼식 때 공개적으로 참석해 축하해주는 나의 든든한 우군이 되었다.

많은 사람이 성소수자라서 외롭기만 할 것 같다고 잘못 생각한다. 난 성소수자라도 어떠한 삶을 사느냐에 따라서 또한 주변과 얼마나 진실한 관계를 맺느냐에 따라서 그 누구보다 풍성하고 행복한 삶을 살 수 있다고 확신한다. 그렇기 때문에 여전히 가족은 물론이거니와 친구들에게 커밍아웃하는 것을 주저하는 많은 성소수자들이 지금이라도 용기를 내서 커밍아웃하기를 바란다. 그동안 잊었거나 또는 잃은 관계를 회복하기 바란다.

이방인과 게이

내가 동성애자라는 것을 인지한 중학교 때부터, 정확히 말하면 사춘기 때부터 앞으로 대학을 졸업하고 나면 우리나라에서 살기는 쉽지 않을 거라고 생각했다. 결국 나 같은 동성애자를 사회적으로 인정하고 법으로 보호해주는 국가에서 살고 싶다는 생각을 자연스럽게 했다. 지금 생각해보면 우리나라를 바꿀 생각을 하지 않고 떠날 생각만 했다는 사실이 부끄럽지만 당시엔 나이가 어렸고 용기가 없었기 때문에 미국이나 유럽 등 외국에서 사는 것이 최선의 방법이라고 생각한 것 같다.

외국에서 살기 위해 대학교에 진학한 이후에 영어 공부에 매달렸다. 그때만 하더라도 토익, 토플 같은 영어 시험을 준비하는 인원이 지금만큼 많지 않았기 때문에 또래들 사이에서 조금 특이해 보일 수는 있었지만, 최소한 영어를 잘해야 외국에 나가서 큰 어려움 없이 살 수 있을 것이라고 생각했다.

그때 세웠던 계획은 교환학생으로 먼저 미국에 가서 최소 대학원까지 연계해서 그곳에서 취직해 정착하겠다는 것이었다. GRE(Graduate Record Examination, 미국 대학원 입학 학력 시험)까지 미리 보고 점수를 확보했다. 주변 사람들은 나이에 비해서 지나치게 서둔다고 핀찬을 주기도 했지만 다행히 부모님께서는 내막도 모르시고 미국 유학을 적극 찬성하셨다. 나는 안정된 환경 속에서 공부에 집중할 수 있었다.

운이 좋게도 결과가 잘 나와서 미국에서도 동성애자 인권 운동이 활발한 편인 시카고로 교환학생 신분으로 가게 되었다. 짧은 기간이었지만 그곳에서 많은 영향을 받았다. 당시 시카고는 오바마 대통령이 일리노이 주 상원의원으로 재임하던 시절인 데다 부시 대통령의 임기 마지막 해이다 보니 진보 운동이 그 어느 때보다 활발하게 일어나고 있었다. 학교 안에서도 각종 학술대회랑 세미나, 포럼이 자주 열렸고, 오랜 역사를 가진 성소수자 동아리가 활발히 활동하고 있었다.

처음 시카고에 갔을 때 가장 먼저 한 일이 바로 성소수자 동아리에 가입하는 것이었다. 학기 초반부터 그 누구보다 열심히 활동하면서 친구들을 만들어갔고, 그들을 따라서 시카고 LGBT센터뿐만 아니라 여러 단체를 방문하며 우리나라 성소수자 운동보다 최소 이십 년은 앞선 그들의 운동을 체험할 수 있었다. 가장 즐거웠던 일은 우리나라에서는 성소수자가 안전하게 모이는 공간에서만 우리의 끼를 드러냈다면, 시카고에서는 심지어 학교 식당에서도 당당하게 성소수자들끼리 모여서 큰 소리로 수다를 떨고 밥을 먹었다. 또 '보이즈 타운'이라는 이름을 가진, 성소수자들이 많이 모여 사는 지역에 가면 한낮에도 당당하게 동성 연인들끼리 손을 잡고 걷거나 브런치를 즐기는 모습을 볼 수 있었다. 이런 모습을 보면서 왜 우리나라에서는 이렇게 살지 못할까라는 생각을 많이 했다. 어떻게 하면 이들처럼 살 수 있을까라는 고민을…….

문화적으로도 자산이 풍부한 시카고에서 각종 문화 생활을 즐기며 동성애자로서 그 어느 때보다 많은 사람을 만나고 즐거운 시간을 보냈다. 그럼에도 불구하고 어쩔 수 없는 언어 장벽, 문화 차이, 식습관 차이 등 동양인으로서 말로 표현하기 힘든 외로움을 느꼈다. 특히 난 소화력이 약한 편이라 거의 매일 소화불량에 시달렸다. 여름과 겨울에는 강력한 냉난방 탓에 편도선이 자주 붓는 등 건강이 좋지 않았다. 그럴 때마다 의료 시스템이 붕괴된 미국에서 나같이 가난한 유학생이 할 수 있는 것이라고는 독한 약을 먹고 쉬는 방법밖에는 없었다.

직업 선택에서도 시민권이나 영주권이 없는 동양인이 제대로 된 직장을 구하는 것은 쉽지 않다는 것을 선배들을 통해서 알았다. 잘못하면 아무 연고도 없는 미국에서 도리어 더 외롭게 지낼 수도 있다는 생각이 강하게 들었다. 그리고 그해 미국 내에서도 서브프라임 모기지 사태가 일어나면서 경기가 급속히 침체되어 나같이 동성애자이면서 영주권이 없는 동양인이 갈 수 있는 좋은 직장은 더욱 줄어들었다. 운이 좋게도 방학 때 인턴을 했던 시카고 공원관리공단의 IT 부서에서 취직 제안이 들어왔지만, 많은 고민 끝에 포기하고 유학 생활을 정리하기로 마음먹었다. 나 역시 내가 이러한 결정을 내릴 거라고는 생각 못 했지만, 내 인생을 길게 바라봤을 때는 타지에 이방인으로 있는 것보다 우리나라에서 동성애자로서 당당히 잘 살아가는 방법을 찾는 것이 더 행복한 길이라는 판단을 내렸다. 비록 유학을 포기하고 돌아왔지만 그곳에서 얻은 지식과 경험은 이후 내 삶에 큰 자양분이 되었다.

파리에서
밸런타인데이

미국 시카고에서 지내면서도 광수 형과 나는 '웹캠+엠에스앤메신저'를 통해서 매일 아침저녁으로 두 번 화상 채팅을 하며 사랑을 확인했다. 지금은 스마트폰으로 와이파이가 되는 어느 지역에서나 자신이 원할 때 화상 채팅을 할 수 있지만 2008년만 하더라도 그렇지 않았다. 한국과 미국은 시간이 완전 반대였기 때문에 우리는 시간 약속을 미리 해서 컴퓨터에 연결된 '웹캠+엠에스앤메신저'를 켜고 상대방이 뜨기를 기다렸다. 때로는 인터넷 상태가 좋지 않아서 화상 채팅을 못하게 되면 안타까워하며 각자 하루를 시작하거나 마무리했다.

우리는 떨어져 있는 기간 동안 그렇게 연애를 지속했다. 사실

'웹캠+엠에스앤메신저'는 우리에게 획기적인 기술이었다. 왜냐하면 당시 대다수 유학생은 엠에스앤메신저만 이용해서 글로 채팅하고 사진만 주고받는 정도였기 때문이었다.

지금도 그렇지만 유별나게 사랑을 표현한 우리의 2008년 연애는 매일 화상 채팅하는 것을 넘어서 밸런타인데이에 맞춰 파리에서 만나는 걸로 정점을 찍었다. 운이 좋게도 마침 시카고에서 파리를 왕복하는 비행기가 육십만 원가량의 저렴한 가격에 나왔고, 광수 형은 베를린영화제 출장길에 일을 마치고 파리행 비행기를 한 번만 타면 되었다.

오랜만에 광수 형을 만난다는 생각에 들떠서 비행기 안에서도 평소와 달리 잠을 거의 자지 않고 파리에 도착했다. 숙소는 에펠탑과 가장 가까우면서도 분위기가 좋은 곳으로 찾기 어렵지 않은 곳을 택했다. 그런데 웬걸, 먼저 도착하기로 한 광수 형이 아직 오지 않았다. 비행기가 연착하거나 짐이 늦게 나오면 한두 시간 늦을 수도 있기 때문에 조금 늦는구나라고 생각하며 나는 먼저 짐을 풀고 에펠탑과 개선문 주변을 한 바퀴 돌고 왔다. 그런데도 광수 형은 아직 숙소에 도착하지 않았다. 아무 연락도 되지 않았다. 안절부절하는 나를 보던 숙소 주인 누나는 혹시 같이 예약한 동료를 기다리는지 물었고, 혹시 동료가 안 오더라도 파리는 혼자서 충분히 즐겁게 여행할 수 있는 곳이라며 나를 위로했다. 지금 생각하면 무슨 생각으로 그 순간 그렇게 대답했는지는 모르지만, 숙소 주인 누나에게 난 사실 게이이고 밸런타인데이를 기념해 여기서 연인을 만나기로 한 것이라고 커밍아웃했다. 그리고 내친 김에 침대가 나뉘어져 있는데 붙여달라고 요구했다. 주인 누나는 크게 웃으며 이제야 내가 왜 안절부절했는지, 표정이 울쌍이었는지 이해된다며 나의 말동무가 되어줬다.

나의 상황을 귀엽게 봐준 주인 누나와 저녁을 먹고 이야기를 나누며 기다렸지만 광수 형은 밤 아홉 시가 지났는데도 오지 않았다. 결국 숙소 주인 누나가 저녁을 먹으며 마신 와인에 약간 취한 나에게 방을 옮기는 것을 친절히 권유했다. 나는 다시 짐을 싸며 연락이 되지 않는 광수 형을 원망했다. 짐을 옮기고 붙여놓았던 침대를 다시 떼려는 순간 벨 소리가 들렸다. 밤 열 시가 넘어 문을 열고 들어온 사람은 광수 형이었다. 원망했던 마음도 잠시, 나는 정말 기뻤다. 자초지종을 물어보니 비행기 시간을 잘못 기억했다가 늦게 공항에 가는 바람에 비행기를 놓쳐 결국 다른 비행기를 타고 오느라 늦었단다. 심지어 오늘 안에 오기 위해서 다른 공항에 가서 가장 빠른 비행기 편을 타고 왔다고 했다. 우리나라로 예를 들면 김포공항에서 홍콩행 비행기를 놓쳤는데, 당일 홍콩에 도착하는 다른 비행기가 없어서 인천공항까지 가서 홍콩행 비행기를 타고 온 것이다.

주인 누나는 다시 침대를 붙여주었다. 우리는 짐을 정리한 후에 늦은 밤이었지만 숙소 근처에 있는 에펠탑 야경을 보러 가서 밸런타인데이의 밤을 만끽했다. 이후 사흘간 둘이서 파리 명소와 맛집을 돌아다니며 신나게 여행했고, 다시 헤어지는 날 드골공항에서 우린 남들이 봤을 때 마치 영원히 못 볼 사이처럼 눈물을 뿌리며 각자 비행기를 탔다.

이 글을 쓰는 지금 이 순간에도 쑥스럽지만, 우린 그러고 나서 불과 오 개월 후 뉴욕에서 다시 만났다.

장모님
또는 시어머니

이성애자도 연인이나 예비 배우자의 부모님을 처음 만나는 자리가 조심스럽고 걱정이 되는 것처럼 동성애자인 나 역시 마찬가지였다. 연애를 한 지 육 년이 넘어가면서 우리는 결혼이라는 것을 조금씩 생각했다. 가능한 한 양가 부모님의 축복 속에서 결혼식을 올리고 싶었기 때문에 상대방 부모님께 인사드리는 게 늘 큰 숙제였다. 그나마 광수 형의 어머니는 아들이 게이라는 사실을 인정하신 지 꽤 오랜 시간이 지났고, 나에 대해서도 조금 궁금해하신다고 들었다. 또한 다행히도 광수 형의 어머니를 뵙기 전에 뉴욕에 살고 있는 광수 형의 여동생인 효경 누나와는 함께 여행을 다녀와 이미 가까워진 상태였다. 누나가 어머니께 나에 대해 좋은 평을 해주었다고 들어 더욱 안심했다.

어머니를 처음 뵈러 가기 전날 나는 잘 보이기 위해 화려한 색상의 옷이 아닌 모범생 스타일로 옷을 골랐다. 혼자 예상 질문을 뽑아서 부드러운 이미지로 보이는 대답까지 준비했다. 광수 형이 이미 오래전에 커밍아웃해서 그런지 몰라도 막상 처음 뵈었을 때 긴장한 나와 달리 어머니는 여유가 있으셨고, 나를 따뜻이 맞아주셨다. 그렇게 첫 만남이 성공적으로 끝나고 나니 다음 만남부터는 마음이 편해졌다. 사위도 며느리도 아닌 모호한 입장이었지만 도리어 그렇기 때문에 어머니에게 조금 더 쉽고 친근하게 다가갈 수 있었다. 다행히 서로를 존중하면서도 이런저런 이야기를 나눌 수 있는 사이가 되었다.

하지만 공개 결혼식까지 설득하려면 우리가 활동하고 있는 성소수자 인권 운동 행사에 모셔서 어머니의 관심을 끄는 것이 좋다고 판단했다. 그래서 우리가 하는 활동 가운데 부모님을 모시고 와도 큰 부담이 없는 자리를 찾다 한국 게이 인권 단체 '친구사이'의 소모임인 지보이스 정기공연에 초대하기로 결정했다. 지보이스 공연은 합창이면서도 성소수자 운동의 메시지를 전달하기 때문에 누구나 부담 없이 와서 감동할 수 있는 자리였다.

광수 형은 매년 공연 사회를 맡고 있기 때문에 그날도 공연 준비로 어머니를 신경 쓸 수 있는 상황이 아니었다. 공연 당일에는 내가 어머니를 모시기로 결정했다. 광수 형 어머니와 함께 저녁을 먹고 공연장 앞 관객들이 대기하는 자리에 있다 보니 공연 시간이 다가올수록 내가 아는 성소수자 분들이 많아졌다. 나는 어머니의 손을 잡고 그들과 인사를 나누었다. 어머니는 스스럼없이 사람들과 인사를 나누셨다. 사람들은 예비 장모님 또는 시어머니와 함께 온 나를 격려해주었다.

다행히 광수 형 어머니는 지보이스 공연을 매우 즐겁게 보셨다. 다음 해에도 꼭 시간을 내서 오시겠다고 약속하셨다. 그해 광수 형 어머니는 우리와 함께 부산영화제에 놀러 가서 한방을 쓰며 더욱 가까워졌고, 2011년 여름에는 광수 형을 빼고 어머니와 나 둘이서만 함께 미국 뉴욕 여행을 하기도 했다. 어머니는 오랜만에 뉴욕에 사는 딸과 사위 그리고 손자들을 보고 싶어 하셨고, 나는 마침 출장이 잡혔는데 광수 형은 영화 촬영 준비로 시간이 되지 않아 우리 둘만 가게 된 것이다.

여행을 함께 하면서 자연스럽게 많은 이야기를 나누었다. 광수 형의 뒷담화뿐만 아니라 어머니의 어린 시절 이야기, 결혼 생활, 광수 형 어릴 적 이야기, 광수 형이 학생운동권이라서 민가협(민주화실천가족운동협의회) 활동을 하게 된 이야기, 그리고 어머니의 원래 꿈인 '유치원 교사' 이야기 등을 나누었다. 나는 어머니에 대해서 단순히 나의 연인 또는 동반자의 부모님으로서만이 아니라 인간적인 매력을 느끼게 되었다. 어머니 역시 나에 대해서 그렇게 느끼셨는지 우리는 여행을 하면서 더욱 가까워졌다. 여행이 끝난 후에는 가까워진 어머니와 나 사이를 광수 형이 살짝 질투하기도 했다. 자신이 미처 몰랐던 어머니에 대한 사실을 알게 되면서 나를 고마워하면서도 말이다.

결혼한 지금도 마찬가지이다. 제사나 명절에 얽매어 그때만 서로 연락하고 만나는 것이 아니라 평소에 내가 진심으로 마음이 동할 때 연락하고 광수 형이랑 같이 찾아뵌다. 마치 진짜 가족처럼. 광수 형의 어머니가 나의 부모님과 함께 오랫동안 건강히 행복하게 사셨으면 좋겠다.

로맨틱한
언약식과 프러포즈

생각해보면 나라는 사람은 정말 은근히 무미건조하고 전혀 로맨틱하지 않은 부류인 것 같다. 왜냐하면 모든 것을 준비하고 예상 가능한 미래가 머릿속에서 정확하게 그려지지 않으면 한 발자국도 움직이지 않는 스타일이기 때문이다. 이러한 성격의 소유자인 내가 지금까지 의외로 그 누구보다 로맨틱한 순간과 예외적인 삶을 살게 된 계기는 나의 배우자인 광수 형과의 삶의 불예측성 때문이라고 본다.

결혼하기 전에 약혼식이나 언약식을 하고, 프러포즈를 하거나 받는 등 로맨틱한 과정을 일반적으로 거치듯 나 역시 마찬가지였다. 다만 그 일들이 조금도 예측하지 못한 상황에서 일어났다는 점이 다른 사람들과 달랐다.

2007년 지보이스 정기공연에서 중간 퍼포먼스로 우리 사회에 다양한 커플과 가족이 존재하고 있다는 것을 보여주는 순서가 있었다. 실제 공연할 때 게이 커플, 레즈비언 커플 등을 포함하여 네댓 커플이 무대 위에 올라와서 각자 준비한 소박한 퍼포먼스를 하기로 했다. 광수 형과 나도 그 커플 가운데 하나였다. 참고로 우리는, 예전에 베트남 여행을 갔을 때 저렴한 가격에 맞춘 수제 실크 의상을 입고 기존에 끼고 있던 반지를 교환하는 퍼포먼스를 하기로 결정했다.

그런데 공연 당일, 막상 우리를 제외한 나머지 커플들이 아웃팅을 염려해 무대에 오르기 힘들다는 연락이 왔다. 공연 기획에 큰 차질이 생겼다. 지보이스에서 이미 삼 부 피날레로 준비한 기획이기 때문에 우리만이라도 올라가달라는 요청을 했다. 우리는 다른 단체도 아닌 '친구사이'의 소모임인 지보이스 정기공연이었기 때문에 당연히 그 요청에 응했다.

공연 삼 부가 시작되었다. 드디어 우리 차례가 다가왔다. 막상 무대 위로 입장하는데 이건 다양한 커플이 존재한다는 것을 보여주는 수준의 퍼포먼스가 아니라 마치 작은 언약식 같은 분위기가 되었다. 많은 관객이 눈물을 흘리기 시작했다. 얼떨결에 무대에 선 나와 달리 무대 체질인 광수 형은 이 상황을 너무나 좋아하며 관객들의 반응에 응하는 멘트를 하기 시작했다. 순간 나도 무슨 말이라도 해야 하는 상황이 되었다. 감동하고 있는 관객들과 들떠 있는 광수 형, 그리고 이미 뒤에서 노래를 불러주고 있는 '지보이스' 단원들을 실망시킬 수 없었던 나는 "행복하게 잘 살겠습니다"라고 겨우 말했다. 관객들은 더욱 감동했다.

우리의 퇴장 행진에 맞춰 지보이스 노랫소리는 더욱 커졌고, 동시에 천사 날개를 단 단원 두 분이 지보이스 공연 기부금 통을 들고 관객석을 돌아다녔다. 관객들은 이 통에 기부금이 아니라 마치 우리 언약식에 대한 축의금인 듯 돈을 넣었다. 그날 걷힌 기부금은 지보이스 공연 역사상 가장 많았다. 심지어 그날 공연을 보러온 나의 친구 몇 명은 그날 못 온 나머지 친구들에게 내가 약혼(?)식을 했다고 연락을 돌렸다. 그 후로 난 거의 한 달 정도 축하 전화를 받아야 했다.

그로부터 삼 년 후인 2010년에는 우리에게 또 다른 일이 생겼다. 광수 형은 단편이지만 퀴어 영화 세 편 〈소년, 소년을 만나다〉(2008년), 〈친구사이?〉(2009년), 〈사랑은 100°C〉(2010년)를 연달아 찍으며 주목받는 영화감독이 되었다. 〈사랑은 100°C〉를 크랭크업하자마자 그동안 준비해왔던 장편 데뷔작 〈두 번의 결혼식과 한 번의 장례식〉을 제12회 서울국제여성영화제의 '피치 앤 캐치'라는 기획개발비 지원 제도에 응모했고 여기서 기획 의도와 시놉시스만으로 관객상과 아트레온상을 휩쓸었다.

너무나도 기쁜 자리였기 때문에 난 함께 시상식에 갔다. 광수 형 옆자리에 앉아 그가 감독으로서 앞으로 나아가는 모습을 축하해주었다. 광수 형은 아트레온상을 먼저 받았다. 그리고 관객상을 받으러 무대 위로 올라가더니 수상 소감으로 갑자기 내게 프러포즈를 했다. 이미 나를 잘 알고 있는 영화인들과 기자들은 축하 인사를 하기 시작했다. 나를 모르는 분들도 일제히 축하해주셨다. 당황한 나는 순간 자리에서 일어나지도 못하다가 뒤늦게 태연한 척 목례를 하며 축하해주시는 분들에게 화답했다. 축하 인사는 행사가 끝나고 파티에서도 이어졌다.

결국 나는 이렇게 지보이스의 축하 공연 속에 언약식을 올렸고, 서울국제여성영화제 폐막식에서 공개적으로 프러포즈를 받은 게이가 되었다. 지금도 당시를 생각하면 여전히 당황스럽고 웃기지만, 결국 예측 불가능해야 그 순간이 로맨틱해진다는 사실. 이 때문에 프러포즈나 선물은 상대방이 모르게 해야 한다는 것을 깨달았다. 그리고 나 역시 로맨틱한 배우자가 되기 위해서 결혼한 지금도 노력하고 있다.

부모님께 커밍아웃

많은 사람이 나에 대해서 착각하는 것이 바로 부모님에 대한 커밍아웃 과정이 매우 순탄했다고 생각하는 점이다. 나를 잘 모르는 사람들은 내가 2011년 3월에 부모님께 커밍아웃을 했고, 2013년 5월에 공개 결혼식까지 올리겠다고 발표했기 때문에, 불과 이 년 만에 이 모든 걸 하려면 부모님이 매우 생각이 열려 있고, 심지어 처음부터 지지했을 것이라고 여긴다.

하지만 현실은 전혀 그렇지 않았다. 나는 보수적인 지역에서 자랐고, 부모님 역시 지극히 일반적인 경상도 출신의 평범한 직업을 가진 분들이셨다. 부모님은 당연히 동성애나 성소수자에 대한 지식이 전혀 없으셨다. 동성애자는 외국에나 존재한다고 생각하는 정도였다. 다만 운이 좋게도 나의 부모님은 사이가 매우 좋은 편이다. 실제 어릴 때부터 우리 가족 내에는 불화가 거의 없었다. 가족 간에 솔직한 대화를 많이 했고, 술, 담배를 전혀 하지 않는 가정적인 아버지와 늘 헌신적인 어머니 사이에서 나는 비교적 평온하게 자랐다.

이렇게 어릴 때부터 모든 것을 솔직하게 공유하는 가족 분위기 속에서 내가 게이라는 사실을 숨기며 살아가는 것은 쉽지 않았다. 만약 가족 간에 사이가 좋지 않았더라면 많은 성소수자처럼 성인이 된 이후에 커밍아웃하지 않고 가족들과 적당한 선을 유지하며 거리를 두었겠지만 나는 가족 간의 유대 관계를 유지하고 싶었다. 왜냐하면 내 삶에서 가족은 굉장히 큰 정신적 뿌리이고 지지 기반이기 때문이다. 게다가 나는 내가 게이라는 사실이 단 한 번도 부모님과 가족들에게 죄나 불효가 된다고 생각하지 않았다. 내가 '동성애자'라는 것이 문제가 아니라 사회의 편견이 문제이기 때문이다. 그뿐만 아니라 동성애자는 역사적으로 늘 일정 비율로 존재해왔으므로 가족들에게 올바른 사실을 전달하고 편견을 깨는 과정을 거쳐야 하지 내가 숨어 살며 가족들과 멀어질 이유는 단 하나도 없다고 판단했다.

그럼에도 불구하고 부모님께 커밍아웃하는 것은 매우 두렵고 주저되는 일이었다. 커밍아웃하는 순간 그때까지의 유대 관계마저 사라지고, 다시는 부모님을 못 뵈지 않을까 두려웠다. '친구사이'에서 활동하며 나보다 먼저 커밍아웃한 형들의 이야기를 들을 때마다 나도 언젠가는 해야겠다고 생각했지만 막상 실천에 옮기기는 쉽지 않았다. 또 형들의 이야기를 들을수록 감정이나 분위기에 휩쓸려 하는 것보다 나 스스로 커밍아웃할 준비가 되었을 때 하는 것이 가장 현명하다는 것도 알게 되었다.

언제라고 말할 수는 없지만 어느 순간 마음에 그런 확신이 들었다. 바로 내가 커밍아웃했을 때 부모님을 포함한 주변 모든 사람들이 하게 될 성소수자에 대한 그 어떤 질문이나 왜곡된 생각을 감정에 휘둘리지 않고 흔들림 없이 차분히 이성적으로 대답할 수 있다는 바로 그 확신. 아마도 이십 대 초반부터 '친구사이' 활동을 하면서 성소수자에 대한 지식을 습득했고 성소수자로서의 올바른 가치관과 삶의 방향에 대해 고민하는 긴 시간을 거치면서 나의 자아가 완성되었기 때문인 듯하다. 그리고 이제 성인으로서 진정하게 알을 깨고 나오는 단계를 밟아야 했다. 바로 부모님께 커밍아웃하는 단계 말이다.

그런 만큼 부모님께 커밍아웃할 때 준비를 철저히 했다. 어머니나 아버지 어느 한쪽에만 이야기하는 것이 아니라 양친이 모두 한자리에 계시고, 주변에 나를 포함한 우리 세 명만 있어야 하며, 식당 같은 곳이 아니라 반드시 집 안이어야 했다. 그리고 두 분의 건강 상태가 좋고 다른 큰 걱정거리가 없어야 했다. 즉, 부모님 주변에 신경 써야 할 요소가 없고, 오로지 이것만 깊게 생각하고 고민할 수 있는 환경에서 나는 커밍아웃을 했다. 또한 지나치게 감정이 올라올 것을 대비해서 가능한 한 내가 동성애자라는 사실과 몇 가지 알아야 할 정보를 제공한 후 자리를 비워 부모님 두 분이서 고민할 수 있는 시간을 가질 수 있도록 열차 예약까지 마쳤다. 마지막으로 고민하는 시간 동안 참고하실 수 있게 성소수자에 대한 올바른 지식이 담긴 책 한 권을 준비했다.

이렇게 준비를 철저하게 했음에도 불구하고, 나는 백 번, 아니 만 번의 망설임 끝에 겨우 부모님께 커밍아웃했고, 도망치듯 집을 나섰다. 처음에 부모님 반응은 매우 실망한 듯 감정적으로 격렬하셨지만, 내가 일단 자리를 비우고 두 분이 생각할 수 있는 환경이 되자 치열히 고민하셨다. 그리고 그 어떠한 경우라도 내가 당신들이 사랑하는 자식이라는 점을 잊지 말라고 문자를 보내시는 등의 노력을 기울이며 등을 돌리지 않으셨다. 여전히 서울로 올라오는 열차 안에서 어머니가 그날 보내주셨던 문자를 받은 그 순간을 잊을 수가 없다. 또 나를 열차 역으로 배웅해주며 자신한테만 이야기하지 몸이 아픈 어머니한테까지 왜 이야기했냐며 염려하시던 아버지의 모습도 잊을 수 없다.

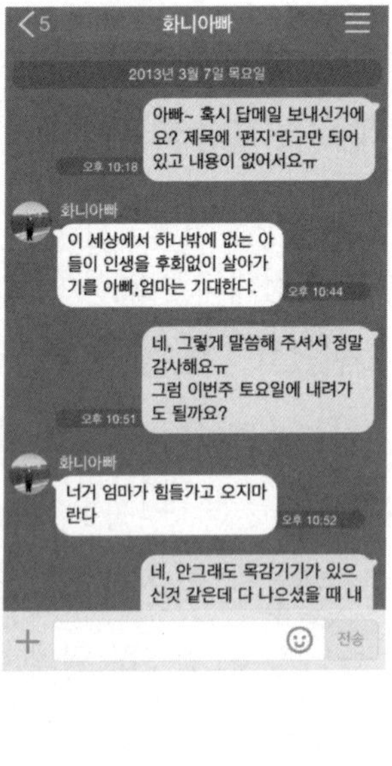

공대생과
레인보우팩토리

믿거나 말거나 나의 대학 전공은 전자공학이다. 심지어 대학교 때 전공 수업을 하던 교수님들조차 처음에는 나를 인문대 쪽에서 전자과 수업 청강하러 온 학생 정도로 생각할 정도로 공대생과 나의 이미지는 사뭇 달랐다.

우리나라 대학생 대부분이 그러하듯이 나 역시 재수 실패 후에 점수에 맞춰서 대학에 들어갔고, 대학교를 대학생처럼 다니지 않고 고등학생처럼 다녔다. 아시는 분들은 알겠지만 공대에서도 전자과를 나처럼 머리가 나쁜 학생이 주 사 일만 다니면서 졸업하려면, 정말 빡빡한 수업 일정을 소화해야 한다. 내가 무리해서 주 사 일만 전자과 공부를 한 이유는 나머지 주 삼 일만큼은 내가 하고 싫은 일이나 공부, 연애를 하며 시간을 보내고 싶었기 때문이다. 특히 주 삼 일은 광수 형과 지내는 시간이었기 때문에 그 어느때보다 달콤했다. 함께 데이트하는 것은 물론 광수 형이 영화 제작자다 보니 이런저런 허드렛일을 옆에서 도왔다. 그러면서 영화 제작과 개봉이 어떻게 돌아가는지 자연스럽게 배울 수 있었다. '서당 개 삼 년이면 풍월을 읊는다'라는 속담처럼 나는 어느 순간 꽤 많은 영화 실무와 영화인을 알게 되었다. 하지만 당시만 하더라도 가난에 대한 두려움이 컸던 나는 장래에 영화 일을 하는 것에 대해 조금도 생각하지 않았고, 미국에서의 삶을 꿈꾸고 있었다.

긴 고민 끝에 내린 선택이었지만 어쨌든 나는 미국 유학을 포기하고 돌아와서 진로에 대해 이리저리 고민하고 있었다. 그 찰나에 광수 형은 나에게 적극적으로 영화 일을 해볼 것을 제안했다. 광수 형은 나라는 사람과 영화 일이 어울리고 퀴어 영화를 전문적으로 수입, 제작하는 일은 장래에 괜찮을 것이라고 설득했다. 난 그 꼬임(?)에 쉽게 넘어갔다. 아니 솔직히 그 제안이 매우 고마웠다. 유학을 포기하고 돌아왔을 때 모든 것을 새롭게 배우고 시작해야 한다는 두려움이 앞섰는데, 막상 영화 일을 생각해보니 그동안 '서당 개'로서 옆에서 배워온 것들이 있었기 때문에 당장 시작한다고 해도 할 수 있을 것 같았다. 또 내가 실수해도 그걸 지적해줄 수 있는 영화 전문가인 광수 형이 바로 옆에 있다는 사실도 그제서야 깨달았다.

겁이 없어서 그런지, 아니면 그동안 내가 하고 싶지 않은 일이나 공부를 하면서 대학 시절을 보내서 그런지 몰라도 새로 시작한 영화 일은 매우 즐거웠다. 회사 이름도 성소수자를 상징하는 무지개를 넣고 장기적으로는 퀴어 영화를 수입, 제작, 배급, 홍보하는 복합 전문 영화사로 성장시키고자 하는 목표를 세우고 '레인보우팩토리'를 설립했다.

야근하는 날도 많고 바빴지만 내 삶에는 그 어느 때보다 활기가 넘쳤다. 그동안 형, 누나로 알고 지낸 많은 영화인이 내가 하는 일에 적극적으로 도움과 조언을 주셨다. 그리고 신기하게도 해외 영화인 가운데 퀴어 영화를 다루는 회사들은 '레인보우팩토리'의 등장을 열렬히 반겨주었다. '레인보우팩토리'처럼 작은 신생 영화사는 만나주지도 않는 큰 회사의 대표들도 미팅을 직접 적극적으로 해주셨다.

그렇게 시작된 퀴어 영화 전문 영화사 '레인보우팩토리'는 해외 마켓으로는 2012년 베를린국제영화제에 처음 공식적으로 발을 디뎠다. 해외 마켓은 처음이라 긴장도 많이 했지만 주변의 모든 영화인이 처음 나가는 해외 마켓에서는 영화를 사고팔기보다는 분위기에 적응하고 사람들이랑 인사를 나누기만 해도 충분히 그 의미가 있다며 나를 응원해주었다. 하지만 정식으로 해외 영화 수입 업무를 배운 적이 없는 나로서는 바로 그 자리에서 영화가 사고팔리는 것을 보면서 긴장을 할 수 밖에 없었다. 삼십 분 간격으로 하루에 최소 열 번 이상 진행되는 미팅과 베를린에서 처음 공개되는 퀴어 영화 신작을 보기 위해서 하루 종일 빡빡한 일정을 소화하며 혹시 내가 수입할 만한 영화가 없는지 유심히 찾았다.

그러는 와중에 게이 영화 신작인 〈라잇 온 미〉(원제: Keep The

Lights On)을 발견했다. 이 영화가 오래된 연인의 건강한 이별을 다뤘다는 점에 매료되어 세일즈 회사의 부스를 찾아가기로 결심했다. 막상 세일즈 회사를 만나려고 생각하니 계약서조차 제대로 볼 줄 모르는 내가 어떻게 협상할지 막막해서 우리나라 세일즈 회사 가운데 친분이 있는 곳을 찾아가 중요한 몇 가지 협상 팁과 용어를 배웠다. 그다음 바로 세일즈 회사와 미팅을 시작했다.

영화 〈라잇 온 미〉의 세일즈 회사 담당자는 처음 우리가 제시한 조건을 일언지하에 거절했다. 나는 그를 설득하기 위해서 매일 이메일을 보내고 미팅했다. 배운 몇 가지 협상 팁을 참조해서 솔직하게 이 영화 개봉 규모와 홍보 계획 그리고 왜 '레인보우팩토리'가 이 영화를 다른 곳보다 한국에 잘 소개할 수 있는지 차분히 설명했다. 진심이 통했는지 그는 회사 부스를 철거하는 날 오전에 우리가 제시한 조건을 승낙했고, 난 처음 간 해외 마켓 출장에서 영화를 수입하는 기쁨을 누렸다.

영화 〈라잇 온 미〉는 수입한 그해 11월 초에 극장 개봉을 했다. 평단과 관객에게 호평을 받으며 '레인보우팩토리'의 이름을 알렸다.

영화와 성소수자 운동의 접점

퀴어 영화 전문영화사인 '레인보우팩토리'를 설립해서 영화 일을 하기로 결정한 또 다른 이유 하나는 내가 직업으로 삼고 있는 일과 성소수자 인권 운동의 접점을 찾을 수 있다는 점이었다. 양질의 퀴어 영화를 수입, 제작하여 국내 관객에게 소개하면 성소수자에 대해 올바른 지식을 전달하고 잘못된 편견을 바로 잡는 데에 조금이나마 기여할 수 있을 것이라고 생각했기 때문이다.

영화라는 장르는 영상물이기 때문에 누구나 부담 없이 쉽게 접할 수가 있을 뿐만 아니라 짧은 시간 안에 많은 내용과 이미지를 함축적으로 담아낼 수 있어, 일반 대중에게 성소수자에 대해 알릴 수 있는 있는 좋은 수단이라고 본다. 이러한 생각의 연장선상에서 추가로 하게 된 일이 바로 서울프라이드영화제(구 서울LGBT영화제) 프로그래머 일이었다. 매해 해외에서 제작되는 퀴어 영화 가운데 국내에 수입하여 극장 개봉하기에는 어렵지만, 영화적으로 훌륭할 뿐만 아니라 내용적으로도 의미가 있는 극영화나 다큐멘터리가 있다. 이러한 작품들을 최소한 국내 관객들에게 알리기 위한 장치로서 영화제는 매우 훌륭한 장이 될 수 있다고 판단했다.

서울프라이드영화제에서 일을 시작하게 된 2011년만 하더라도 영화제는 매우 어렵게 운영되고 있었다. 성소수자들조차 영화제가 아닌 상영회 정도로 인식할 정도로 규모가 매우 작은 행사였다. 광수 형과 나조차 매해 영화를 보러 간 적이 거의 없을 만큼 알려지지 않았고 심지어 그마저도 없어질 위기에 처해 있어, 도움을 요청해왔지만 우린 사실 매우 망설였다. 영화제를 성장시키기 위해서는 신경 써야 할 일이 매우 많은데 우리는 이미 너무 바빴기 때문이다. 하지만 그나마 하나밖에 없는 성소수자 영화제이고, 해외 LGBT영화제에 초청을 받아 다니면서도 서울프라이드영화제는 신경 쓰지 않았다는 점을 반성하며 영화제 일을 맡았다.

당시 서울프라이드영화제 예산으로는 급여는커녕 영화 상영료조차 감당할 수 없어서 광수 형이 오백만 원을 기부해야 하는 상황이었지만 일단 이름을 걸고 시작하기로 한 이상 대충하고 싶지는 않았다. 그래서 광수 형이 이 영화제의 집행위원장이 되면서 첫 번째로 한 작업이 영화제의 독립된 기구로서 집행위원회를 꾸리고 조직을 개편하는 등 체계를 갖추는 것이었다. 두 번째로 한 작업은 좋은 퀴어 영화를 수급해오는 프로그램 구성이었다. 세 번째로 한 작업은 영화제의 미래 가능성을 여러 기업에 설명하여 스폰서를 끌어들이는 것이었다. 네 번째는 사람들이 놀러 오고 싶게 영화제를 매력적으로 홍보하는 일이었다.

규모는 작았지만 2011년도 첫해부터 우리보다 큰 영화제처럼 모든 일을 다 했다. 광수 형이 집행위원장을 맡고 배우 소유진 씨가 흔쾌히 홍보대사로 활동해주겠다고 밝혔다. 영화제를 한 달 앞두고 기자회견을 했을 뿐만 아니라 상업 영화가 개봉할 때처럼 우리가 가진 모든 홍보 툴을 이용해서 영화제를 홍보했다.

결과는 대성공이었다. 이전과 비교했을 때 관객 수가 늘어났을 뿐만 아니라 상영작에 대한 만족도도 높았다. 우리는 작지만 스폰서로부터 협찬받은 물품을 거의 전부 관객들에게 이벤트로 선물했고, 사회 저명인사를 초청하여 관객과의 대화를 진행하는 등 관객들과 소통하려고 최선을 다했다. 이 노력이 통했는지 2012년, 2013년 해를 거듭할수록 관객 수뿐만 아니라 스폰서도 늘어났고, 무급인데도 영화제 스태프로 일하고 싶어 하는 지원자가 많아졌다. 영화제 기간에 뽑는 자원봉사자 역시 그 지원자 수가 크게 늘어났다. 특히 관객 몇몇 분들은 상영되는 영화와 영화제 분위기에 감동받고 나를 포함한 스태프들에게 감사 인사를 하는 감동적인 순간도 있었다. 그런 분들은 다음 해에는 친구들을 데려왔고, 또 그렇게 감동받은 친구들은 또 다른 주변 사람들을 데리고 영화제에 찾아오고 있다.

부산영화제
대작전

부모님께 커밍아웃한 이후 많은 대화 끝에 내가 동성애자이고 앞으로 동성애자로서 삶을 영위해나가겠다는 점을 설득해 지지받았지만, 부모님은 공개 결혼식을 올리는 것은 여전히 반대하셨다. 결혼식을 하면 내 얼굴이랑 신상 정보가 알려질 것이고, 그럼 부모님 주변 친구들이 내가 동성애자라는 것을 알게 될 것이기 때문에 부모님 입장에서는 불편해진다는 것이었다. 결과를 봤을 때는 부모님 주변 친구들 가운데 나에게 관심이 있는 분들은 적극적으로 축하해주셨고, 관심이 없는 분들은 그냥 그렇구나 하고 평소처럼 부모님과 잘 지내고 있어서 아무 문제가 없다. 하지만 당시에는 부모님과 내가 가장 민감하게 다투던 부분이었다. 물론 부모님과 그렇게 가깝지 않은 한두 분은 안타깝게도 혐오감을 드러내기는 했다.

부모님께서는 왜 나 때문에 자신들이 피해를 봐야 하냐는 입장이었고, 나는 내가 동성애자라는 이유로 부모님을 불편하게 만드는 사람들이 있다면 그건 그들의 문제이기 때문에 도리어 그들을 꾸짖고 당당해지라고 요구하는 입장이었다. 부모님께서는 이런 나에게 결혼을 강행하더라도 자신들은 절대 참석하지 않겠다는 입장을 고수하셨다. 나는 부모님과 가족의 축복 없이는 결혼식을 전혀 올리고 싶지 않았기 때문에 우리는 평행선을 달렸다.

심지어 부모님께서는 나의 예비 배우자인 광수 형을 만나려고 하지 않았기 때문에 이 상황을 해결할 수 있는 묘책이 필요했다. 그때 광수 형이 생각해낸 묘책이 바로 부모님을 부산영화제 개막식에 초대하는 것이었다. 참고로 부모님은 경남 창원에 사시는데 그 지역 분들은 부산영화제 개막식이라면 누구나 한 번쯤은 가보고 싶어 했다. 그리고 영화제에 오면 자연스럽게 광수 형을 만나게 될 것이고 영화제라는 축제 분위기 속에서 광수 형에게 호감을 느낄 수 있을 것이라고 판단했다.

광수 형의 예상대로 부모님께서는 부산영화제 개막식에 관심을 보이셨다. 우리는 1박 2일의 모든 동선과 일정을 짜놓고 부모님을 맞이했다. 부모님의 마음은 다 똑같기 때문에 자식이 누구보다 열심히 살고, 좋은 배우자와 행복하게 산다는 것을 확인시키는 것이 가장 중요하다는 대전제하에 평소에 잘 하지 않던 일을 몇 가지했다. 또 이렇게 시간을 내어 오신 김에 특별한 추억도 만드실 수 있게 일정을 적당히 빼곡하게 잡았다.

광수 형과 나는 파티를 좋아하지 않기 때문에 유명 배우들이나 감독들을 영화제 파티에서는 잘 만나지 않는다. 하지만 부모님을 모신 이날만큼은 개막식 자리도 유명 인사들 근처로 잡았다. 그리고 파티장에서도 미리 섭외한 유명 배우, 감독, 제작자 등 영화인들이 쉴 새 없이 부모님께 인사하며 광수 형을 띄웠다. 급기야 섭외하지 않은 김동호 전 집행위원장님과 이창동 감독님까지 분위기에 휩쓸려 나의 부모님께 먼저 인사하셨다. 부모님은 깜짝 놀라셨지만 매우 좋아하셨고 영화제 파티 문화에 대해서 굉장히 재미있게 생각하셨다.

밤늦게 모든 행사가 끝난 후에 우리는 부모님을 호텔 방에 모셔다 드렸다. 피곤했지만 부지런한 사람이라는 이미지를 심어주기 위해서 다음 날 아침 일찍 일어나 부모님과 함께 호텔 조식을 먹고 해운대 바닷가를 산책하며 영화제 홍보 부스를 구경했다. 이때 광수 형의 옷차림은 나와 또래처럼 보이게 최대한 젊은 스타일로 했다. 부모님과의 거리감을 좁히는 센스도 잊지 않았다. 그리고 영화제에 오신 만큼 영화도 한 편 더 보실 수 있게 미리 아버지와 어머니가 동시에 좋아할 만한 스파이 액션스릴러로 표를 구해놓았다. 영화가 끝날 때쯤 찾아가서 모시고 점심식사도 했다. 부모님은 바쁜 일정을 소화하신 후에 창원으로 돌아가셨다. 그길로 바로 누나에게 전화 걸어 자랑하셨다고 한다.

아마 부모님도 우리의 계획을 아시면서 응해주신 것이었겠지만 부산영화제 초대 전략은 대성공이었다. 이때부터 부모님은 광수 형에 대해 호감을 느끼게 되었다. 나와 전화 통화를 할 때마다 막상 만나 보니 사람이 괜찮고 매너가 좋을 뿐만 아니라 참 젊어 보인다며, 내가 듣기 민망할 정도로 칭찬하셨다. 또한 부모님 스스로도 자식이 동성애자인 것과 동성 배우자가 생긴다는 점이 흉이 아니라 도리어 자랑거리가 될 수 있다는 생각을 하셔서 그런지 몰라도, 차츰 주변의 시선을 신경 쓰기보다 조금씩 내려놓기 시작하셨다. 이후 우리는 이와 유사한 노력을 꾸준히 했다. 부모님이 광수 형을 신뢰하시면서 양가 부모님의 축하와 지지 속에 올리려고 계획한 우리의 결혼식은 차츰 그 윤곽을 잡아갔다.

오랜 갈등
그리고 화해

나는 어릴 때부터 여자 형제가 굉장히 많을 것 같다는 소리를 자주 들어왔지만 아쉽게도 여자 형제라곤 누나 한 명만 있다. 누나와는 어릴 때부터 사이가 굉장히 좋았다. 서로에게 정신적으로 큰 힘이 되는 존재이다. 누나는 성격이 온화하고 자신의 친구 생일잔치에 데리고 다닐 정도로 나를 아꼈다. 나 역시 누나를 많이 따랐다. 학교에서 모르는 형, 누나 들이 내가 누나의 동생이라는 것을 알면 잘 대해줄 정도로 누나는 성격이 활발하고 친구에게 인기가 많았다. 중학교 이 학년 때 어머니가 신장이식 수술을 받게 되어 일 년 가까이 서울에 입원했을 때도 누나랑 나는 서로에게 의지하며 많은 이야기를 나누었다. 심지어 내가 재수할 때도 누나는 바쁜 와중에 주말마다 시간을 내어 나를 데리고 서울 구경을 시켜주며 밥도 사주었다.

이렇게 유별났던 남매 관계는 이십 대에 들어 서울에서 한집에 살게 되면서 문제가 생기기 시작했다. 난 이미 누나가 필요 없을 정도로 서울 생활에 익숙해졌다. 타고난 하녀 근성을 바탕으로 집안 살림을 마스터하게 된 내 눈에 어느 순간부터 누나는 성가신 존재가 되었다. 재수할 때 내 방을 가끔 치워줬던 누나는 어디로 갔는지, 이제 내가 거의 매주 방 청소를 해야 했고 우리가 먹을 음식, 마실 물조차도 내가 신경 쓰지 않으면 없는 그런 생활이 반복되었다. 나는 늘 집에 음식 쓰레기 하나 없고 정돈이 되어 있는 환경을 지향했다면, 누나는 날을 잡고 청소하는 스타일이라 서로 의견이 계속 부딪쳤다.

부모님이랑 함께 한집에 살 때와 재수 시절 따로 살 때 전혀 느끼지 못한 이런 사소한 생활 습관 차이 탓에 우리 사이가 나빠졌다. 근본적으로 내가 게이라는 사실을 누나가 온전히 받아들이지 못하면서 나는 더욱 누나를 멀리했다. 사실 지금 돌이켜 생각해보면 객관적으로 커밍아웃 당시 누나가 보였던 반응은 나쁜 편이 아니었다. 다만 내가 누나에게 가진 기대치가 워낙 높았기 때문에 실망이 컸던 것 같다.

누나에게 커밍아웃하게 된 계기는 내가 블로그에 썼던 글을 누나가 우연히 보게 되면서이다. 당시 난 광수 형이랑 연애로 불타오르던 시기라 주말마다 광수 형 집에서 놀았다. 누난 여자가 생겼다고 보기에는 지나치게 멀쩡하게(?) 돌아오고 씀씀이가 늘지 않는 나를 수상하게 여겼다. 그러는 와중에 누나는 우연히 내가 쓴 글과 광수 형의 블로그를 보았다. 내가 게이이고 광수 형과 사귀고 있다는 사실을 확신하게 되면서, 미처 난 준비가 다 되지 않은 상황에서 커밍아웃을 하게 되었다.

누나의 반응은 신기하게도 영화 〈후회하지 않아〉의 대사와 비슷했다. 내가 게이인 것은 자신이 관여할 바는 아닌데 이십 대 후반이 되고 결혼할 때가 되면 여자랑 결혼해야 한다. 그리고 내가 여자를 몰라서 남자를 좋아하는 것이니 여자를 사귀어보라는 것이었다. 다행히 부모님께 일러바치거나 하여 더 큰 불화를 만드는 행동은 하지 않았지만, 나는 '다른 사람이 동성애자인 것은 상관없지만 내 가족은 안 된다'라는 식의 누나의 반응에 크게 실망했다.

준비가 안 된 커밍아웃이었기 때문에 이후에 나는 누나에게 나에 대해 적절히 설명하지 못했고, 누나 역시 이야기하기 불편한 주제였기 때문에 침묵하며 시간만 흘러갔다. 우리 사이는 어릴 때와 같이 않았다. 한집에 살았지만 하우스 메이트 수준으로 서로 데면데면했다. 부모님께서는 우리 사이가 나빠진 것에 대해 안타까워하셨지만 생활 습관이 다르다는 한 가지 사실만 알고 계셨기 때문에 나를 두둔하셨다. 누나는 더욱 불만이 많아졌다.

우리 사이는 누나가 결혼을 할 무렵 가장 나빴다. 한 예로 누나는 자신이 결혼할 남자(현재 매형)에 대해 내가 부모님께 잘 이야기해줄 것을 요구하면서, 정작 광수 형과 나의 관계에 대해서는 침묵 또는 거부하는 태도로 일관했기 때문에 나는 매우 화가 났다. 당시 누나는 자신의 예비 남편과의 관계와 나하고 광수 형의 관계가 동일한 것이라고 인정하지 않았다. 나는 광수 형과 나만큼 오래된 사이도 아니면서 결혼을 하겠다고 하는 누나의 태도에 콧방귀를 뀌었다.

하지만 둘이서 이렇게 화해하지 않고 티격태격 싸우면서도 결국 결정적인 순간에 서로에게 큰 힘이 되어주면서 우리 사이는 다시 좋아졌다.

부모님께서는 지금은 그렇지 않지만 당시 매형을 마음에 안 들어 하셨고, 누나는 결혼하기까지 꽤나 스트레스를 많이 받았다. 나는 매형의 사람 됨됨이가 정말 마음에 들어서 적극적으로 결혼을 지지했고, 결혼식 준비에 작지만 이런저런 도움을 주었다. 반대로 누나는 내가 부모님께 커밍아웃했을 때 감정적으로 부모님을 위로하며 설득하는 데 힘을 실어주며 내가 부모님을 모신 결혼식까지 생각할 수 있도록 분위기를 만들어주었다.

이후 누나는 내가 광수 형과의 결혼식을 발표하기 전에 매형과 나, 광수 형 이렇게 네 사람이 함께 만난 자리에서 광수 형을 부르는 호칭을 '광수 씨'가 아닌 가족의 느낌이 나면서도 익숙한 단어로 정해줬으면 좋겠다고 했다. 그동안 우리 사이에 있었던 갈등이 완전히 해소되는 순간이었다.

지금은 누나와 매형은 그 누구보다 우리의 적극적인 지지자이며 유대 관계가 끈끈한 가족이다. 서로 기쁘거나 힘든 일이 있을 때 의논하고 자신들의 딸인 나의 조카에게 광수 형이나 나를 삼촌이라고 부르게 하는 등 우리를 온전히 가족으로 받아들였다. 나도 누나가 조금이라도 더 행복하게 살기 위해서 고민할 때 늘 힘이 되어주고자 노력하고 있다.

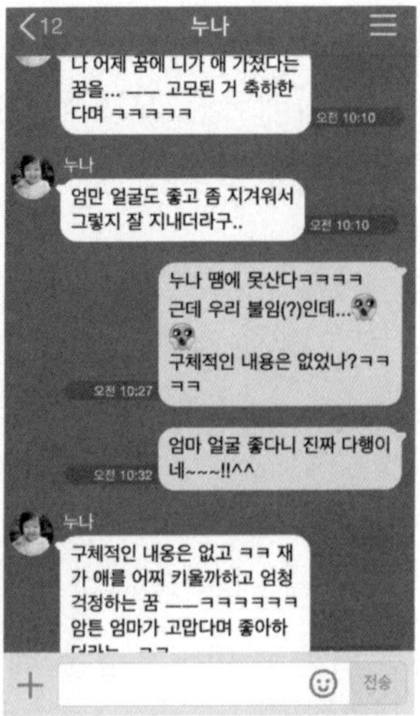

결혼식 기자회견

나는 영화 〈노팅힐〉 마지막 장면에서 줄리아 로버츠가 휴 그랜트와 함께 리무진에서 내리면서 레드카펫을 걷는 모습을 굉장히 좋아한다. 이때 수백 대의 카메라가 플래시를 터트리고 줄리아 로버츠는 그 누구보다 환하게 웃으며 자신의 아름다움을 뽐내기 때문이다. 또 어릴 때부터 '혹시라도 저런 자리에 서게 되면 꼭 저렇게 여유 있는 태도로 카메라 세례를 받아야지'라는 어이없는 생각을 했다.

공개 결혼식을 하기로 최종 결정을 하기도 전에 광수 형과 결혼한다는 기사가 여러 번 포털 사이트의 메인을 장식하며 큰 화제가 되었다. 다행인지 아니면 기자들이 나를 배려해서인지 몰라도 내 신상을 캐는 등의 문제는 없었다. 다만, 내가 봤을 때 가장 큰 문제는 내가 광수 형보다 열아홉 살 연하라는 사실과 광수 형이 나의 외모를 미화해놓은 상황이었다. 나와 광수 형을 모르는 많은 분들은 뭔가 성공한 영화제작자가 어리고 아름다운 트로피 배우자와 결혼한다고 착각했다. 그럴수록 나는 당황했다. 이미 난 서른이라 풋풋함은커녕 아저씨 분위기가 나기 시작했기 때문이었다. 사실 크게 화제가 될 줄 알았으면 수술이라도 조금 하는 건데 '쌩얼'로 다 공개되어야 한다고 생각하니 너무 억울했다. 악플이나 호모포비아의 공격에 대해서는 전혀 걱정하지 않고 비주얼 걱정이나 하고 있는 나에게 가까운 친구들은 나이 서른 먹고도 정신 못 차렸다며 잔소리를 했지만, 광수 형이 지나치게 동안이었기 때문에 솔직히 잘해도 본전인 상황이었다.

그래서 처음 공개적으로 모습을 드러낼 5월 15일 결혼식 발표 기자회견에서 어떻게 할지 미리 두 가지 방안을 생각했다. 첫 번째는 정신 못 차린 방안이지만 멋지게 차려입고, 어릴 때 본 영화 〈노팅힐〉의 줄리아 로버츠처럼 '아우라'를 뿜어내며 입장하는 것이었다. 두 번째 방안은 처음부터 내가 서른임을 상기시키고 그 자리의 사회적 의미에 대해서 강조하며 뭔가 엄숙하고도 긴장감 도는 분위기를 만들어 나의 외모에 대한 이야기는 쏙 들어가게 하는 것이었다.

드디어 2013년 5월 15일이 왔다. 광수 형과 나는 미리 협찬받은 턱시도를 입고 기자회견이 열리는 아트나인 야외무대로 갔다. 그런데 그날 헤어와 메이크업을 해주기로 한 분이 늦으셨다. 많은 기자가 이미 일찍 와서 자리를 잡기 시작하는 바람에 우리는 서둘러 준비를 마쳤다. 같이 있던 스태프들은 괜찮다고 했지만 뭔가 급하게 준비해서 그런지 몰라도 우리의 모습은 어색했다. 게다가 난 상당히 긴장하고 있었다. 특히 전날 밤 오늘 기자회견 때 할 말에 대해서 광수 형과 의견 충돌이 생겨 입을 한 번도 안 맞춰봤기 때문에 난 걱정이 이만저만 아니었다. 이미 밖은 수많은 기자들로 웅성거리기 시작했다.

광수 형은 영화 마케터 출신답게 자신이 먼저 나가서 기자들에게 인사하고 나를 부를 테니 그때 나오라고 했다. 솔직한 마음은 광수 형이 내 손을 꼭 잡고 같이 나가기를 희망했지만, 마케팅적으로 내가 따로 나가는 것이 더 극적인 연출이라는 점에 동의했기 때문에 나는 무대 뒷문에서 대기하고 있었다.

마침내 광수 형이 나를 불렀고 나는 이제 세상 밖으로 나가야 할 순간을 맞았다. 소심하게 문을 손톱만큼 열었는데 이미 플래시가 터지기 시작했다. 정말 스태프들 말대로 기자 수백 명이 와있었다. 순간 도망을 가야 하나 망설였지만 영화 〈노팅힐〉의 줄리아 로버츠를 떠올리며 문을 활짝 열었다. 역시 줄리아 로버츠 같은 여유와 미소는 아무나 뽐낼 수 있는 게 아니었다. 영화 속 장면처럼 백 대가 넘는 카메라에서 플래시가 터졌지만, 나는 순간 눈이 너무 부셔서 눈을 제대로 뜰 수가 없었다. 이때 눈 감은 사진이 찍혔을 거라는 생각이 번쩍 들자 나는 바로 첫 번째 방안을 접고 무대 위로 후다닥 올라갔다. 그래도 무대 위로 올라가니 옆에 광수 형도 있고 미리 준비해놓은 발언문도 테이블 위에 있어 안심되었다.

플래시가 한참 터지고 난 뒤에야 나는 비로소 인사를 했다. 처음부터 나이가 올해로 서른이라 이미 진 꽃이라는 점을 강조하며 밑밥을 깐 다음 동성 결혼의 사회적 의미에 대해 피력하기 시작했다. 신기했던 것은 광수 형과 전날 밤 다투느라 전혀 입을 맞추지 못했는데 막상 기자회견장에서 우리는 우리 스스로가 놀랄 정도로 딱 들어맞았다. 기자들은 우리 이야기에 적극적으로 반응했다.

우리의 발언 이후에 질문이 이어졌고, 난 그때부터 여유가 생겨서 기자들과 눈을 맞추어가며 대답했다. 다행히 큰 사고나 소란 없이 행사는 잘 마무리되었고, 그날 포털 사이트는 우리 기사로 도배되었다. 기자회견이 끝나고 난 얼른 검색해보았다. 다행히 기자들이 나의 마음을 알았는지 외모와 비주얼에 대한 이야기는 거의 하지 않았다. 대부분 기사는 우리 결혼의 사회적 의미와 앞으로의 계획에 대해서 중점적으로 다루었다.

기자회견을 성공리에 끝내고 집에 오는데 나에게 기자회견 때 비주얼이 아닌 사회적 의미를 신경 쓰라고 한 친구들에게 연락이 왔다. 두 번째 방안이 적중해서 들떠 있는 나를 차분히 가라앉혀 주는 연락들이었는데, 다들 사진이 잘 나오지 않았다는 것이다. 친구들은 립서비스로 실물이 더 나은데 사진이 잘 나오지 않아서 안타깝다며 다음에 사진에 찍힐 때는 이렇게 하라는 둥 조언했다. 그들은 역시 내 친구들이다.

카운트다운 파티

5월 15일 공개 결혼식 발표 기자회견을 성공적으로 마쳤지만, 그날 이후 9월 7일 결혼식 때까지 단 한 가지 일도 순탄하게 진행되지 않았다. 그야말로 물 위에서는 우아하게 떠 있는 것 같지만 가라앉지 않기 위해서 물밑에서는 발버둥을 치는 백조와 같은 일상이 이어졌다. 세기의 결혼식을 하겠다고 공개적으로 선언한 만큼 그에 걸맞은 결혼식 장소와 프로그램 그리고 게스트를 섭외해야 하는데 솔직히 정확히 준비된 것은 하나도 없었다. 나보다 삶의 경험이 많아서 그런지 낙관주의자라서 그런지 몰라도 광수 형은 상대적으로 여유가 있어 보였다. 반면에 나는 시간이 지날수록 속이 타들어갔다.

특히 6월 초에는 내가 프로그래머로 일하고 있는 서울프라이드 영화제가 개최될 예정이라 동시에 결혼식을 준비하는 것은 쉽지 않았다. 게다가 결혼식에 대해서 구체적인 안이나 기획단이 없다 보니 중심이 되어 일을 끌고 나가는 주체가 없었고, 아무도 경험해본 적이 없는 완전히 새로운 일이라 대다수 사람들이 일을 맡는 것조차 부담스러워 했다. 또한 성소수자 진영에서도 우리의 결혼식이 성소수자 인권 운동에 한 전환점이 될 것이라는 중요성에 대해서는 동의를 했지만, 그와 동시에 우리 개인의 결혼식이라고 생각하는 사람들도 있었기 때문에 적극적으로 나서지도 않았다.

시간이 지날수록 주변 분들이 결혼식 준비가 어떻게 되어가냐고 물어보셨고, 그때마다 나는 큰 부담감에 도망가고 싶었다. 이 상황을 안타깝게 지켜보던 친구 '황두영'이 나서서 우리 결혼식의 의미에 공감해 일하겠다는 사람들을 모아 기획단을 꾸렸다. 다행히 대표적인 시민 단체 가운데 하나인 '문화연대'에서 우리의 결혼식에 함께하겠다는 뜻을 밝히면서 결혼식 준비는 빠르게 진행되었다.

문화연대와 당연한 결혼식 기획단의 발 빠른 행동으로 홍보와 무대 설치 부분 등은 큰 문제가 없었다. 그러나 결혼식 준비가 본격적으로 진행된 시간이 짧아 모든 것이 난관의 연속이었다. 우리나라 최초의 공개 동성 결혼식이다 보니 여론이 어떻게 움직일지에 대해서도 매우 민감하게 반응했다. 한 예로 그동안 우리의 결혼식에 당연히 참석하겠다고 밝혀왔던 배우나 유명 인사 들이 자신들의 이름을 하객 리스트에 올리지는 말아달라며 유보적인 태도를 취했다. 해외 유명 인사들의 경우에는 이미 예정된 일정이 있었기 때문에 초청이 어려운 상태였다. 그뿐 아니라 결혼식할 장소를 찾는 것 역시 쉽지 않았다. 일반적인 결혼식을 준비하는 것이 아니라 공개 결혼식을 준비하는 것이기에 최소한 삼천 명 이상의 사람들이 모일 수 있어야 하면서도 누구나 접근하기 쉬운 교통이 좋은 곳이어야 했다.

사실 서울 중심에서 교통이 좋으면서도 사람들이 모이기 좋은 공간은 서울광장과 광화문광장 등 일부 공간뿐이었다. 여기서 진행하는 것 역시 여러 사정으로 힘들었다. 일부 보수 기독교 세력과 호모포비아 집단 탓에 행사를 치를 수 있는 장소의 담당자들은 부담스러워했고, 결국 우리는 그 누구에게도 정치적, 행정적 부담을 주지 않으면서도 많은 사람이 쉽게 모일 수 있는 장소를 찾아야 하는 난관에 빠졌다. 세기의 결혼식을 하겠다고 공언했지만 금기의 결혼식이라는 현실적인 장벽에.

'9/7 당연한 결혼식'을 한 달 앞두고 당연한 결혼식 기획단 스태프들이 다 함께 힘내자는 의미와 끝까지 포기하지 말고 달리자는 취지하에 열기로 한 '8/8 카운트다운 파티와 기자회견'이 하루 앞으로 다가왔지만 정작 장소조차 결정하지 못한 상황과 유보적인 주변 사람들의 태도에 눈물이 났다. 이대로 내일 기자회견에 임하게 되면 기자들뿐만 아니라 많은 사람이 실망할 것이라고 생각했다. 그동안 결혼식을 성대하게 치르겠다고 공언하기도 했고, 또한 웨딩 촬영을 파격적으로 진행하면서 홍보 면에서는 큰 화제가 되어 많은 사람이 기대하고 있는 것에 비해, 내가 봤을 때는 모든 준비가 너무 미흡했기 때문이었다. 그런데 상대적으로 태평한 광수 형을 보면서 나는 화가 많이 났다. 우리는 지난 구 년 연애 기간 중에 가장 자주 싸우며 최대 위기를 맞기도 했다. 광수 형은 계속 우리만 잘하면 되고, 나머지는 부수적인 부분이기 때문에 아무 문제 없을 것이라고 나를 다독였지만 실무를 하고 있는 입장에서는 정말 그 어떠한 말도 위로가 되지 않았다.

그렇게 아침을 맞이하여 기자회견과 카운트다운 파티가 진행되자 내 안에 신기한 변화가 일어났다. 그날 결혼식 장소가 발표되지 않았고, 준비된 것이 부족했음에도 불구하고 많은 기자와 파티 참석자 들이 실망하시기는커녕 우리를 응원해주었다. 그 순간 나는 내가 그동안 '당연한 결혼식'의 본질을 잊고 있었다는 사실을 깨달았다. 사람들은 결혼식의 주인공인 우리를 보고 싶어 하는 것이고, 우리가 과연 결혼식을 무사히 올릴 수 있을까가 가장 큰 관심사이지 얼마나 성대한지, 얼마나 화려한 게스트와 프로그램인지 등은 부수적인 관심사였다는 점이다. 그리고 결혼식을 준비하면서 내가 지금 얼마나 많은 사람의 사랑과 관심 그리고 적극적인 지원을 받고 있는지에 대해서도 깨달았다.

기자회견과 카운트다운 파티가 성황리에 끝이 났다. 이날 이후 나를 포함하여 기획단 전체가 큰 힘을 얻어 우리는 한 달 후에 열릴 예정인 '당연한 결혼식' 준비에 더욱더 박차를 가할 수 있었다. 결혼식 장소도 청계천에서 가장 넓은 다리인 광통교로 결정되었고, 초청 인사를 비롯해 결혼식 프로그램이 착착 준비되었다. 그리고 다행히도 이 모든 과정이 우리 결혼식에 오지 못한 더 많은 하객들을 위해 준비하고 있는 다큐멘터리 〈마이 페어 웨딩〉에 담겼다. 당시의 모습이 여과없이 고스란히 담겨 있어서 정말 편집하고 싶은 장면이 한둘이 아니지만 그때 함께 결혼식을 준비한 모든 분들을 초대해서 꼭 시사회를 먼저 열고 싶다.

사랑하는 사람을
만날 수 있을 것이라고
생각하지 못했습니다.

누군가에게 이 사람을
말할 수 있을 것이라고는
더욱 생각하지 못했습니다.

공개적으로 결혼할 수 있을 것이라고는
더더욱 생각하지 못했습니다.

이 모든 것을 가능하게 해준
소중한 사람을 만났습니다.

많은 고민과 망설임 끝에
여러분 앞에 서기로 결심했습니다.
행복한 일만큼 어려운 일도
많을 것이라고 알고 있습니다.

그런 만큼 많은 분들의
지지와 응원이 필요합니다.
부디 참석하셔서
무지개 앞길을 밝혀주십시오.

그 어떤 커플보다 아름다운 모습으로
여러분을 맞이하겠습니다.

김조광수 김승환 드림

김조광수와 김승환의
당연한 결혼식

어느 멋진 날

우리의 결혼식을 계기로
보다 많은 사람들이
사랑하는 사람과 결혼 또는 결합을
꿈꿀 수 있으면 좋겠습니다.

참, 예쁘게 입고 오세요.
대한민국이 로맨틱해진 날이니까요.

2013년 9월 7일(토) 오후 6시
청계천 광통교 앞

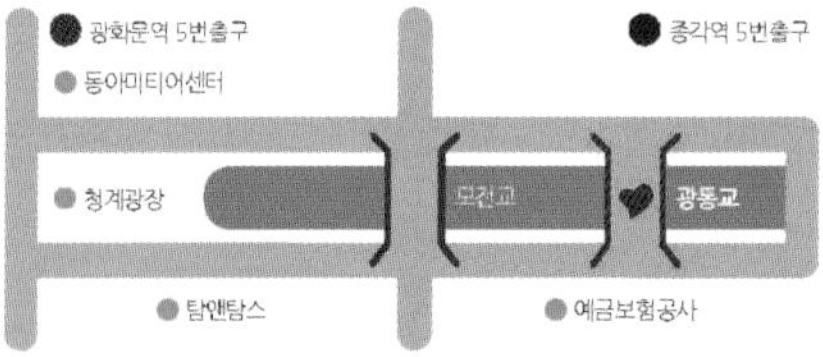

축의금 보내실 곳

국민은행 • 김승환(당연한 결혼 축의금) • 408802-01-280403
결혼식 축의금은 신나는센터 건립을 위한 기금으로 사용됩니다.

김조광수와 김승환의
당연한 결혼식!
어느 멋진 날
One fine day
9월 7일 토요일 오후 6시!
청계천 광통교 앞
대한민국이 로맨틱해 집니다

© 다니엘

© 임태훈

© 임태훈

© 정택용

어느 멋진 날

ARTNINE
당연한결

어느 멋진날

어느 멋진날

2013년 9월 7일

당연한 결혼식

광수 일기

내 인생 최고의 날이 밝았다. 사실 어젯밤 잠을 설쳤다. 인생에서 가장 아름다운 얼굴을 해야 할 결혼식 신랑의 얼굴이 푸석하게 되었다. 망했다!

내가 잠을 설친 건 다 호모포비아들 탓이다. 어젯밤부터 결혼식이 열리는 청계천 광통교엔 호모포비아 목사와 신자들이 "이 자리에서 꼭 예배를 드리라는 주님의 계시를 받았다"면서 무대를 설치해야 하는 곳에 진을 치고 예배드리고 있었다. 결혼식을 준비하는 기획단에서는 우리 커플이 신경 쓰지 않도록 그 사실을 알리지 않았지만 페이스북을 본 것이 화근이었다. 페이스북엔 이미 광통교의 상황이 상세하게 전해지고 있었다. 무대팀 스태프들과 유아 씨가 그들을 상대하다가 지쳤고, 천주교 인권위 사무국장인 덕진이가 달려왔지만 그들은 꿈쩍도 않고 예배와 찬양을 하고 있다고 했다. '주님의 계시', '동성 결혼 척결' 등의 얼토당토않은 주장을 주문처럼 외는 그들을 상대로 덕진이가 설득하고 있다고. 새벽까지 이어지는 페이스북 중계에 나도 덩달아 잠을 이루지 못했다. 결국 동이 틀 무렵 잠깐 잠이 들었는데, 우리 결혼 과정을 찍는 다큐멘터리 영화팀이 아침 일찍 들이닥치는 통에 그나마도 길게 자지 못했다. 서둘러 씻고 욕실에서 나오니 영화팀이 마이크를 들이대며 물었다.

"기분이 어때요?"

"좋아요. 날아갈 것 같아……."

"호모포비아들이 광통교 근처에서 반대 집회를 한다고 하던데 알고 있어요?"

"호모포비아들이 와서 기도를 하든, 뭘 하든 난 모른 척하겠어요. 나는 그냥 행복하게, 행복하지 않으면 행복한 척이라도 하겠어요!"

미용실에서 머리를 만지고 신랑 화장을 하니 내가 결혼한다는 걸 실감할 수 있었다. 미용실엔 신랑과 신부, 이성애자 커플들로 가득했다. 턱시도와 웨딩드레스를 입은 그들 사이에 턱시도와 턱시도를 입은 우리 둘이 있었다. 그날 그 미용실을 익스트림 롱 숏으로 잡은 화면이 있다면 어떤 영화 장면보다도 독특한 장면이 아닐까 싶다. 수십 쌍의 이성애자 커플 속에 있는 한 쌍의 게이 커플. 어떤 이들은 우리를 알아보고 수군거리기도 했다. 그럴 때마다 보란 듯이 화니에게 스킨십을 했다. 싫어하거나 말거나 오늘은 내가 주인공이다.

결혼식을 두 시간 앞둔 네 시가 되어서야 광통교에 도착했다. 광통교 주변은 이미 사람들로 가득했다. 저렇게 많은 사람들이 우리 결혼식에 온 하객들일까? 차에서 내려 묻고 싶었지만 아쉽게도 서둘러 리허설을 해야 했다. 무대 위에선 축하 공연 출연진이 리허설을 하느라 정신이 없었다. 차에서 내려 무대 뒤에 마련된 천막으로 들어서면서 정신없는 하루 속으로 빨려들었다.

〈몰래한 사랑〉을 개사해서 만든 결혼식 뮤지컬 리허설을 하는데, 모니터 스피커의 소리가 잘 들리지 않았다. 안무가 윤정 씨의 연습실에서 연습할 때마다 박자를 잘 못 맞춘다고 지적받곤 했는데, 소리까지 잘 안 들리다니. 망했다!

리허설하는 동안 박자를 자꾸 틀리고 가사도 까먹는 날 보며 화니는 인상을 썼다. 지난 이 주 동안 열심히 연습하라고 잔소리하던 화니. 거 봐라는 표정이다. 미안한 마음에 슬며시 웃어주었다. 화니가 얼굴을 더 찡그린다. 차라리 안 보는 게 낫겠다.

결혼식 전에 열리는 기자회견. 매체란 매체는 다 온 것 같았다. 아직은 밝은 시간인데도 터지는 카메라 플래시 세례에 눈을 뜨기 힘들 지경이었다. 오늘이 내게만 중요한 날은 아닌 것 같다.

"결혼식을 마치면 저희는 법적으로 인정을 받던, 인정을 받지 않던 간에 명실 공히 부부가 됩니다. 저희를 앞으로 부부라고 정확하게 불러주시면 고맙겠습니다."

우리 부부를 법적으로 인정해야 한다고 소리 높여 주장하지만 그렇게 되기까지 수많은 시간이 걸릴 것이고 수없이 많은 투쟁이 있을 것이다. 그런데 법적인 인정 이전에 더 중요한 건 공개적으로 결혼식을 올린다는 것이다. 이제 대한민국에서도 동성애자 부부가 공개적으로 결혼한다. 이제 대한민국의 동성애자들에게 결혼은 할 수 없는 것이 아닌 어렵지만 할 수 있는 것이 될 것이다. 이제 대한민국의 이성애자들에게 동성 결혼은 남의 나라 이야기가 아닌 우리나라 이야기가 될 것이다. 가슴이 벅차다.

2013년 9월 7일 오후 여섯 시. 일렉트로닉 밴드 이디오테잎의 공연을 시작으로 '김조광수와 김승환의 당연한 결혼식'이 열렸다. 하객들에게 나누어주려고 준비한 손팻말 이천 개가 동이 났다는 소식이 들렸다. 최소 이천 명은 넘게 왔다는 얘기다. 신나는 공연에 사람들이 환호하는 소리가 들렸다. 축하 인사를 해주러 오신 백기완 선생님께 인사드렸다. 오늘 무대에 오를 많은 분들 가운데 백 선생님께 특별히 고맙다. 진보 진영의 큰 어른이셔서 그렇고 내 삶을 바꿔놓은 1980년대에 내가 가장 치열하게 살던 그 시절에 가장 존경한 분이셔서 그렇다. 인사를 하고 덕담을 들은 뒤에 선생님 앞에서 노래와 춤 연습을 했다. 선생님은 우리의 춤엔 관심이 없으셨다.

해가 뉘엿뉘엿 서쪽으로 떨어질 무렵 〈몰래한 사랑〉을 개사한 노래를 부르며 무대에 올랐다.

"그대여, 열다섯 사춘기에 게이란 걸 알았죠.

그대여, 주님께 기도하며 고쳐달라 빌었죠."

이런, 모니터 스피커 소리가 잘 들리지 않았다. 박자를 또 놓쳤다. 객석에서 하객들이 웃었다. 처연한 장면인데. 망했다!

화니는 생각보다 훨씬 잘했다. 다행이다. 화니라도 잘해서.

둘이 무대 중앙에서 만나고 박자가 빨라지면서 삼 절로 넘어갔다. 춤은 그런대로 괜찮은 것 같았다. 사람들이 환호하기 시작했다. 지보이스가 무대에 올라 코러스를 해주면서 절정에 다다랐다. 사람들이 엄청난 박수와 환호를 보냈다. 살았다!

"나 김조광수는, 나 김승환은

김승환을, 김조광수를

평생의 반려자로 만나

영원히 사랑할 것을 서약합니다."

혼인 서약이 끝나고 결혼식 기획단의 막내 규환이와 혜연이가 성혼선언문을 낭독하려고 무대에 올랐다. 그들에게 이런 얘기를 한 적이 있다. "오늘은 너희들 덕분에 우리 둘이 결혼하지만 나중에 수천 쌍이 결혼할 날이 온다"고. 잔뜩 긴장한 얼굴의 규환이와 혜연이가 참 예뻤다.

그 순간 갑자기 무대 위 우리 뒤편으로 어떤 사람이 뛰어올라 무언가를 뿌렸다. 사람들이 동요하는 것이 보였다. 이걸 어째. 웅성거리는 사람들, 더 엉망이 되기 전에 상황을 정리해야 했다.

"여러분, 동요하지 마세요. 동요하지 마세요. 괜찮아요. 우린 행복해요."

누구보다 행복한 얼굴을 하려고 애썼다. 손을 높이 들어 흔들며 웃고 또 웃었다. 다행히도 무대 뒤쪽에서 무언가를 뿌리던 사람은 끌려 내려갔다. 무대 앞의 하객들이 박수를 치며 우리를 맞았다.

웨딩케이크를 자르고 무소르그스키의 〈전람회의 그림〉 음악에 맞춰 준비한 컵케이크 오백 개를 하객들에게 나눠주며 결혼식 행진을 했다. 하객들이 축하의 인사를 건넸다. 지금 이 순간 누구보다 행복하다.

무대 앞쪽에 있는 천막에서 드레스로 갈아입고 다시 무대 위로 올라 부부생활 십계명을 낭독했다. 화니는 울컥했는지 말을 잇지 못하고 살짝 눈물을 비쳤다. 그 짧은 순간 그간의 일들이 주마등처럼 스쳤다. 내가 그에게 구애할 때 "평생 옆에서 지켜주겠다"고 했던 말이 떠올랐다. 그럴 만큼 이쁘다. 사랑스럽다.

축하 공연이 펼쳐지고 우린 다시 무대 뒤편 천막으로 왔다. 그때 알았다. 무대 위로 난입했던 사람이 뿌린 것이 오물이었다는 것을. 그 똥물을 지보이스 후배들이, 사회를 보던 김태용과 이해영이 다 맞았다는 것을. (변영주는 눈 깜짝할 사이에 무대 아래로 내려와서 한 방울도 맞지 않았다고 했다. 대단하다!) 그래서 이상한 냄새가 났구나. 그래서 사람들이 그렇게 동요했구나. 미안해서 얼굴을 못 들겠다. 똥물을 다 뒤집어쓰고도 무대 위에서 노래를 불러준 지보이스 후배들에게 너무 고맙다. 그래서 더 화가 나서 못 참겠다. 하지만 여기서 화내고 미안해서 울면 안 된다는 생각이 들었다. 오늘 나는 그냥 행복하게. 행복하지 않으면 행복한 척이라도 할 거야! 다시 웃으며 무대에 올랐다.

무대에 다시 올라 결혼 소감을 말하려니 감동이 밀려왔다. 지난 몇 개월 함께 준비해준 스태프들, 축하 공연을 해준 뮤지션들, 축하 인사를 해준 많은 분들, 광통교를 가득 채워준 하객들, 자원봉사를 해준 분들 그리고 가족들 모든 분들께 정말 고맙고 또 고맙다. 그제야 사람들의 얼굴이 하나둘 보이기 시작했다. 그러다 활짝 웃으며 박수를 보내고 계신 엄마를 발견했다. 화니와 함께 무대 아래로 내려가 엄마를 모시고 올라왔다. 예정에 없는 갑작스런 상황에 엄마는 당황스러워하셨지만 많은 사람이 엄마의 등장을 박수와 환호로 반겼다. 성소수자의 부모들이 자식들과 함께 나서자는 엄마의 말씀에 사람들이 감동했다. 엄마가 무대 위에서 이처럼 말씀을 잘하실 줄은 몰랐다. 아들의 커밍아웃을 받아들이기 힘들어하신 엄마였는데, 아들의 공개 결혼식에서 명연설을 하시게 되다니. 그렇게 내 생애 최고의 날이 저물어갔다. 서울의 야경이 참 아름다운 밤이다.

화니 일기

당연한 결혼식에 앞서…… 게이라는 성 정체성을 깨닫고 난 이후부터는 결혼식은 나와 영원히 관계없는 일이라고 생각했다. 그랬기 때문에 누군가가 결혼을 한다고 하면 축하하기보다 결혼의 단점과 폐해를 들며 당당하고 멋진 싱글의 삶을 살기를 권유했다. 물론 지금도 여전히 우리나라의 결혼 제도를 좋게 생각하지는 않고, 싱글의 삶 역시 좋은 삶의 한 형태라고 생각하지만 당시 필요 이상으로 결혼에 거부감을 드러낸 가장 큰 이유는 언젠가는 나에게 들어올 결혼 압력을 미연에 방지하기 위해서였다.

하지만 그와 동시에 늘 마음 한구석에는 결혼식을 올리는 커플들에 대한 부러움이 있었다. 결혼식은 두 사람의 사랑이 모든 사람 앞에서 공식적으로 인정받고 축하받는 자리이기 때문이다. 때론 사귄 지 일 년도 되지 않아 결혼식을 올리는 이성애자 커플들을 볼 때마다 속상하기도 했다. 만약 내가 이성애자였고, 지금 광수 형과의 관계처럼 구 년 가깝게 한 여자와 연애했다면, 당연히 부모님을 비롯해서 주변 모든 사람들이 적극적으로 결혼하라며 재촉하고 서둘렀을 것이다. 하지만 내가 사랑하는 사람이 같은 동성이라는 이유 하나만으로 우리의 사랑 자체를 의심하거나 인정하기를 회피하는 사람이 많았다. 사랑이라는 것을 증명하라는 요구들이 있었기 때문에 사귄 지 얼마 안 되어 인생의 동반자를 만났다며 결혼식을 올리는 이성애자 커플들을 볼 때마다 기분이 썩 좋지만은 않았다.

사회적 고정관념과 편견 탓에 이성애자의 사랑은 당연한 것이지만 동성애자의 사랑은 증명이 필요한 것이었다. 공개 결혼식을 올리자는 광수 형의 제안에 내가 동의한 지점이 바로 여기였다. 만약 우리 결혼식이 사회적 이슈를 일으키고 무사히 끝난다면 사람들이 동성 간 사랑과 결혼 역시 가능하다는 것을 나아가 당연하다는 것을 인식할 수 있기 때문이다. 문화연대를 비롯해 많은 분이 적극적으로 우리를 응원하고 물심양면으로 도와준 이유는 바로 우리 결혼식이 지극히 개인의 결혼식이면서도 동시에 가장 효과적인 사회운동이 될 수 있다는 점이었다.

그리고 당연한 결혼식…… 당일이 되자 아침부터 부산해졌다.

결혼식 현장은 문화연대, 소라 누나와 기획단 그리고 '친구사이' 등 많은 스태프가 맡고 있지만 당사자인 우리 역시 챙겨야 하는 일이 한두 가지가 아니었다. 우리는 최대한 빠른 시간 내에 헤어와 메이크업 그리고 의상 준비를 마쳐야 했을 뿐만 아니라 결혼식에 초대한 가족, 친구 들이 무사히 오고 있는지를 확인해야 했다. 차가 밀려서 리허설 시간이 부족하기는 했지만 다행히 모든 준비를 무사히 끝냈다. 이제 짧은 기자회견을 시작으로 결혼식이 열릴 일만 남았다.

이미 많은 기자가 사진을 찍고 있었고, 여러 대의 지미짚 카메라가 돌아가고 있었다. 마음을 가다듬었다. 그리고 하늘을 잠시 바라본 다음 결혼식장 주변을 둘러보았다. 다행히 적당히 따뜻하고 시원한 바람이 부는 맑은 날씨, 모든 준비가 끝난 결혼식장, 충분히 모인 하객들을 확인했다. 호흡을 한번 크게 가다듬었다.

다섯 시가 되자 예정된 기자회견이 시작되었고, 수백 대의 카메라 플래시가 터지기 시작했다. 다행히 앞선 두 번의 기자회견 경험 덕분에 나는 긴장하기보다 기자 한 분 한 분 바라보며 말을 이어갔다. 질문에 답하는 시간을 조금 가진 다음 기자회견을 마무리했다. 여섯 시부터 본행사가 시작되기 전에 기자들은 다시 프레스존으로 이동했고, 그 사이 우리는 하객들을 맞이했다. 공개적인 결혼식인 만큼 하객으로는 가족들을 포함하여 친구와 지인뿐만 아니라 일반 시민도 많이 오셔서 우리를 축하해주셨다. 처음에는 기자들과 카메라가 많다 보니 다들 쭈뼛쭈뼛거리며 사진 찍는 것을 주저했지만 몇몇 지인들이 우리와 사진을 찍기 시작하니 줄이 순식간에 엄청 길어졌다. 부족한 시간 탓에 모든 사람들과 사진을 찍지는 못했지만 주어진 시간 안에 최대한 많은 하객과 인사하고 우리는 일단 무대 뒤로 퇴장했다.

여섯 시에 맞춰서 풍물패가 결혼식 시작을 알리는 거리 공연을 하며 무대 위로 올라왔다. 이것을 시작으로 축하 공연과 축하 발언이 이어졌다. 무대 뒤에 있던 우리는 뮤지컬 형태로 준비한 결혼식 퍼포먼스를 남인우 연출가와 이윤정 안무가의 지도하에 막판 점검을 했고, 조금 늦게 온 지인들과 인사를 나누었다.

드디어 우리의 차례가 되었다. 〈몰래한 사랑〉을 편곡 개사한 음악에 맞춰서 광수 형과 내가 입장했다. 노래를 부르며 입장하는 우리를 사람들은 열렬히 맞아주었다. 우리는 준비한 노래와 춤을 부족하지만 최선을 다해 마무리했다. '친구사이' 코러스 모임인 지보이스에서 함께 무대 위에서 노래를 불러주었다. 그렇게 공연 형태의 입장이 마무리되는 순간 갑자기 무대 뒤에서 누군가가 난입해 똥물을 뿌리는 소동이 있었다.

광수 형과 나는 티 자형 무대 앞쪽에 나와서 공연하다 보니 피해를 입지 않았지만 뒤에 있던 지보이스 단원들과 사회자 김태용 감독과 이해영 감독은 심하게 피해를 입었다. 우리를 지켜보고 있던 하객들 역시 매우 놀랐다. 이럴수록 우리가 침착하게 대응해야 한다는 생각에 광수 형과 나는 사람들을 진정시켰다. 이때 광수 형은 "괜찮아요. 우리 행복해요!"라는 말로 모든 사람들을 일시에 진정시켰을 뿐만 아니라 큰 감동을 주었다. 참고로 나 역시 결혼식이 끝나고 안 사실이지만 광수 형은 당시 똥물 테러 상황을 정확하게 인지하지 못했기 때문에 오히려 차분하게 대응했다고 한다. 이후 잠시 무대 위로 난입하려고 한 남자가 또 한 명 있었지만 계단에 걸려 넘어질 때 내가 살짝 더 밀쳐 쓰러뜨려 상황이 정리되었고 큰 문제없이 행사가 마무리되었다.

우리는 성혼선언을 한 다음 행진하며 하객들에게 컵케이크를 나눠줬다. 다시 재입장하여 부부생활 십계명이라는 이름의 각자 다짐을 읊었다. 이때서야 비로서 나는 여유가 생겼다. 결혼식에 와주신 하객들의 얼굴을 하나하나 볼 수가 있었다. 가족들, 친구들, 지인들뿐만 아니라 일반 시민 하객들로 청계천 광통교 다리와 도로에 사람들이 가득 차 있었다. 무지개 깃발이 그 뒤로 펄럭이고 있었다. 그 모든 분의 눈빛과 응원을 온몸으로 확인한 순간 나는 엄청난 감동을 받았다. 순간 말을 잇지 못했다. 당시 순서가 부부생활 십계명 다짐이라 많은 사람이 내가 광수 형의 사랑에 감동해 울먹인 거로 알고 있지만, 사실은 그것보다 나를 더 울컥하게 만든 건 바로 하객들의 눈빛과 수많은 사람이 동시에 당연한 결혼식의 취지에 공감해 함께 다가올 새로운 세상을 미리 확인했다는 점이었다.

지금 다시 생각해봐도 그 순간은 내 삶에서 가장 감동스러운 장면이다. 정말 과정은 힘들었지만 광수 형과 공개 결혼식을 잘 했다는 확신이 들었다. 남과 다른 성 정체성 탓에 고민한 학창 시절부터 지금까지 모든 것이 보상되었다. 당연한 결혼식은 대성공이었다.

2013년 9월 8일

조카의 돌잔치

광수 일기

부엌 쪽에서 달그락거리는 소리가 났다. 아뿔싸, 창원 부모님(화니의 부모님)께서 벌써 일어나신 모양이다. 눈곱만 떼고 부스스한 채로 방문을 열고 나갔다. 어머니는 아침 준비를 하시고 아버지는 벌써 분주하게 이것저것 챙기셨다. "안녕히 주무셨어요?" 결혼식을 올린 다음 날, 두 분께 어떻게 해야 하는지 잘 몰라 그저 인사만 드렸다. 큰절을 올려야 하는 건가? 모르겠다. 두 분도 큰일을 치르시느라 여간 힘드시지 않으셨을 텐데 내색을 안 하셨다. 그래도 이렇게 웃으며 맞이해주시니 기쁘기 그지없었다.

오늘은 화니 조카(누나의 딸)의 돌잔치가 있는 날이다. 어머니는 내심 내가 가지 않았으면 하는 눈치셨다. 우리 결혼식이 방송

사 메인 뉴스에 모두 보도되고 포털 검색 순위 1위에 올랐으니 우리를 알아보는 사람들이 있을 것 같아 염려하시는 것 같았다. 어쩌지? 나는 가지 않는 게 좋은 걸까? 결혼식을 올리고 가족이 되었으니 화니의 조카도 이제 내 조카인데, 조카의 돌잔치에 빠지는 건 아니다 싶다가도 불편한 자리를 만들게 되지는 않을까 걱정이 되기도 했다. 앞으로 이런 상황이 계속될 것을 생각하니 '내가 큰 일을 벌이긴 했구나!' 실감이 났다. 오늘부터 시작이라고 마음을 다잡으며 참석하기로 결정!

"피곤한데, 안 가셔도 됩니다."

어머니께서 내게 말하셨다. 너는 가지 말라고 하시지 않고 '안 가셔도' 된다고 하셨다. 여전히 존대를 하시네. 끙.

"아니에요, 어머니. 당연히 가야죠. 그리고 말씀 놓으세요."

모른 척하는 게 낫겠다 싶었다. 지나친 배려는 상황을 꼬이게 할 수도 있다. 전혀 피곤하지 않다는 듯 방긋 웃어 보였다. 하하. 화니는 어머니가 나를 빼고 가시려는 게 마음에 들지 않는 눈치였다. 눈꼬리가 올라가는 것 같아 내가 진정시켰다. 워워.

아버지가 운전을 하셨고 어머니가 앞좌석에 그리고 뒷좌석에 우리가 앉았다. 어머니는 차에 타시면서 또 피곤하니 안 가도 괜찮다고 하셨다. 벌써 다섯 번째였다. 나의 대답은 한결같았다. "아니에요, 당연히 가야죠." '당연한 결혼식'을 올렸으니 당연히 가족인데요.

우리 집에서 돌잔치 하는 뷔페 식당까지 한 시간 정도 걸리는 거리인데, 가는 동안 결혼식 얘기는 거의 하지 않으셨다. 어제 소감이 어떠셨는지 묻고 싶은데 입만 달싹일 뿐 말이 나오지 않았다. 화니가 갑작스레 커밍아웃한 게 이 년 전. 그로부터 이 년 뒤에 아들의 공개 결혼식에 참석하기까지 두 분의 마음고생도 심하셨을 텐데 그 얘기는 해본 적이 없다. 언제쯤 웃으며 그런 얘기를 주고받을 수 있을까?

돌잔치에 손님이 꽤 많았다. 모두 흥겨운 분위기. 이 분위기를 내가 깨지는 않을까 조금 걱정되었다. 내 가족이라면 더 당당했을 것 같았다. 화니의 누나 부부(호칭을 뭐로 해야 할지 모르겠다. 가족들의 호칭이 전부 이성애자의 결혼을 중심에 놓고 만들어진 탓이다. 처형도 아니고 시누이도 아니지 않은가. 새로운 호칭이 필요하다)가 우리를 반가이 맞아주었다. 조카는 어느새 또 많이 컸다. 하객들 가운데 우리를 알아보는 이들이 눈에 띄었다. 눈이 마주쳤을 때, 활짝 웃으며 인사했다. 웃는 얼굴에 어쩌겠는가 싶었다. 다행스럽게도 분위기를 망치거나 그럴 것 같지는 않았다.

마이크를 잡은 사회자가 이런저런 식순을 진행하는 사이 분위기는 한껏 달아올랐다. 사회자의 진행이 마음에 안 들었다. 내가 하면 더 잘할 것 같았다. 이렇게 하객석에 앉아 있지 말고 내가 뭐라도 해줄 걸 그랬나 싶은 생각이 들었다. 비디오라도 찍을 걸 그랬다.

화니의 사촌동생이 조금 늦게 도착해서 같은 테이블에 앉았다. 사촌동생은 우리 결혼식에 자기를 초대하지 않은 것이 불만인 듯했다. "대국민 홍보에 매달리다 보니 정작 가까운 사람은 챙기지 못한다"며 불만을 토로한 화니가 떠오른다. 미안하다. 개인의 삶이 사회적으로 드러날 때 발생하는 무수히 많은 것들이 화니의 행복을 가로막게 되는 건 아닌지 모르겠다. 앞으로 내가 더 잘해야지, 그런 생각만 들었다. 뭘 어떻게 잘해야 할지 막연하지만.

집으로 돌아오는 길에 안산 엄마께 전화했다. 엄마와 화니도 짧게 통화했다. 결혼식 다음 날, 창원 부모님과 함께 자고 일어나 조카 돌잔치에 가고 돌아오는 길에 안산 엄마와 통화를 한다. 이렇게 가족을 만들어가는 것 같아 행복했다.

화니 일기

광수 형을 우리 가족으로 완전히 인정한 누나는 내가 결혼식을 발표하기 전부터 나에게 꼭 부탁한 것이 있었다. 그건 바로 자신의 딸이자 나의 조카의 돌잔치가 9월 8일이니 그날만 피해서 결혼식을 하라는 것이었다. 나는 사실 그때만 해도 돌잔치야 생일에 맞춰야 하지만 결혼식은 우리가 좋을 때 하면 되는 거라 크게 신경 쓰지 않았다.

5월 15일 결혼식 발표 기자회견을 한 후에 본격적으로 결혼식 날짜를 정하는 회의를 했다. 야외 결혼식이니깐 너무 덥거나 추워서 안 된다는 조건을 다니 이미 여름과 겨울은 제외되었다. 거기에다 명절 연휴 전후와 태풍, 장마, 휴가 기간은 피하는 것이 좋겠다는 조건을 달고 나니 막상 야외 결혼식을 할 수 있는 날짜가 몇 남지 않았다.

게다가 공개 결혼식이다 보니 홍보도 충분히 해야 하며 준비 기간 역시 최소 삼 개월은 잡아야 넉넉하다는 의견이 모아졌다. 그러고 나니 남는 달은 9월, 10월이었다. 하지만 10월은 오후 다섯 시부터는 쌀쌀해져서 좋지 않을 뿐만 아니라 부산영화제가 있어 우리의 중요 하객이 될 영화인들의 참석이 쉽지 않을 것이라고 판단했다.

결국 결혼식이 가능한 달은 9월밖에 남지 않았다. 게다가 추석이 있는 주와 그 전 주를 제외하고 나니 결혼식이 가능한 주말은 9월 7일 토요일과 9월 8일 일요일뿐이었다. 차마 회의에서는 9월 8일은 안 된다고 말 못 하고 집에 와서 누나에게 전화 걸었다. 누나는 당연히 그때 결혼식 할 줄 알았다며 9월 8일에 결혼식을 한다면 어쩔 수 없지만 자신은 참석하기 어려울 것이라 했다. 부모님 역시 결혼식에 참석하는 것을 약간 부담스러워 하는데 같은 날이면 돌잔치라는 명분으로 안 가지 않겠냐며 나를 설득했다.

광수 형과 달리 나는 나의 결혼식에 가족들과 가까운 지인들이 꼭 참석해야 한다는 소망이 있어서 다음 회의 때 9월 7일 토요일로 하자고 다른 스태프들을 설득했다. 물론 설득할 때는 다음 날 조카 돌잔치가 있다는 말을 하기보다 일요일보다 토요일 오후가 사람들이 오기 좋다는 명분을 들었다.

이렇게 나의 결혼식과 조카 돌잔치를 같은 주말에 순차적으로 하게 되었다. 결혼식 당일에는 누나가 부모님을 챙기고, 돌잔치 당일에는 내가 부모님을 챙기기로 했다.

결혼식 다음 날, 광수 형과 나는 새벽에 잠들어서 매우 피곤했지만 조카 돌잔치에 참석하기 위해서 일찍 일어났다. 그날 우리 집에서 주무신 부모님과 평상시처럼 아침을 같이 먹었다. 나는 결혼식 다음 날 남들처럼 신혼여행을 못 가고 조카 돌잔치라는 가족 행사에 가는 것이 매우 미안했지만, 광수 형은 다행히도 정식으로 결혼한 배우자로서 가족 행사에 공식적으로 참석한다며 매우 설레어했다.

조카 돌잔치장에서 누나와 매형 그리고 조카가 한복을 입고 손님을 맞이하고 있었다. 누나와 매형 둘 다 직장 생활을 해서 그런지 일요일인데도 손님들이 많이 와서 자리가 꽉 찼다. 우리는 가족석에 함께 앉아 밥을 먹었다. 다들 피곤한데 와줘서 고맙다고 하며 사진도 찍고 조카를 안아보기도 했다. 아버지에 비해 여전히 사람들의 시선을 신경 쓰시는 어머니는 행여 광수 형과 나 때문에 불편한 일이 생길까 봐 조심스러워 하셨지만 막상 그런 일은 생기지 않았다. 누나는 손님들에게 우리를 소개하기도 했고, 가족사진을 찍을 때도 다 함께 찍으며 준비해온 돌반지를 조카 손에 끼워 보기도 했다.

여느 돌잔치처럼 특별한 일 없이 화목한 분위기에서 자리가 마무리되었다. 누나와 매형은 와줘서 고맙다며 도리어 어제 주지 못했다며 돌반지 값보다 훨씬 많은 금액의 축의금을 줬다. 우리는 그렇게 결혼 후 첫 공식 가족 행사를 마치고 귀가했다. 그날 밤 모든 일정을 마친 우리는 드디어 푹 잠들었다.

2013년 10월 6일

부 산 국 제 영 화 제

광수 일기

해마다 찾는 부산영화제지만 올해는 결혼식을 치른 후라서 그런지 뭔가 다른 느낌이다. 만나는 사람마다 결혼 축하 인사를 건넨다. 영화 하는 사람들 가운데 호모포비아는 많이 없는 것 같다. 아니, 있다고 해도 드러내놓고 싫은 티를 내지는 않는 것 같다. 일반 시민들이 많이 알아본다는 것도 조금 달라진 것 중 하나다. 해운대와 센텀을 오가며 많은 사람의 인사를 받은 것 같다. 그럴 때마다 행복한 모습을 보여야 한다고 생각하는 자신을 발견하고 피식 웃었다. 그래, 행복하게 사는 것도 내겐 운동이고 투쟁이야!

이 년 전에는 창원 부모님을 영화제 개막식에 초대했다. 난 원래 개막식에는 잘 참석하지 않는 편이었는데, 창원 부모님께 어떤 식으로 인사드리는 게 좋을까 고민하다가 부산영화제에 초대해서 인사드리면 좋겠다는 생각에 개막식에도 참석하게 되었다. 영화 일을 한 지 이십 년이 된 나도 부산영화제 개막식 초대장을 구하는 건 그리 쉬운 일이 아니어서 여러 사람에게 어려운 부탁을 해야 했다. 사람들에게 화니의 부모님께 처음 인사드리는 자리라고 했더니 너도 나도 발 벗고 나서준 기억이 난다. 참 고마운 사람들이 많다.

창원 부모님과의 첫 인사에는 작전이 필요했다. 아들의 남자 친구, 게다가 열아홉이나 많은 사람을 좋게 보시기 쉽지 않으니 나에겐 분위기의 도움이 필요했다. 일단 해운대 바다가 보이는 호텔방으로 부모님을 모셨다. 그리고 개막식에 초대하는 걸로 점수를 땄다. 게다가 배우들과 아주 가까운 자리를 구했다. 때마침 개막작이 한국 영화여서 부모님이 보시기에 좋았다. 어색해하시면서도 즐거워하시는 모습이 기억난다. 후한 점수를 예상해도 좋을 것 같은 분위기. 그렇게 분위기가 무르익고 호텔로 돌아온 뒤에 피곤하시지만 개막식 파티에 함께 참석하자고 말씀드렸다. 부산영화제 개막식 파티가 그날 내 작전의 하이라이트였기 때문이다. 부모님을 모시고 개막식 파티장으로 들어서는데, 김동호 위원장님께서 인사를 건네셨다. 위원장님께 화니의 부모님이라고 소개해드렸더니 위원장님이 너무 반가워하시며 "잘 오셨습니다" 하시며 허리를 숙여 인사하셨다. 오, 이건 작전에 없는 거였는데. 어리둥절해하시는 부모님. 그건 서막에 불과했다. 이창동 감독님, 안성기 선배, 문성근 선배 등 수많은 영화인과 인사를 나누셨고 "잘 오셨습니다. 아드님과 좋은 시간 보내세요" 등의 덕담을 들으셨다. 작전은 성공. 그로부터 이 년 뒤, 나와 두 분은 새로운 가족이 되었다. 지금 생각해도 꿈만 같다.

올해엔 안산 엄마와 뉴욕에 사는 여동생이 함께하기로 했다. 뉴욕 동생은 미국으로 이민을 가서 정착한 코리안 아메리칸인데, 우리 결혼식에 맞춰 한국에 들어온 상황이었다. 우리가 부산영화제에 간다니까 자기도 가보고 싶다면서 엄마를 꼬드겨 함께 내려왔다. 모녀지간에도 오랜만의 여행이었고 화니와 나까지 포함한 네 사람의 여행은 처음이었다. 난 마음이 편했다. 엄마가 아시면 섭섭해하실지 모르겠지만 창원 부모님에 비하면 안산 엄마는 따로 작전이 필요하지는 않다. 엄마가 화니를 워낙 좋아하시는 데다가 화려한 파티보다는 시장 골목에 있는 대구탕집을 더 좋아하시기 때문이다. 엄마가 계시는 동안 조금만 짬을 내면 끝. 참, 쉽다. 그런데 생각해보니 그건 나만의 생각인지도 몰랐다. 내가 창원 부모님께 뭘 어떻게 해드려야 할지 항상 고민하듯 화니도 안산 엄마를 위해 뭘 해야 할지 고민이 많은 것 같았다. 자기 부모님과 파트너의 부모님은 완전 다르니까.

엄마는 삼 년 전 우리와 함께 부산영화제에 오신 적이 있어서 그때와 비교하시며 이런저런 평을 하시는데 비해 뉴욕 동생은 영화제가 처음이라 마냥 신기한가 보았다. 보고 싶은 영화의 티켓을 미리 끊어드리고 맛집도 여러 곳 가고 산책도 하면서 나름 가족 여행의 기분을 내보았다. 그런데 화니는 뭔가 섭섭한 눈치였다. 엄마나 뉴욕 동생에게 더 잘하고 싶은데, 뭐가 더 없나 고민하는 것 같았다. 그러다 내가 "대마도에 가볼까?"라는 말을 하면서 대마도에 꽂혔다. 부산에서 대마도는 엄청 가까워서 당일치기 투어가 꽤 많다고 들었다고 했더니 좋은 생각이라면서 투어를 예약하기 위해 스마트폰과 씨름했다. 문제는 주말이 끼어 있어서 예약이 쉽지 않다는 것과 태풍 소식이 있다는 것. 하루 종일 스마트폰을 쥐고 있었지만 결국 대마도 투어는 포기해야 했다. 일본에 한 번도 가본 적이 없는 엄마와 동생을 위해서 대마도 투어는 좋은 선택이었지만 이번에는 우리와 인연이 없었다. 나와 엄마 그리고 동생은 크게 아쉽지 않았는데, 화니는 많이 아쉬운 것 같았다. 쉽게 스마트폰을 놓지 못하고 있었다. 3박 4일 짧은 가족 여행은 아쉬움을 남기고 끝났다.

나는 창원 부모님과 길게 이야기를 나눈 적이 없다. 항상 그게 아쉽다. 긴 대화, 깊은 대화는 벽을 낮추고 사이를 좁혀준다. 몇십 년을 남으로 따로 살다가 새로운 가족이 되면 어쩔 수 없이 거리감을 느낄 수밖에 없는데, 그 거리를 좁히기 위해선 대화가 필요한 것 같다. 그러기에 딱 좋은 게 여행이다. 화니는 엄마와 단 둘이 뉴욕 동생네 집으로 여행을 다녀온 적이 있다. 원래는 나도 함께 갈 계획이었는데, 내가 바빠지면서 두 사람만 가게 되었다. 그 여행을 통해 엄마와 긴 시간 이야기를 나누었고 동생과도 그랬다. 그러면서 우리 가족 안으로 화니가 쏘옥 더 깊게 들어올 수 있었다. 나도 창원 부모님을 모시고 여행을 가야겠다. 지난해에 홍콩에 함께 가기로 했다가 어머니께서 많이 편찮아지면서 무산된 적이 있다. 내년에는 꼭 가야겠다. '조금만 더 가까이' 이것이 새로운 우리 가족에게 필요한 시점이다.

화니 일기

광수 형 가족 가운데 어머니를 제외하고 가장 가깝게 지내는 형제는 바로 첫 번째 여동생인 효경 누나이다. 누나는 이십 년 전 매형이랑 결혼해 미국 뉴욕으로 이민을 갔다. 이미 조카들도 다 대학생이다. 비교적 어린 나이에 결혼해서 여전히 젊고 활발하다. 뉴욕에서 오래 살았기 때문에 성소수자에 대한 편견이 전혀 없을 뿐만 아니라 기분이 좋을 때는 같이 술도 한잔할 수 있는 사이라서 우리가 미국에 출장갈 일이 생기면 꼭 뉴욕에 들려서 누나와 매형을 만나고 온다. 더구나 효경 누나는 광수 형이 처음 커밍아웃한 가족이고 또 내가 처음 교류한 형제이기도 하다. 게다가 효경 누나의 남편인 매형도 사람이 좋아서 2008년 광수 형이랑 함께 뉴욕에 갔을 때 우리를 위해서 차를 운전해서 나이아가라 폭포를 구경시켜주기도 했다. 또한 작년 6월 말에는 샌프란시스코LGBT영화제에 광수 형이 연출한 영화 〈두 번의 결혼식과 한 번의 장례식〉이 초청되었을 때 효경 누나 가족과 함께 미국 서부 투어를 하기도 하며 즐거운 시간을 보냈다.

일반적으로 형제들이 성장해서 결혼하고 나면 배우자들까지 함께 놀러 다니는 것처럼 우리 역시 미국에 있을 때나 한국에 있을 때 같이 밥을 먹거나 구경을 다니는 등 어울린다. 재미있는 것은 만약 우리가 이성애자 커플이었다면 무언가 틀에 얽매여 같이 어울리는 것이 불편하고 싫었을 수도 있지만, 도리어 관계 자체가 틀을 깬 것에 해당하는 동성애자 커플이다 보니 제부, 형부, 시누이, 동서 같은 역할에 구애받지 않고 편안하게 어울릴 수 있다는 점이다.

효경 누나는 우리가 결혼한다는 소식에 한걸음에 한국에 왔고, 우리 결혼식 때 광수 형 가족과 친척들을 통솔해서 우리에게 큰 지원군이 되어주었다. 그리고 누나는 어머니를 비롯한 광수 형 가족들이 나에 대해서 호감을 가질 수 있도록 초반에 물심양면으로 도와준 인물이다. 결혼식 이후 누나는 미국으로 돌아가기 전에 한 번도 못 가본 부산영화제에 가고 싶어 했고, 우리는 흔쾌히 어머니와 함께 가자고 했다. 영화제 기간 동안에 광수 형과 나는 기본적으로 일이 많아서 바쁘기는 했지만, 그래도 함께 부산에 내려오기가 쉽지 않기 때문에 반가웠다. 우리는 누나와 어머니를 모시고 영화제 파티와 같은 행사 그리고 영화 관람 등을 하고, 복국, 대구탕, 횟집 등 부산에서 유명한 식당에서 식사를 했다.

결혼식 이후에 정신없이 바쁘다 보니 부산영화제에 와서야 알게 된 여행 팁이 바로 부산에서 대마도로 여행 가기가 좋다는 점이었다. 우리는 뒤늦게 부랴부랴 일정을 알아봤지만 이미 예약이 마감되었고, 다른 날은 일정이 맞지 않아 결국 여행을 가지 못했다. 나도 대마도를 한 번도 가보지 못했기 때문에 아쉬워서 그랬던 것일 수도 있지만, 이렇게 함께 모이기가 쉽지 않은데 여행을 가지 못했다는 것 자체로 많이 속상했다. 크게 볼거리가 많은 것은 아니지만 배를 타고 대마도에 가서 추억을 만들 수 있는 기회를 놓쳤다는 생각에 많이 아쉬워하는 나를 도리어 어머니와 효경 누나가 위로해주었다.

가족과의 관계, 특히 배우자의 가족과의 관계에서 가장 중요한 것은 서로에 대한 존중과 진정성이라고 본다. 내가 이성애자의 결혼 제도를 좋아하지 않은 가장 큰 이유 하나가 결혼했다는 이유로 불합리한 대우를 받고 일을 해야 하는 경우가 많기 때문이다. 나는 기본적으로 배우자의 가족과의 사이가 내 친가족과의 사이처럼 되는 것이 애초에 불가능하다고 본다. 전혀 다른 환경에서 살아왔기 때문에 이러한 사람들이 함께 어울려 지내려면 서로를 존중하고 다름을 인정할 줄 아는 것이 꼭 필요하다. 다행히도 내 곁에 있는 나의 배우자인 광수 형을 비롯하여 가족 모두가 그럴 줄 아는 분들이다. 서로의 삶을 존중하고 간섭하지는 않되 서로를 늘 아끼고 존중한다. 이러한 관계를 형성하여 시간이 흐르다 보니 여느 커플과 달리 우리는 배우자의 가족을 만나는 자리가 전혀 부담스럽지 않다. 나는 이 건강한 관계가 지속되기를 희망하며 이를 위해 늘 최선을 다할 것이다.

2013년 10월 19일

창원 어머니 선배 아들의 결혼식

광수 일기

창원 어머니가 선배 아들의 결혼식에 내가 함께 갔으면 좋겠다고 하셨단다. 응? 조금 놀랐다. 외손녀의 돌잔치에 내가 함께하는 것도 불편해하셨잖은가. 암튼, 가족들이 모두 간다니 나도 끼기로 했다. 어머니의 변화가 궁금했다.

어머니와 선배인 박 선생님은 예전에 같은 학교에서 교사로 일하신 사이라고 했다. 어머니가 아직 햇병아리 교사였을 때 박 선생님과 신 선생님 등 선배들이 잘 챙겨주셨다고. 그래서 지금도 일 년에 몇 번은 만나는 관계라고 하셨다. 우리 결혼식에 두 선생님은 물론이고 가족들도 참석해서 축하해주셨다. 오늘 결혼하는 커플도 우리 결혼식에 참석을 했으니, 우리도 부부가 함께 참석해야 하는 자리였다. 하지만 오늘만큼은 어머니 뜻에 따라 행동하려고 했다. 가족 잔치가 아니라 어머니 선배 아들의 결혼이니 어머니께서 불편하시다면 굳이 내 주장을 펼쳐 어머니의 마음을 상하게 하고 싶지는 않았다. 그런데 어머니가 먼저 가자고 하셨다. 어머니의 마음이 궁금했다.

식장 입구에서 박 선생님 부부와 오늘의 주인공 신랑과 인사했는데, 인상이 참 좋으신 분들이었다. 활짝 웃으시며 반갑게 맞아주셨고 손을 꼭 잡으시며 "고맙다"는 말씀을 하셨다. 말씀에 진심이 담겨 있어서 따뜻하고 푸근했다. 신부 대기실로 가서 인사하고 사진을 찍으면서 신부도 우리 부부를 진심으로 환영하고 고마워한다는 걸 느꼈다. 오길 잘했다는 생각이 절로 났다.

결혼식은 평범한 식순에 따르지 않았다. 주례가 없었고 신랑과 신부가 동시에 입장해서 두 사람이 어떻게 만나 사랑을 키워 결혼하게 되었는지 사진과 영상을 통해 보여주었다. 두 사람이 참 예쁘다는 생각을 했다. 우리도 결혼식 중간에 저런 걸 했으면 좋았겠다. 우리 결혼식은 결혼식이되 결혼식 같지 않은 그런 거여서 좋기도 했지만 아쉽기도 했다. 결혼식 말미에 양가 가족들이 나와서 결혼하는 두 사람에 대해 이야기했는데, 눈물을 보이는 신부의 언니나 한국말이 서툰 신랑의 조카가 들려준 이야기는 감동적이었다. 이렇게 솔직한 이야기를 나누는 결혼식을 본 적이 없는 것 같다. 신랑 신부 그리고 가족 모두 행복해 보였다. 이래서 많은 사람들이 결혼하는구나. 예전에는 결혼식에 가면 부러운 마음과 나는 할 수 없다는 생각에 박탈감 같은 것이 느껴져서 자리에 앉아 있는 것이 불편했다. 이젠 결혼하고 참석한 자리라 정말 편안하게 즐길 수 있었다. 게다가 예식장에서 하는 이성애자들의 결혼식이 너무 뻔해서 재미없다고만 생각했는데 그렇지도 않다는 걸 알게 되어 좋았다. 그리고 감동이란 게 꼭 거창한 무언가를 해서 느껴지는 게 아니라 작더라도 진심이 있으면 되는 거라는 것도 다시금 깨달았다.

예식이 끝나고 다른 분들과도 인사를 나누게 되었다. 박 선생님 부부는 우리 부부를 사람들에게 소개하며 인사시켜주기도 하셨다. 우리를 알아보고 반가워하는 사람들을 만날 때마다 공개적으로 결혼하길 잘했다는 생각을 또 하게 된다. 그렇게 하지 않았으면 오늘 같은 자리는 없었을 테니까. 신 선생님과는 같은 테이블에 앉았는데, 아주 재밌는 분이셨다. 교사 생활 하실 때 이야기부터 최근에 있었던 딸과 손자의 이야기까지 말씀을 어찌나 재밌게 하시던지 웃음이 끊이질 않았다. 우리 부부에 대해 궁금한 것도 많이 물어보셨다. 난 주로 대답하는 쪽이었다. 내가 이야기할 때도 재밌어 하시는 것 같아 생각보다 많은 대화를 한 것 같았다. 그러다 보니 음식도 많이 먹었다. 초면에 너무 꾸역꾸역 먹는 모습을 보여드린 건 아닌지, 그래서 점수를 잃은 것은 아닌지 쌀짝 걱정했다. 어머니 친구 분들에게 점수를 많이 따고 싶은 그런 마음이다.

결혼식 후에 우리는 다른 일정이 있었다. 어머니는 화니 누나의 집으로 가셨다가 창원으로 내려가신다고 하셔서 다른 이야기를 나누지 못하고 헤어졌다. 어머니의 마음이 어떤지 궁금했지만

들을 수 없었다. 언제쯤 어머니와 편하게 이런저런 이야기를 나눌 수 있을까?

얼마 전에 어머니께 들은 이야기인데, 신 선생님이 나를 참 좋게 보셨다고 했단다. 잘 먹고 잘 웃어서 그러셨나? 어찌 됐든 점수를 많이 딴 것에 흡족했다. 그리고 우리 부부의 결혼에 대해서 "이상한 여자가 며느리로 들어와 속 썩이는 것보다 백 배는 낫다"고 말씀하셨다고 했다. 동의가 되지 않는 것이 있지만 그렇게 어머니를 위로(?)하셨다니 역시 재밌는 분이라는 생각이 든다. 암튼 창원 어머니와는 많은 대화가 필요하다.

화니 일기

아직 우리 부모님 세대는 자식이 동성애자라는 사실을 아무렇지 않게 받아들이고, 커밍아웃 이후에 아무 문제없어 하는 경우는 흔하지 않다. 우리 부모님도 내가 동성애자라는 사실을 완전히 인정하고 받아들이시는 데까지 쉽지 않은 과정을 거치셨다.

부모님의 입장에서는 내가 동성애자라는 사실을 받아들이고, 인정함과 별개로 자신들의 주변 사람들이 이 사실을 어떻게 받아들일지에 대한 부담감이 남게 된다. 즉, 부모님 역시 자신의 아들이 게이라는 사실을 주변 사람들에게 커밍아웃해야 한다. 또 이로 인해 이웃들로부터의 부당한 차별이나 대우를 받을 수도 있다는 두려움을 동시에 느끼게 된다. 특히 젊은 사람들은 이해하더라도 부모님 세대를 비롯해서 그 윗세대들은 더욱더 받아들이지 못할 것이라 생각하시기 때문에 자식이 동성애자라는 사실이 자신들이 지금까지 쌓아왔고, 유지하고 있는 인간관계에 악영향을 미칠 수 있다고 여기신다.

나의 부모님 역시 이런 점을 굉장히 힘들어하셨다. 근본 원인은 성소수자에 대한 사회적 편견이지만 사실 나로서는 부모님께 해결 방안을 제시하기가 매우 어려웠다. 왜냐하면 이건 부모님의 현실적인 삶과 관련된 부분이기 때문이었다. 이 문제로 부모님과 마찰이 심해질 무렵 우리는 예상하지 못한 분들을 통해 이 문제를 해결할 수 있었다. 주인공은 바로 어머니께서 고등학교 선생님으로 근무하신 70년대 초반 함께 학교에서 근무하신 선배 여선생님 두 분, '박 선생님'과 '신 선생님'이셨다. 70년대 초반만 하더라도 여선생님이 거의 없는 시절이라 어머니는 선배인 두 분과 절친하게 지내면서 따르셨고, 이분들과의 관계는 지금까지 쭉 이어져 웬만한 친척보다 훨씬 더 가깝다. 두 분은 지난 5월 15일에 결혼식 발표 기자회견을 티브이에서 우연히 보시고, 티브이 속 주인공이 나라는 것을 아시고는 어머니께 전화하셨다. 다행히도 이 두 분은 성소수자에 대해 편견이 없으셨다. 어머니에게 축하 인사를 하시며 우리의 결혼식에 꼭 초대해달라고 요청하셨다.

자신보다 나이가 많은 세대이자 선배들이 아들 결혼식에 대해서 긍정적으로 나오자 어머니는 마음이 한결 가벼워지셨다. 처음에는 결혼식장에 아예 오지 않겠다고 하셨다가 마음이 풀어져 친구 분들과 단체로 우리의 결혼식에 참석하셨다. 어머니 자신이 신뢰하고 따르던 손윗사람이 편견 없이 움직이자 두려움에서 많이 벗어나신 것이다. 이건 정말 그 어떠한 설득보다 효과적이고 실질적이었다.

우리 결혼식 이후 10월 중순에 박 선생님의 아들인 성우 형이 약간 늦은 장가를 가게 되었고, 광수 형과 나는 이날 초대받아 결혼식에 함께 참석하게 되었다. 당연한 결혼식을 치른 지 얼마 되지 않았고, 광수 형과 내가 함께 있다 보니 당연히 많은 분이 우리를 알아보시고 다들 축하 인사와 따뜻한 눈빛을 보내셨다.

우리는 신 선생님과 그 가족과 함께 같은 테이블에 앉았다. 결혼식 내내 이야기꽃을 피웠다. 특히 신 선생님은 어머니에게 광수 형을 가까이서 보니깐 더 괜찮다며 덕담을 하셨고, 우리 결혼식에서 느끼신 것을 솔직하게 말씀하시며 우리를 응원해주셨다. 이날 우리는 두 선생님께 감사를 표하며 어떻게 이렇게도 편견 없이 우리를 대해줄 수 있으시냐고 여쭤봤다. 그 대답이 걸작이었다.

"세상은 다양한 사람들로 구성되어 있고, 그만큼 삶의 방식 역시 다른 것이다. 그리고 무엇보다 한 사람이 성인이 되어 좋은 사람을 만나서 사랑을 약속한다는 것은 아름답고 축복할 일이다. 자신과 다르다는 이유로 무조건 거부하는 것은 인격이 모자란 사람이나 하는 행동이다."

행복의 시작은 나의 삶을 지지받는 것에서부터 출발한다고 본다. 그 지지 속에서 가장 큰 용기와 자신감을 얻게 되고 그것을 바탕으로 자신의 행복을 찾아갈 수 있기 때문이다. 결혼식 이후에 많은 사람들이 정말 행복하냐고 자주 물어보았다. 그때마다 나는 근본적으로 현재 삶에 만족하며 행복하다고 이야기했다. 왜냐하면 나의 삶은 기본적으로 내가 가장 가깝게 생각하는 가족, 지인들에게 지지받고 있기 때문이다. 그래서 두렵지 않다.

2013년 12월 10일

혼인신고

광수 일기

사람들이 묻는다. 공개적으로 떠들썩하게 결혼식까지 했으면 됐지 혼인신고는 뭐하러 하느냐고. 그런 그들에게 묻고 싶다. 당신들이 누리고 있는 아주 기본적인 권리들, 아주 큰 것부터 작은 것까지 그 권리들 누가 거저 준 것 같으냐고. 인류 역사가 권리를 얻기 위한 투쟁의 역사인 것을 모르느냐고. 내게 결혼은 그런 것이라고.

이성애자들에게 결혼은 할 수도 있고 하지 않을 수도 있는 것이지만 우리 동성애자들에겐 할 수 없는 것이다. 왜 그렇게 되었나? 누가 그렇게 만들었나? '모든 국민은 법 앞에 평등하다'는 대한민국 헌법 제11조를 들먹이지 않아도 이제 평등권은 인권의 기본권으로 인식되고 있다. 하지만 그 평등에 동성애자는 없다고 생각한다면? 그리고 당신이 동성애자라면? 동성애자가 아닌 사람들에게 이런 질문 던져봐야 "세상 좋아졌으니 이젠 좀 대충 살라"는 말이 돌아오기 십상이다. 그래서 싸운다. 내 권리 내가 만들어가려고 싸운다.

좋은 사람 만나 행복하게 살면 그만이라고 생각한 시절이 내게도 있었다. 하지만 살다 보니 그렇지가 않았다. 사랑하는 사람을 위해, 행복한 관계를 위해 보장받을 수 있는 것이 거의 없다는 현실에 맞닥뜨리면서 조금씩 깨달았다. 누군가는 소리 높여 싸워야 한다는 것을 말이다. 2013년 1월에 내가 수술을 받을 때 수술동의서라는 서류에 가족 서명이 필요했다. 동의서가 없으면 수술할 수가 없다고 했다. 동의서에 화니가 서명하려고 했지만 법적으로 가족이 아니라는 이유로 거부되었다. 일 년에 한두 번 명절에나 얼굴 보는 형은 가족으로 서명할 수 있지만 몇 년을 함께 살고 있는 화니는 법적인 가족이 아니기 때문에 그럴 수 없다고 했다. 내가 응급 환자가 아니어서 다행이었지만 만약 내가, 화니가 응급수술을 해야 하는 상황이라면 얘기가 달라진다. 얼마나 더 같이 살아야 그 권리가 생기는 걸까? 몇십 년을 함께 살아도 그 권리, 아픈 사람 수술하는 데 동의할 수 있는 그 권리는 우리에게 주어지지 않는다. 전세자금 대출도 국민연금도 의료보험도 우리는 공유할 수 없다. 상속권이 없음은 물론이다. 사회보장제도 전반이 이성애자 결혼에 근거해 만들어졌기 때문에 거기에 속하지 않은 사람들은 사소한 보장도 받을 수가 없다. 하다못해 항공사 마일리지

가족 합산도 안 된다. 이런데도 그냥 행복하게 살기만 하면 될까? 결혼식을 했으니 그만두어야 할까? 난 그럴 수가 없다. 나를 위해 내가 사랑하는 사람들을 위해 작은 권리 하나씩 내 것으로 우리 것으로 만들어야겠다.

그런 굳은 마음으로 혼인신고서를 구청에 제출하기로 했다. 혼인신고를 하려고 양식을 받아 보니 초장부터 막혔다. 혼인신고서 신고인 칸에 '남편과 아내' 이렇게만 있는 것이 아닌가. 대한민국에 없는 일을 하려니 쉽지가 않다. 일단 신고서부터 새로 만들어야 했다. 남편, 아내 항목을 지우고 신고인1, 신고인2로 고쳤다. 어떤 헌법학자가 우리나라 헌법에 '결혼은 양성의 평등을 기초로 성립되고 유지되어야 하며 국가는 이를 보장한다'는 조항이 있기 때문에 동성 결혼은 헌법에 위배된다고 했다. 틀린 말이다. 흔히 쓰는 혼인신고서에는 남편을 먼저, 아내를 그다음에 쓰게 되어 있다. 우리처럼 신고인1, 신고인2로 하면 남자든 여자든 누구든 신고인1이 될 수 있다. 어느 쪽이 더 양성의 평등을 기초로 하고 있는가. 우리 결혼은 너무나 평등하고 인권적이다.

혼인신고 후 어떻게 할 것인지 변호사들과 상의했다. 너무나 다행스럽게도 혼인신고가 수리된다면 아무 걱정 없겠지만 그럴 확률은 영 퍼센트일 것이기 때문에, 혼인신고가 수리되지 않을 때 할 수 있는 여러 법적인 싸움을 준비해야 했다. 그 싸움은 길고 지루한 것이 될 가능성이 높았다. 그럼에도 불구하고 해야 한다고 생각했고 많은 변호사가 도움을 준다고 나섰다. 그럼 언제 하는 것이 가장 좋을지 날을 정하기로 했다. 많은 이야기가 있었다.

결혼식이 지나고 너무 오래 지나지 않아야 한다. 그러면서도 변호사들이 준비할 수 있는 시간이 필요하다. 해를 넘기지 말자. 그렇게 여러 이야기가 오갔고 12월 10일 세계인권선언기념일로 날을 잡았다. 새로운 인권을 향해 한발 내딛는 일을 하기에 딱 좋은 날이었다. 날이 정해지면서 할 일도 많아졌다. 장소를 어디로 해야 할지 시간은 언제로 해야 할지 기자회견 준비는 누가 어떻게 할지……. 9월 7일에 결혼식을 하고 12월 10일까지 삼 개월 동안 이런저런 준비를 하고 드디어 출격의 날이 밝았다.

무슨 옷을 입을지 망설여졌다. 너무 세 보이지도 그렇다고 너무 힘없어 보이지도 않아야 했다. 둘이 어울려야 했고 대놓고 똑같은 커플룩은 촌스럽고. 게다가 난 또 어려 보이고 싶은 욕망까지……. 오늘도 기자들이 많이 올 것이 뻔한데, 오늘 찍힌 사진과 동영상이 계속 떠다닐 텐데, 신경을 안 쓸 수가 없었다. 이렇게 저렇게 매치해보고 입었다 벗었다……. 아뿔싸, 옷 고르느라 시간 쓰다가 기자회견에 늦게 생겼다.

서둘러 택시를 타고 참여연대 강당에 도착해 헐레벌떡 들어가는데, 세상에 또 기자들이 한가득이었다. 동성 결혼이 이슈는 이슈로군! 이렇게 논란의 한가운데 서는 게 어제오늘의 일은 아니지만 올해는 이걸로 끝맺음하고 싶다는 피로감이 몰려왔다. 그래 오늘 잘하고 깔끔하게 올해를 마무리하자. 그렇게 마음먹으니 좀 나아졌다. 화니는 나보다 더 긴장한 모습이었다. 이럴 땐 많이 미안해진다. 나를 안 만났으면, 나를 사랑하지 않았으면 이런 자리에서 저렇게 긴장한 얼굴로 앉아 있지 않아도 되었을 텐데. 미안해. 하지만 오늘의 이 싸움이 결국 우리를 행복하게 만들어줄 거야. 게다가 다른 사람에게도 행복을 줄지 모르니까 우리 힘내자. 화니의 손을 꼭 잡았다. 내 손의 온기가 전해져 화니의 긴장이 좀 풀어지길 바라면서.

카메라 플래시가 터지고 웃으며 인사하고 발언하고 인터뷰하고……. 준비된 행사를 마치고 참여연대 건물을 나섰다. 아, 홀가분하다. 이제 당분간 이런 자리가 없을 거라고 생각하니 마음이 한결 가벼워졌다. 다시 화니의 손을 잡았다. 화니도 나와 같은 생각인지 긴장이 풀린 것 같았다. 서로 위로해주는 데 손잡는 것만큼 좋은 것이 없다는 생각이 들었다. 더 꼭 잡고 건물을 나섰다.

그런데, 건물 앞에 호모포비아 단체에서 사람들이 나와서 피켓을 들고 시위하고 있었다. '동성 결혼 척결', '하나님' 그런 것들이 눈에 띈다. 우리가 그들 앞을 지날 때 우리를 향해 소리 지르는 사람들이 보였다. 몇몇 기자가 그걸 카메라에 담았다. 최대한 담담하게 지나치려 노력했다. 하지만 내가 그들에게 경멸의 시선을 보낸 것이 카메라에 고스란히 담겼을 것이다. 이런 일에 무감각해지고 싶은데 쉽지가 않다. 담담하게 아니, 미소를 보내고 싶은데 마음대로 되지 않는다. 대학 때 연기실습 과목을 더 열심히 들을 걸 그랬다. 내가 그들을 이기려면 그들이 보내는 혐오의 시선에 웃음으로 응대해야 하는데, 난 한참 멀었다.

그렇게 그들을 지나고 맥이 풀려서 가까운 카페를 찾아 들어갔다. 기자들이 그곳까지 따라와서는 창밖에서 사진을 찍었다. '대충하시고 가지' 그런 생각을 하던 참에 카페에 있는 이해영 감독을 발견했다. 해영이가 여긴 웬일이지? 참, 해영이 이 동네 살지. 해영이와 반갑게 인사했다. 그런데 해영이는 창밖의 기자들을 먼저 보았다. 조용한 카페를 찾은 해영이에게 내가 불청객을 끌고 온 셈이었다. 내가 미안하다는 표정을 지었고 해영이는 괜찮다며 웃더니 일행을 데리고 서둘러 카페를 나갔다. 에고. 결혼식에서 똥물 뒤집어쓰더니 혼인신고 날엔 맛있는 커피도 먹지 못하고 가는구나. "해영아 미안해." 손님 두 명을 놓치신 사장님께도 죄송하다고 하며 털썩 자리에 앉았다.

창밖으로 서성이는 기자들이 보이고 그 뒤로 피켓을 들고 어디론가 움직이는 호모포비아들을 보면서 커피를 마셨다. 오늘 아메리카노는 참 맛있다.

화니 일기

지난 9월 7일에 결혼하고 나서 많은 사람들이 혼인신고를 언제 하는지 궁금해했다. 원래 광수 형과 나는 결혼식이 끝나고 다음 주 월요일인 9월 9일에 바로 혼인신고를 할 계획이었지만 우리 일을 맡아준 변호사들이 서둘지 말고, 자신들과 함께 호흡을 맞추자고 요청했다. 변호사들은 혼인신고가 반려될 경우에 들어갈 소송은 그 의미 면에서도 매우 중요하기 때문에 충분히 준비하고 사람들을 모아서 진행하기를 원했다. 우리는 그 뜻에 따르기로 결정했다. 특히 우리 결혼식에 앞서 지난 6월에 미국 연방대법원에서 결혼이 이성 간의 결합이라는 것은 위헌이라는 판결을 내렸고, 전 세계적으로 동성결혼/결합이 합법화 단계를 밟고 있어 변호사들은 이번 일에 대해서 그 의지가 우리보다 훨씬 더 뜨거웠다.

혼인신고를 통해서 법적으로 우리의 관계를 보장받지는 못했지만 결혼식 이후에 참 많은 변화가 있었다. 공개적으로 모든 사람들이 알 수 있게 결혼식을 올리고 나니 주변 분들이 우리를 실질적인 부부로 대해줬다. 다행히 둘 가운데 누군가가 크게 아프다거나 현재 살고 있는 집에 문제가 생기거나 하지 않았기 때문에 법적 보호가 당장 필요한 것은 아니었다. 그렇지만 결혼식을 하기 전과 후를 비교했을 때 사람들이 우리를 대하는 태도가 달라졌고, 우리 둘 사이에도 변화가 있었다. 둘 사이에서 가장 크게 달라진 점 하나가 예전에는 나의 감정이 가장 중요했고, 미래를 설계할 때도 내가 중심이었다면, 이제는 우리의 감정 그리고 함께하는 미래라는 것이 자연스럽게 느껴졌다. 말다툼을 하더라도 기본적으로 헤어진다는 것을 전혀 생각하지 않다 보니 도리어 조심스럽게 이야기하게 되는 등 우리 사이 역시 더 좋아졌다.

사회적 의미의 결혼식을 치르다 보니 해야 할 일이 많았다. 변호사 측과 혼인신고에 앞서서 관련 영화나 다큐멘터리를 대중에게 선보이고 보수적인 일부 기독교 세력과 호모포비아 집단에 대한 담론화를 통해 사전에 분위기를 만드는 것이 좋겠다는 의견이 모아졌다. 그렇게 진행이 된 행사가 바로 기독교 역사상 최초로 커밍아웃한 게이 주교인 '진 로빈슨 주교'의 삶을 다룬 다큐 〈로빈슨 주교의 두 가지 사랑〉 상영이었다. 로빈슨 주교는 미국

성공회 주교이다. 커밍아웃한 동성애자면서 2003년 주교 서품을 받아 엄청난 화제가 된 분이다. 일부 보수 기독교 세력이긴 하지만 우리나라에서는 분명 하나님과 성경을 이용하여 성소수자를 차별하고 억압하는 시도가 꾸준히 있었기 때문에 우리는 이를 이슈화할 필요성을 느꼈다. 또한 동시에 모든 기독교인이 동성애자를 차별하는 것이 아니라는 것을 보여주며 종교의 본질인 사랑에 대해 성찰할 수 있는 기회를 마련하고 싶었다.

다큐멘터리는 매우 좋았지만 극장 입장에서는 부담되는 내용이라 상영이 쉽지 않다는 점이 분명했다. 우리 입장에서도 극장에 많이 걸어 순식간에 내려지는 것보다 사람들 사이에서 담론화되는 것이 목표였기 때문에 개봉 규모를 작게 하되 공동체 상영을 가능한 한 많이 하기로 결정했다. 처음 시작은 매우 순조로웠다. 서울에 있는 대다수 예술 영화 전용관에서 상영되었고, 대학가와 시민단체에서 공동체 상영 요청이 많이 들어와서 상영 후 관객과의 대화가 꾸준히 진행되었다.

그러던 어느 날, 공동체 상영과 강의가 예정된 서울여자대학교에서 갑자기 일방적으로 상영 취소 통보가 왔다. 이유를 알아보니 호모포비아 집단과 보수 기독교 세력에서 압력이 들어온 것이었다. 우리는 〈로빈슨 주교의 두 가지 사랑〉이 기독교를 적대시한 작품이 아니라 도리어 하나님의 평등한 사랑과 존중에 대한 근원적인 가치를 상기시키는 훌륭한 작품이라고 설명했지만, 이미 지레 겁을 먹은 학교 측은 요지부동이었다. 문제는 서울여자대학교 이후에 진행될 예정인 고려대학교와 감리교신학대학교에서도 상영 취소 압력을 받았다. 담당자 학생들이 긴급하게 도움을 요청해 왔다. 고려대학교에는 상영이 예정되어 있던 주말에 상영 장소가 있는 건물의 출입구를 봉쇄해 상영을 무력화하려고 했고, 감리교신학대학교에서는 상영 홍보물이 훼손되었을 뿐만 아니라 상영을 진행한 학생들의 신상 정보를 불법으로 공개하여 불이익을 주려는 등 말이 되지 않는 일이 벌어지고 있었다.

우리는 먼저 학생들 스스로 이번 사태에 대해 적극적으로 대처할 의지가 있는지 확인한 다음 정공법으로 돌파하기로 결정했다. 이 사안은 성소수자에 대한 차별과 탄압일 뿐만 아니라 대학교 내에 있는 학생들 고유의 자치권을 명백히 침해한 것이었다. 우리는 당사자인 고려대학교와 감리교신학대학교 학생들뿐만 아니라 서울대학교, 이화여자대학교, 한양대학교, 중앙대학교 등 공동체 상영을 진행했거나 앞두고 있는 학교 학생들과 함께 기자회견을 통해 문제 제기를 하고 호모포비아 집단에 대해 엄중히 항의했다.

이후 학교 사무국에서 입장을 바꾸지는 않았지만 고려대학교에서는 학생자치 공간인 생활도서관에서 상영회가 진행되었다. 감리교신학대학교에서도 역시 학교 행정 관할이 영향력을 미칠 수 없는 학생회관에서 상영했다. 결국 예상보다 훨씬 많은 사람들이 함께 영화를 보았다.

광수 형과 내가 〈로빈슨 주교의 두 가지 사랑〉을 통해 성소수자 인권에 대해 담론화하고 여러 대학가, 시민단체와 연대하고 힘을 모으고 있을 때, 변호사들은 혼인신고를 포함하여 이후에 전개될 법적 투쟁을 차근차근 준비해나갔다. 11월 말에 변호사들이 연락해왔고, 이제 혼인신고하러 가자는 말씀을 꺼냈다. 혼인신고 날짜는 세계인권선언일인 12월 10일이었다. 우리가 혼인신고를 하는 것은 단순히 한 개인의 일이 아니라 동성애자의 인권과 권리를 보장받겠다는 신호탄이 될 것이기에 그날이 가장 어울리는 날이었다. 우리는 흔쾌히 동의했다.

12월 10일 세계인권선언일이 다가왔다. 다시 오랜만에 기자회견을 했다. 기자회견 자리에는 광수 형과 나를 포함하여, 이석태 변호사, 김금옥 여성연합 대표, 임보라 목사, 곽이경 동성애자인권연대 활동가, 하승수 녹색당 위원장이 함께했다. 우리는 기자회견을 서대문구청 앞이 아닌 참여연대 느티나무홀에서 진행했다. 날씨가 매우 추워서 야외에서 진행할 경우 제대로 된 의미 전달이 쉽지 않을 뿐만 아니라 우리의 혼인신고 소식을 듣고 몰려온 호모포비아들을 따돌리기 위해서였다. 장소를 급하게 바꾸기는 했지만 다행히 많은 기자가 왔다. 우리의 운동에 적극적으로 공감해준 기자회견을 성황리에 마쳤다.

서대문구청에서는 혼인신고를 반려했지만 우리는 이미 예상하고 있었다. 그에 맞는 법적대응을 준비 중이다. 부모님이 말씀하신대로 앞으로 상황이 비단길이 아니라 가시밭길이 될 수도 있다는 것도 잘 알고 있다. 하지만 나의 개인적인 행복 추구가 나 개인을 넘어 많은 사람이 행복해질 수 있는 길이라면 영광으로 생각하고 나아갈 것이다. 그리고 함께하는 사람이 많기 때문에 두렵지 않다. 앞으로가 기대된다.

신혼여행을 떠나다

Internationale Filmfestspiele Berlin • Potsdamer Straße 5 • D-10785 Berlin

To the kind attention of:

Dave KIM

via E-Mail to: coorainbowfactory@gmail.com

Dear Dave KIM,

We are very happy to invite you to the upcoming TEDDY Jury at the Berlinale 2014. You will be part of an international Jury, consisting of 9 jurors.
There are about 25 feature films to see over the course of seven days. The TEDDY Awards will take place on February 14. Your presence would be necessary from February 6 to 16. The hotel accommodation will be provided by the TEDDY Foundation. – Albeit the TEDDY has no funds to help with airfare, the festival will provide its best pass, the Jury pass. We would be very happy if you accept this invitation – your expertise will be very valuable for this jury.

Please come back to us anytime with questions or remarks.
Looking forward to meeting with you soon!

Yours sincerely

Wieland Speck
Director PANORAMA www.berlinale.de
TEDDY initiator www.teddyaward.org www.teddyaward.tv

Page 1 of 1

64. Internationale Filmfestspiele Berlin
06. – 16.02.2014

Internationale Filmfestspiele Berlin
-Panorama-
Potsdamer Straße 5
10785 Berlin

www.berlinale.de

광수의
신혼여행기

2014년 2월 6일 인천국제공항

해마다 가는 베를린국제영화제지만 올해는 좀 특별했다. 화니가 영화제로부터 테디베어상(베를린국제영화제에는 퀴어 영화만을 모아서 경쟁 부문을 만들었는데, 그 이름이 테디베어다. 베를린국제영화제의 일반 부문은 금곰, 은곰 이런 식으로 곰을 형상화한 상을 주는데, 퀴어는 귀엽게도 테디베어를 형상화했다. 트로피도 테디베어 인형처럼 생겼다)의 심사위원으로 초청받았기 때문이다. 세계 삼 대 영화제로 꼽히는 베를린국제영화제에 심사위원으로 초청받았다는 건 영화인으로서는 영광스러운 일이 아닐 수 없다. 내가 심사위원이나 상영작의 감독으로 초청받아 영화제에 가는 일은 더러 있었지만 화니가 초청받은 영화제에 곁다리로 따라

가는 건 처음이다. 결혼 후에 생긴 행복한 일이라고 생각하니 더 기쁘다. 결혼하니 좋은 일이 많이 생긴다.

화니는 걱정이 앞서는 것 같았다. 심사위원은 처음인데, 그것도 베를린국제영화제의 심사위원이 되었으니 긴장할 만하다. 막상 해보면 별 거 아닌데 처음이라 많이 긴장한 것 같았다. 돌이켜보면 나도 그랬다. 처음 하는 일은 뭐든 떨리고 긴장되고……. 화니는 이제 서른이니 더할 게다. 서른, 뭐든 다 할 수 있는 나이지만 처음으로 하는 일이 많은 나이 아닌가! 난 그저 막 설레고 좋은데 화니는 출국장을 나서는 순간까지도 긴장을 풀지 못했다. 화니의 손을 꼭 잡았다. 화니도 내 손을 꼭 잡았다. 둘이 있어 더 좋은 시간이 될 것이다. 공항 면세점은 외국으로 떠나는 사람들로 북적였다. 설렘이 가득한 얼굴들을 보는 일은 즐겁다. 그 즐거움 속으로 우리는 손을 꼭 잡고 걸었다.

사실 이번 여행이 신혼여행은 아니었다. 애초 계획한 신혼여행은 쿠바였다. '혁명'의 나라 쿠바로. 쿠바는 사회주의 혁명 이후 지도자인 카스트로가 주도하여 동성애 차별을 금지하는 법률을 만든 나라이다. 많은 사회주의 국가들이 동성애자들을 반혁명 세력으로 규정하고 동성애를 금지하는 법률을 만드는 등 동성애자 차별 정책을 시행해오고 있는데 반해, 쿠바는 동성애자들에게 열린 국가이다. 한때 사회주의 혁명을 꿈꾸던 내가 쿠바에 가고 싶어 하는 이유도 바로 이것이다. 그리고 쿠바하면 떠오르는 '부에나 비스타 소셜 클럽', 바로 쿠바의 낭만적인 음악들이다. 하바나에 꼭 가고 싶고 해변의 카페에서 쿠바의 음악에 빠지고 싶다.

하지만 애석하게도 쿠바 신혼여행은 어렵게 되었다. 첫 번째 이유는 돈이 없기 때문. 영화사 대표가 왜 돈이 없느냐 묻고 싶을 것이다. 영화사 대표는 빛 좋은 개살구다. 겉보기에는 화려해 보이지만 영화사 대표치고 경제적으로 여유가 있는 사람들은 많지 않다. 상위오 퍼센트 정도가 여유 있을까, 나머지는 국민 평균 이하일 것이다. 나 또한 마찬가지다. 빚은 없어서 걱정이 없지만 여유도 별로 없다. 그래서 쿠바에 못 가게 되었다. 엉엉. 두 번째 이유는 시간이 없어서다. 결혼식 후에 바로 신혼여행을 가는 계획을 세웠더라면 여유가 없어도 무리해서 갔을지도 모른다. 하지만 우리는 결혼식 준비 때문에 미뤘던 이런저런 일들을 처리하고 겨울에 가려고 계획을 했다. 그러다 보니 일의 순위에서 신혼여행은 항상 뒤로 밀렸다. 이번 베를린 여행은 화니의 심사위원 초청과 레인보우팩토리의 퀴어 영화 수입 관련 업무를 겸해서 가는 것. 신혼여행이기보다는 일인 셈이다. 일을 떼어놓고 여행을 가는 건 쉽지 않았다. 결혼하지 않은 분들은 내 말을 귀담아 듣기 바란다. 신혼여행은 꼭 결혼식 후 바로 가야 한다. 안 그러면 우리처럼 된다.

쿠바는 아니지만, 출장을 겸해서 가는 거지만, 행복했다. 일상에서 잠시 떨어져서 좋고, 화니랑 함께여서 좋고, 국제영화제의 심사위원인 배우자의 곁다리로 따라가서 좋다. 베를린에서 돌아오는 길에 2박 3일 짧은 일정이지만 프라하를 여행하기로 했다. 신혼여행도 겸했는데 일만 하다가 올 수는 없지 않은가. 쿠바와는 다르지만 베를린과 프라하도 충분히 낭만적인 도시니까.

비행기 탑승구 근처에서 젊은 여성이 팬이라며 인사했다. 팬. 가끔씩 겪는 일이지만 여전히 낯설고 쑥스럽다. 같이 사진을 찍을 수 있냐고 하기에 정중하게 거절하면서 내가 그분의 사진을 찍어주었다. 스페인으로 공부하러 간다는 그는 설렘 반 두려움 반의 표정을 지었다. 좋은 일 많을 거라고 인사했더니 그러길 바란다고 했다. 이십 대 중반이니 두려움이 있는 것이 당연하다. 지금 느끼는 그 두려움 반이 설렘의 크기를 더 키우고 있다는 사실을 아직은 모를 나이. 세월이 흐르면 두려움은 작아지겠지만 설렘도 덩달아 작아진다. 내가 찍어준 사진이 맘에 들었는지 표정이 한결 나아졌다. 인사하며 돌아서는 그의 뒷모습이 아름다웠다. 그의 스페인 생활이 빛으로 가득하길 기도했다.

비행기 안. 경제적인 여유가 없는 우리는 이코노미석을 끊어야 했다. 이코노미석은 비좁다. 이렇게 앉아서 열 시간 넘게 가야 한다고 생각하니 이내 지루해졌다. 게다가 암스테르담을 경유하는 일정. 비행 시간과 경유 대기 시간을 합치면 베를린까지 열여섯 시간이 걸린다. 집이 아닌 곳에서는 잠을 자지 못하는 나에게 비행은 고역이다. 화니는 비행기에서도 잘 자는 편이다. 아마 이번에도 화니는 잘 잘 것이다. 부럽다. 화니가 자는 동안 시나리오 구상이나 해야겠다. 아직 초보 감독인 광수는 찍고 싶은 영화가 너무 많다.

2014년 2월 6일 베를린

열여섯 시간을 돌고 돌아서 베를린에 도착했다. 이곳 날짜는 아직 2월 6일. 시차 때문이다. 베를린은 날씨가 너무 좋았다. 위도가 서울보다 한참 위라서 원래 서울보다 엄청 추운 도시인데, 우리가 신혼여행을 온 것을 아는지 봄 날씨처럼 따뜻했다.

공항에 심사위원인 화니를 마중 나온 영화제 스태프가 있었다. 영화제에 초청받아 오게 되면 좋은 점 하나가 바로 픽업 서비스다. 공항까지 스태프가 마중 나와서 호텔까지 데려다준다. '크리스티안'이라는 이름의 잘생긴 오빠(알고 보니 언니였지만)는 아르헨티나에서 왔다고 했다. 매년 이맘때면 베를린국제영화제 스태프를 하기 위해 아르헨티나의 부에노스아이레스에서 독일의 베를린까지 온다고 한다. 베를린에서 삼 개월 정도를 빡세게 일하고 두 달 정도 유럽을 여행하다가 다시 아르헨티나로 간단다. 틀에 박힌 삶을 살지 않는 자유로운 영혼의 크리스티안은 굉장히 밝은 게이 청년이다. 그에게도 행운이 있으라!

예약한 아파트에 짐을 풀었다. 영화제에서 제공하는 호텔이 있지만 그 호텔은 후배에게 싼값에 넘기고 우리는 아파트를 택했다. 유럽에선 호텔보다 아파트가 좋다. 싸고 깨끗한 아파트가 많은 데다가 호텔보다 좋은 건 이것저것 만들어 먹을 수 있다는 점이다. 게다가 독일은 음식이 별로이기로 유명한 나라다. 한국에서 싸 온 밑반찬과 슈퍼에서 사 온 것들로 맛있게 해 먹는 것이 더 좋다. 식단도 이미 짰으니 걱정 없다.

화니는 도착한 날부터 심사위원 일정으로 바빴다. 심사위원 첫 미팅과 파노라마 개막식 참석 그리고 개막 파티까지. 그에 비해 나는 일이 없었다. 지금까지는 반대였는데, 뭔가 낯설었다. 바쁜 배우자를 챙겨온 화니의 심정을 좀 알 것 같았다. 이번 여행은 나에게 새로운 걸 알게 해주는 소중한 날들이 될 것 같다. 느끼는 대로 놓치지 않도록 적어놓아야겠다. 꼼꼼하게.

2014년 2월 7일부터 14일까지 베를린

영화제 출장은 영화인이 아닌 사람들이 예상하는 것보다 재미가 없다. 아침부터 저녁까지 볼 영화가 빽빽해서 영화 보고 밥 먹고 영화 보고 밥 먹는 게 다다. 중간중간에 사람들을 만나거나 파티에 가기도 하는데, 그것도 대부분 일과 연관된 거라서 하루 종일 일한다고 생각하면 된다. 영화 보는 거니까 즐겁지 않냐고 물으신다면 "노"라고 대답하겠어요. 내가 보고 싶은 영화를 보는 거라면 하루에 몇 편을 보든 즐거울 수 있다. 많이 보면 더 좋을 것이다. 하지만 일로 영화제를 가면 내가 보고 싶은 것을 보는 게 아니라 봐야 하는 영화를 '주구장창' 보게 된다. 그러니 즐겁기만 하겠나. 제한된 정보로 영화를 골라야 하니 어떤 영화는 보는 것 자체가 고역일 때도 있다. 그래도 배부른 소리처럼 들릴지 모르겠다. 맞다. 배부른 소리다. 베를린에 와서 남들보다 먼저 새로운 영화들을 보는 건데, 투정이다. 닥치고 열심히 영화를 봐야겠다.

외국에 출장을 오면 항상 느끼는 것 하나. 영어 공부 좀 열심히 할 걸! 베를린에 있는 동안 영어를 잘하는 화니가 정말 부러웠다. 나의 영어 실력은 요즘 초등학생들보다 못하니 말 다했지 뭐. 영어를 할라치면 머리가 새하얘지고 입이 떨어지지 않는다. 9일에는 믹스 코펜하겐 영화제 프로그래머를 잠깐 만났다. 그는 나의 새 영화 〈하룻밤〉에 대해 관심을 보이며 이런저런 질문을 쏟아냈다. 천천히 말해도 못 알아듣기 일쑤인데 그는 말도 빨랐다. 이걸 어째. 대답을 거의 못하고 얼버무리고 말았다. 그는 실망한 기색이 역력한 얼굴로 나를 빤히 보았지만 더 할 얘기가 없는 나는 "See you" 하고는 자리를 떴다. 어디 그뿐인가. 베를린에서 만난 외국 영화제나 영화사 관계자, 감독 들에게 난 엄청 바쁜 사람이다. 왜냐하면 그들과 만나서 간단히 인사 나눈 후에 바쁜 척하며 얼른 자리를 뜬다. 내 영어 실력이 '뽀롱'나기 전에. 처음엔 낯을 심하게 가리는 부끄러운 사람인 척했다. 그게 좀 먹힌 적이 있었다. 그러다가 내 영화를 본 사람들이 영화와 나를 매치하지 못하는 걸 보고 이건 아니다 싶어서 바쁜 척하는 걸로 콘셉트를 바꿨다. 에고, 영어는 너무 어려워.

베를린에서 기억에 남는 것 몇 가지.

하나. 짬을 내어 다녀온 작은 성.

심사위원 일정으로 바쁜 화니와 영화 보기 바쁜 나는 아침에 밥 먹고 헤어지면 밤에 숙소에서 만나는 날이 허다했다. 명색이 신혼여행인데, 이건 아니다 싶어 짬을 내어 성에 다녀왔다. 이렇게라도 하지 않으면 나중에 후회할 것 같았다. 후회할 것 같은 느낌이

들 때는 무조건 후회 없는 쪽을 선택해야 한다는 게 내 지론이다. 지하철을 타고 찾아간 작은 성은 생각보다 그리 좋지 않았다. 프랑스, 프라하의 성들과 태국의 궁전, 캄보디아의 앙코르와트와 비교가 안 됐다. 사실 우리나라의 궁들과 비교해도 못했다. 규모가 작은 것이 이유라기보다는 뭔가 자기 색깔이 없었다. 작아도 나름 매력 있으면 되는데 그렇지가 않았다. 그나마 여름에 왔다면 나무와 정원의 아름다움이 더해져 좋아 보였을 수도 있었겠지만 황량한 겨울에는 별로였다. 그래도 도심을 벗어나 데이트하길 잘했다. 잠깐이지만 여유가 생겨서 좋았고 손잡고 걷는 길에서 마주치는 사람들과 고양이들, 나무들이 예뻤다. 다니면서 '결혼하고 처음으로'라는 딱지를 붙여보니 더 재미가 있었다. 갑자기 모든 것이 새롭게 되었다. 결혼하고 처음으로 온 길과 처음 만나는 가게들이며 사람들이 반짝반짝 빛나는 것 같았다. 신기했다. 별 것 아닌 것 같은데 의미를 부여하니 새롭게 되는 것. 앞으로 어떤 삶을 살게 될지 모르지만 매 순간 소중하게 생각해야겠다고 다짐해본다.

둘. 심사위원들과 잘 어울리는 화니.

첫 심사위원을 베를린국제영화제에서 하게 된 화니는 오기 전부터 걱정이 많았다. 내가 그 걱정을 덜어주려고 많은 이야기를 해주고 손도 잡아주고 안아주기도 했지만 아마도 큰 도움이 안 되었을 게다. 하지만 걱정과 달리 화니는 심사위원들과 잘 어울렸다. 그들 중에는 화니의 아버지뻘 되는 이도 있었고 화니보다 더 젊은 사람도 있었다. 남미에서 온 이도 있었고 인도에서 온 이도 있었다. 세계 각국에서 모인 다양한 사람들 속에서 화니는 활기차

보였다. 나도 몇 번 그들과 함께 차를 마시거나 식사를 하기도 했는데, 사람들이 유쾌하고 친절해서 참 좋았다. 그들과 영화 얘기, 사는 얘기를 나누며 활짝 웃는 화니를 보니 안심되었다.

내가 화니를 처음 만났을 때 그는 막 스무 살을 넘긴 앳된 청년이었다. 부모님과 주변의 기대에 맞춰 대학을 가고 미래를 설계하던 그가 영화 일을 시작하게 된 것은 나를 만났기 때문이다. 영화를 만드는 나를 만나지 않았다면, 아니 나와 인생을 함께하기로 마음먹고 행동하지 않았다면, 아마도 그는 영화 일과는 전혀 다른 일을 하며 살고 있을 것이다. 그를 영화 쪽으로 이끌어오면서 나도 걱정이 많았다. 그가 행복하길 바라는 마음에서 그렇게 했지만 막상 영화 일은 힘들고 여간해서는 경제적으로 여유가 생기기 어렵다. 가끔씩 그가 지치지는 않는지, 행복한지 지켜보게 된다. 그리고 걱정도 한다. 내 책임이 크니까.

다행히도 베를린에서 화니는 바쁘지만 행복해 보였다. 인천공항에서 보았던 걱정과 두려움은 보이지 않았다. 어느새 화니가 부쩍 성장한 느낌을 받았다. 덩달아 내 마음이 뿌듯해졌다.

테디 베어 시상식이 있던 날, 여러 매체에서 심사위원들을 취재하는 모습을 보았다. 그 안에서 당당하게 웃고 있는 화니는 참 멋있었다. 시상식 무대에서 심사위원들을 소개할 때도 자랑스러운 화니를 보며 가슴이 뛰었다. 화니도 그랬을 것이다. 해마다 오는 베를린국제영화제이지만 올해는 이렇게 전혀 다른 걸 느끼게 해준다.

셋. 클라우스 보베라이트.

독일은 나치가 전쟁을 일으킨 전범 국가이지만 패전 후에 일본과는 다른 길을 걸으며 많은 것을 바꾼 나라다. 새로운 독일에서 내가 가장 부러운 것이 있다면 바로 성소수자 정책일 것이다. 독일은 제 삼의 성을 인정하는 가족법이 있는 나라이고, 동성 커플에게 이성 커플과 같은 권리를 보장하는 나라이며, 초등학교 사학년부터 학교에서 '동성애는 자연스러운 것'이라고 가르치는 나라이다. 게다가 커밍아웃한 게이 정치인이 선거를 통해 수도의 시장으로 선출된 나라이다.

클라우스 보베라이트. 베를린 시장의 이름이다. 그는 베를린 시민들에게 인기가 좋다. 베를린 시민들은 그의 정책을 지지하고 신뢰한다고 한다. 그가 인기가 좋은 이유를 물었더니 "그가 커밍아웃한 게이이기 때문이다"는 말이 돌아온다. 응? 베를린에도 성소수자에 대한 편견이나 혐오가 있는 사람들이 있다고 한다. 하지만 그들은 소수라고. 다수의 베를린 시민들은 성소수자에 대한 편견 같은 것은 없으며 오히려 커밍아웃한 성소수자에게 호감을 갖는다고 한다. 대중을 향해 커밍아웃한 성소수자의 용기에 후한 점수를 주는 것은 사회적 약자들을 배려할 것이라는 기대가 있기 때문이라고 했다. 부럽다. 우리는 언제쯤 "성소수자이기 때문에 대중이 호감을 갖는다"는 시민들의 말을 듣게 될까? 더 열심히 살아야겠다고 다짐해본다.

영화제 폐막식에 참석한 클라우스 보베라이트를 가까이에서 보고 깜짝 놀랐다. 훈남이 아닌가. 그가 인기가 좋은 이유가 있었군. 어딜 가나 외모지상주의. 흠흠.

2014년 2월 15일 베를린을 떠나 프라하로

아침 일찍 서둘러 열차를 타고 프라하로 이동했다. 2007년 2월에 프라하에 간 적이 있었다. 베를린국제영화제 출장을 왔다가 들른 거였다. 그때도 화니와 함께 가고 싶었지만, 화니는 도쿄에 일이 있어서 나 혼자 갔다. 처음 가본 프라하는 정말 예쁜 도시였다. 도시 곳곳이 엽서이고 화보였다. 그때 화니와 함께 오지 않은 것을 후회하며 언젠가 꼭 화니를 데려오겠다고 다짐했다. 그로부터 칠 년 뒤, 그것도 신혼여행을 프라하로 왔다. 난 벌써 들떠서 열차에서부터 아는 체를 했다. 저기 보이는 곳이 어디며 저기는 동독 시절에 지어진 거며……. 화니에게 하나라도 더 알려주고 싶은 마음에 재잘재잘 말이 많았다. 한 번밖에 가보지 않았는데 가이드 행세라니 우습다.

드디어 프라하 도착. 와, 정말 예쁘다. 놀라 입이 쩍 벌어진 화니를 보니 기뻤다. 함께 오길 정말 잘했다. 아파트에 짐을 풀고 근처 슈퍼에 장을 보러 갔다. 오랜만에 파스타를 해 먹으려고 재료를 고르고 있는데, 주인이 한국말로 인사하며 도와주었다. 한국 사람인가 싶어 보니 동남아 분인 것 같았다. 베트남에서 왔다고 했다. 한국 드라마를 보면서 익힌 한국말 솜씨가 내 영어 실력보다 나았다. 에궁.

꼬마 아이를 둔 주인 부부는 사람 좋은 인상이었다. 베트남에서 멀리 이곳까지 와서 열심히 사는 그들을 보니 맘이 짠했다. 뉴욕에서 네일숍을 하는 동생 부부 생각이 더해져 남 같지 않았다. 남의 나라에서 터전을 일구고 사는 그들에게 어찌 힘든 일이 없을까. 계획에 없는 것 몇 개를 더 샀더니 한 짐이다. 꼬마에게 한국에서 가져온 초콜릿을 주었다. 꼬마가 방긋 웃었다. 프라하에서의 첫 밤이 그렇게 지나간다.

2014년 2월 16일 프라하

한국 여행사가 운영하는 프라하 일일 투어를 했다. 둘이서 지도를 보며 다녀도 재미있겠지만 관광을 하는 건 하루뿐이니 여행사 투어를 이용하는 편이 더 낫겠다고 생각했다. 겨울이지만 여행을 온 한국 사람들이 꽤 많았다. '프라하의 봄'의 중심지였던 바츨라프 광장에 모여 인원 체크를 하고 가이드의 설명을 들었다. 가이드는 프라하의 역사에 대해 꽤 많이 아는 편이었다. 아이패드에 담은 정보를 보여주며 열심히 설명하는 젊은 청년 가이드. 그가 보기에 우리가 남달랐는지 뭔가 많이 궁금한 얼굴을 했다. 내가 신혼여행을 온 거라고 하자 살짝 놀라더니 이내 우리를 알아보았다. 프라하에 살지만 인터넷을 통해 기사를 보았다고 했다. 편견이 없는지 우리에게 축하 인사를 건넸다. 요즘 결혼 축하 인사를 이곳저곳에서 많이도 받았다. 기분이 좋아졌다.

칠 년 만에 다시 온 프라하는 여전히 아름다웠다. 중세의 모습을 많이 간직하고 있는 도시 프라하는 관광객들로 붐볐다. 여행사 투어가 관광객들이 많이 가는 곳을 집중적으로 다니는 터라 그런 것도 있지만 프라하엔 세계 각국에서 온 관광객들이 참 많았다. 체코의 주 수입원 하나가 관광이라는 말이 실감이 났다.

바츨라프광장에서 시작한 일정은 무하박물관, 화약탑, 구시가지광장, 천문시계, 틴탑 성모마리아성당, 프라하성, 비타성당, 구왕궁, 성이르지수도원, 황금소로, 스트라호프수도원, 전망대, 네루도바 거리, 까를교, 구시가지까지 이어졌다. 하루 종일 걸어야 하는 빡센 일정을 소화하느라 밤에는 다리가 아팠지만 재미있는 일이 많았다.

프라하성에 들어갈 때 가족 단위로 티켓을 끊으면 할인된다고 하여 나와 화니가 각각 다른 사람들과 함께 가족인 척 행세한 일. 그렇게 이곳저곳을 다니다 보니 진짜 가족이 된 것 같은 마음에 우리 딸이 예쁘네 우리 아들이 멋지네 하면서 웃던 일. 우리를 편견 없이 대하며 사진을 찍어주던 출장을 온 어떤 회사의 직원들. 여행은 멋진 장소보다 그에 어울리는 사람들을 보는 재미란 걸 새삼 느끼게 된 하루였다. 그날 함께한 분들은 지금 어디서 무엇을 하며 살고 있을까? 다들 행복해 보였는데, 지금도 행복한 얼굴로 살기를 기도해본다. 그리고 그분들에게 우리 부부가 또 그렇게 기억되기를…….

2014년 2월 17일 프라하

2박 3일 일정은 정말 짧았다. 더 보고 싶고 더 느끼고 싶었지만 떠나야 했다. 아쉬운 마음에 오전에 구시가지 근처를 다시 돌아보고 전통 시장에서 가족들이며 친구들에게 줄 선물을 골랐다. 화니도 많이 아쉬운 모양이었다. "또 오면 되지." 그렇게 말은 했지만 언제 또 오게 될까? 한국으로 돌아가면 또 많이 바쁠 것이고 경제적으로 그리 넉넉하지도 않으니 또 온다는 말은 허언에 가깝다는 걸 나도 알고 화니도 안다. 그래도 화니는 방긋 웃으며 "응" 했다. 그래, 조금 부담되어도 베를린에 올 때마다 유럽의 다른 도시들 한 군데씩은 꼭 들렀다가 가기로 하자. 약속. 도장 찍고 복사하고 코팅까지!

프라하 공항.

이제 프라하를 떠나 암스테르담을 거쳐 서울로 간다. 짧았지만 많은 것들을 알게 해준 우리 부부의 신혼여행은 이렇게 끝이 났다? 에고 그러면 좋았겠지만 삶은 그렇게 계획대로만 흘러가지 않는다는 걸 이번 여행이 또 알려주었다. 뭔 일이 있었느냐고? 글쎄 뭔 일이 또 있었다니까요.

암스테르담 공항.

프라하에서 비행기로 경유지인 암스테르담 공항에 올 때까지 우리는 이번 여행이 이렇게 순조롭게 끝날 걸로만 생각했다. 공항에서 이것저것 사기도 하고 먹기도 하면서 신혼여행의 마지막을 즐기고 있었는데, 비행기 탑승구에서 생각지도 못한 일이 벌어지고 말았다. 항공사가 승객들을 오버부킹했는데 우리 자리만 없다는 거였다. 비행기 탑승구에서 말이다. 바로 눈앞에서 비행기를 타지 못하는 불상사는 우리 계획엔 전혀 없는 거였다. 황당했다.

우리는 예약했고 보딩패스도 받은 승객인데, 자리가 없어서 비행기를 타지 못한다니. 게다가 눈앞에 있는 비행기에 우리 짐도 실려 있는데 말이다. 항공사 직원들이 뭐라고 설명했지만 도통 귀에 들어오지 않았다. 아, 난 영어를 못하니까 어차피 잘 안 들린다.

암튼, 나보다 덜 흥분한 화니에게 전해들은 대로 정리하면 항공사에서 오버부킹했고 승객 중 딱 두 명, 우리만 탈 수 없다고 했단다. 그리고 인천으로 가는 비행기는 이제 없고. 그러니까 우리는 인천으로 가지 못한다는 얘기. 그럼 내일은? 내일도 오버부킹된 상황이라서 인천으로 가는 직항편은 자리가 없고 오사카를 거쳐서 가는 비행기를 타야 한다고 했다. 헐. 이게 뭔소리? 우리 잘못이 아닌데 우리가 왜 오늘도 아닌 내일 오사카를 들렀다 가야 한다는 말인가. 이해할 수 없는 말이었지만 상황이 그렇다고 했다. 항공사 직원들은 "아임 쏘리"를 연발했지만 진심 어린 사과로 들리지는 않았다. 내가 화가 나서 큰 소리를 냈지만 항공사 직원들은 으레 있는 일인 양 대수롭지 않게 생각하는 것 같았다. 그래서 더 화가 났다. 이미 비행기는 떠났고 우리는 그렇게 암스테르담에 남겨졌다.

그런데 재밌는 것은 비행기가 떠나고 나니까 화가 점점 누그러진다는 거였다. 신기하게도 포기하고 나니까 화가 가라앉았다. 신기하네. 게다가 항공사 직원이 항공사의 실수로 인해 발생한 문제이니 일인당 육백 유로에 호텔 숙박과 당일 저녁, 다음 날 아침 식사를 제공한다고 안내했다. 그러니까 화가 더 가라앉았다. 항공사 직원이 안내한 대로 공항에 있는 에이티엠 기계에서 육백 유로씩

천이백 유로를 찾고 셔틀버스를 타고 호텔로 가서 저녁을 먹고 달콤한 음료까지 한잔했더니 화는커녕 기분이 나아지는 게 아닌가. 신기한 일일세. 내가 정말 간사한 인간이구나, 새로 알았다. 간사한 광수.

2014년 2월 18일 암스테르담

호텔은 잠자리도 좋았고 음식도 좋았다. 맛있는 걸 먹는 건 심리상태에 지대한 영향을 끼치는 일이었다. 어제보다 더 가벼워진 마음으로 공항에 갔고 오사카행 비행기 보딩패스를 받았는데, 오잉? 비즈니스석을 주는 게 아닌가. 이 글을 읽는 분들의 예상대로 마음이 가볍다 못해 날아갈 것 같은 기분이 들었다. 어젯밤 큰 소리로 화를 낸 내가 항공사 직원에게 "땡큐"를 외치게 될 줄이야. 정말 간사하다.

역시 이코노미보다는 비즈니스야. 자리도 넓고 음식도 맛있고 게다가 모니터 화면도 넓다. 이렇게 오사카로 가면 어떠랴. 이코노미석에 앉아 인천까지 가는 것보다 열 배는 더 좋지 아니한가. 급기야 비즈니스석에 앉아 웃고 있는 인증샷까지 찍었다. 옆자리의 일본인 승객은 내가 비즈니스석에 처음 타는 줄 알았을지도 모른다. 내 입이 귀에 걸렸으니. 창피하다는 생각을 안 한 건 아니었는데, 그냥 계속 웃음이 나왔다. 간사한 내가 웃겼고 솔직히 편안하게 간다는 생각에 마냥 좋았다. 게다가 우리 지갑엔 천이백 유로가 있지 않은가. 이보다 더 좋을 순 없었다. 이렇게 우리 부부의 신혼여행은 즐거움으로 해피엔딩을 맞았다.

화니의 신혼여행기

신혼여행은 어디로

결혼식을 준비하는 과정에서 많은 매체들과 인터뷰하며 가장 많이 받은 질문 가운데 하나가 바로 신혼여행을 어디로 가는지에 대한 것이었다. 흥미로웠던 부분은 신혼여행지에 관한 질문에서 기자들도 가장 밝은 표정을 지었고, 우리 역시 가장 환한 표정으로 대답했다는 점이다. 아마도 신혼여행에서만큼은 결혼식을 준비하는 과정에서 겪은 그 모든 스트레스를 풀 수 있을 것이라는 믿음과 결혼식이 무사히 끝났다는 해방감을 만끽할 수 있을 것이라는 기대감에 그 질문을 듣고 대답하는 것 자체가 우리 모두를 들뜨게 한 것 같다.

우리가 정한 신혼여행지는 쿠바와 멕시코 칸쿤. 광수 형은 연애

초반부터 만약 언젠가 결혼해서 신혼여행을 가게 된다면 쿠바로 가고 싶다고 했다. 80년대 열혈 운동권 학생 때부터 좋아했단다. 혁명을 한 국가 가운데 유일하게 최고 지도부가 나서서 동성애에 대한 차별을 금지한 국가이고, 자체 모순으로 체제가 붕괴하거나 변질한 공산 국가들과 달리 현재까지 건강하게 체제를 유지하기 때문이라고 했다. 그런 의미에서 꼭 쿠바에 가보고 싶다고. 나는 광수 형이 말한 의미에다가 쿠바를 다녀온 사람들이 하나같이 타임머신을 타고 순수한 과거를 여행하고 온 기분을 느낄 수 있다며 꼭 다녀오라고 추천했기 때문에 흔쾌히 신혼여행지로 동의했다. 또 다른 이유는 쿠바에서 가까운 멕시코에 칸쿤이라는 휴양지가 있었고, 게다가 칸쿤에서 차로 두 시간 이십 분 정도의 거리에 '체첸이사(고대 마야문명의 유적지)'가 있기 때문에 이보다 더 좋은 신혼여행지는 없다고 생각했다.

인터뷰를 진행한 기자들을 포함하여 주변 지인들은 신혼여행을 결혼식이 끝나자마자 떠나는지에 대해서 궁금해했다. 우리는 결혼식을 사회적인 행사로 진행하기 때문에 이후 일정을 소화하고 연말에 시간을 내어 갈 예정이라고 대답했다. 나와 광수 형은 둘 다 영화 일을 하다 보니 비교적 일정이 자유롭기 때문에 연말에 시간을 내서 신혼여행을 가는 것이 전혀 어렵지 않을 것 같았다. 하지만 완전 오산이었다. 결혼식이 끝나면 줄어들 것 같았던 일은 더욱 늘어났다. 결혼식을 올린 지 몇 달 후에 신혼여행을 다녀오겠다며 주변에 양해를 구하고 시간을 빼는 것도 쉽지 않았다. 게다가 가난한 영화인이다 보니 결혼 후에는 우리의 모든 살림살이가 눈에 들어왔고, 결혼식을 준비할 때처럼 뒷일을 생각하지 않고 쿠바까지 신혼여행을 다녀올 엄두가 나지 않았다. 또한 주변 사람들 역시 이제 와서 무슨 신혼여행이냐며 우리 커플에 대한 질투 아닌 질투를 하는 등 신혼여행은 물 건너가는 분위기였다. 광수 형과 나는 역시 이래서 이성애자 부부들이 결혼하자마자 신혼여행을 무조건 떠난다는 걸 깨달았다. 결혼식과 신혼여행의 과정이 거의 표준화가 된 데에는 이유가 있었다며 우리의 어리석음을 한탄했다. 그렇게 2013년이 지나갔다.

베를린영화제

신혼여행을 안 가고 끝낼 수 없다며 서로를 위로하던 찰나, 영화제에 간 김에 주변 국가 중에서 로맨틱함을 느낄 수 있는 곳으로 다녀오는 것이 어떨까라는 생각이 들었다. 시기적으로 2월이면 베를린영화제가 열렸다. 매해 베를린영화제에는 마켓 출장을 가는 데다가 베를린에서 기차를 타고 여섯 시간 정도면 체코 프라하에 갈 수 있었다. 광수 형은 예전에 영화 〈후회하지 않아〉의 제작자로 체코 프라하에 가본 적이 있었고 도시가 매우 아름답기 때문에 나와 꼭 다시 가고 싶다며 노래를 불렀다. 당시 나는 미국 유학을 가려고 GRE 시험을 준비하고 있었기 때문에 함께 못 갔다. 광수 형은 그걸 늘 아쉬워했다. 그래서 이번 기회에 신혼여행으로 같이 다녀오는 것이 좋겠다는 생각이 들었다.

그런데 베를린영화제 측에서 나를 2014년에 테디베어 부분 심사위원으로 위촉하고 싶다는 연락이 왔다. 영화인으로서는 세계 삼 대 영화제 중 하나인 베를린영화제의 심사위원으로 초청받는다는 것은 무한한 영광이었다. 물론 동시에 큰 부담감이 밀려왔다. (참고로 테디베어 부분은 베를린영화제 모든 섹션에서 퀴어 영화만을 따로 모아서 만든 부분으로 경쟁 부분의 황금곰상 등과 달리 테디베어를 본 딴 테디베어상을 수여한다.) 퀴어 영화를 누구보다 사랑하고 지속적으로 공부하고 있지만 권위 있는 영화제에서 심사위원을 맡는다는 건 다른 의미였다. 그만큼 '영화를 제대로 평가할 줄 아는 역량을 갖추었는가'와 여러 국가에서 위촉된 이름 있는 영화인들과 함께 심사하기 때문에 '마찰 없이 서로의 의견을 충분히 주고받을 수 있느냐'가 중요했다. 사실 한국 영화를 보고 한국 영화인들끼리 심사하는 것도 쉬운 일이 아니다. 초빙을 받아 기쁘면서도 겁이 덜컥 났다. 광수 형은 이런 내 마음을 아는지 모르는지 마냥 기뻐했다. 심사를 잘할 수 있을 거라며 자신의 배우자인 내가 심사위원으로 베를린영화제에 간다는 사실에 들떠 있었다.

나 역시 그랬지만 잘 모르는 사람들은 해외 영화제에 가면 우아하게 영화 보고 맛있는 음식을 먹으면서 여유 있게 지내다가 오는 줄 알지만 사실 현실은 그 반대다. 자신의 영화가 초청받아서 가는 영화인은 모르지만 나처럼 영화제에서 열리는 마켓에 출장 가는 영화인들은 첫날부터 분주하게 움직여야 한다. 기본적으로 주요 상영작은 회사별로 미리 정보를 받아 일정이 정해지지만, 도착한 첫날 숙소에 짐을 풀자마자 배지를 받아 카탈로그를 보면서 영화제 일정표를 만들어야 한다. 시간에 비해서 봐야 할 영화가 매우 많기 때문에 영화별로 우선순위를 정하고 극장별 이동거리를 계산해서 일정표를 만들어야 한다. 특히 카탈로그 정보는 간단한 시놉시스와 스틸 사진이 전부이기 때문에 사전 정보가 부족한 영화일 경우에는 시놉시스의 뉘앙스도 잘 따져야 한다. 그리고 중간중간 하루에 최소 열 개 이상의 회사와 미팅을 진행한다. 미팅은 삼십 분 단위로 진행되는데 그 안에 서로 주고받을 업무적인 내용과 인간적인 대화까지 나누어야 하기 때문에 제대로 된 식사를 할 시간이 거의 없다. 아침 일찍부터 오후 일곱 시 정도까지 빡빡한 일정을 소화하고 나면 각종 파티에 참석해야 한다. 또한 극장 상영할 때 보지 못한 영화의 경우에는 숙소에서 스크리너로 봐야 하는 등 밤늦게까지 해야 할 일이 이어진다. 이렇게 칠 일에서 십 일 정도를 보내는 것이 바로 영화제 출장이다.

상황이 이렇다 보니, 베를린영화제 기간 때 테디베어 부분 심사까지 하는 것이 육체적으로도 큰 부담이 되었다. 주변 영화인들께 조언을 구하기도 했다. 다들 원래 심사위원 일은 영광이면서도 힘들기 때문에, 도리어 한 살이라도 젊을 때 하는 것이 좋다며 적극적으로 권했다. 광수 형은 자신이 영화제에 가면 아침, 저녁을 다 차려줄 테니깐 꼭 하라고 지지했다. 나는 결국 어떻게든 해내보겠다는 마음으로 심사위원직을 수락했다.

베를린영화제 출장을 앞두고 출장 준비로 조금 분주해졌다. 아무래도 회사별로 어떤 신작들을 선보이는지 미리 검토해야 했고, 심사할 작품에 대한 사전 정보도 미리 정리해야 했기 때문에 머리가 복잡했다. 특히 한정된 시간에 두 가지 일을 하고 광수 형과 시간을 보내면서도 몸살이 나지 않게 균형 있게 일정표를 만들었다. 또한 영화제 일정이 끝나고 나면 신혼여행으로 체코 프라하를 가야 했기 때문에 숙소와 교통편, 투어 계획도 미리 예약하고 짜야 하다 보니 설레기는커녕 이 모든 일정을 무리 없이 소화할 수 있을까 하는 마음에 걱정되었다.

우리는 심사위원 앞으로 나오는 호텔을 지인에게 싸게 넘기고, 아파트를 렌트했다. 유럽 출장을 가게 되면 꼭 아파트를 렌트해서 지내는데 그 이유는 일단 가격 대비 넓고, 통풍이 잘될 뿐만 아니라 음식을 해 먹을 수가 있기 때문이다. 외국까지 나가서 밥을 해 먹냐고 핀잔하는 사람들도 있지만, 나는 소화력이 약한 편이고 빡빡한 일정을 소화하려면 좋은 음식을 먹어야 하는데 사 먹는 것보다 해 먹는 것이 훨씬 시간과 돈을 아낄 수 있어 좋다. 그리고 시장 보러 가서 그 나라 사람들이 진짜 사는 모습을 보는 즐거움도 누릴 수 있다.

이렇게 모든 준비를 마치고 광수 형과 나는 인천국제공항으로 출발했다. 결혼식 이후에 거리에서 종종 인사하시는 분들이 있는데 공항에서도 그랬다. 다행히 많은 사람이 혐오가 아니라 축하를 해주시기 때문에 나는 그 순간이 부담스럽기보다 매우 반갑고 감사하다. 피곤해서 그런지 비행기를 타자 졸음이 밀려왔다. 나는 원래 어디에서나 잘 자는 편이다. 심지어 비행기 안에서도 열 시간 이상 숙면을 취할 수 있는 스타일이라 출장을 가게 되면 일하느라 못 쉬었던 것을 꼭 비행기에서 풀어준다. 그래서 대다수의 사람들과 달리 열다섯 시간 이상 장거리 비행도 전혀 지루하지 않고 도리어 더 잠을 자지 못해서 아쉬워한다. 다만 광수 형은 나와 달리 집을 제외한 공간에서 잠을 잘 자는 편이 아닌 데다 비행기에서는 한숨도 못 자는 스타일이라 걱정되었다. 하지만 그 걱정은 역시 나의 수면 욕구에 또다시 굴복하고 말았다. 비행 시간 동안 나는 식사를 두 번 했고 화장실을 네 번 갔고 영화 한 편을 관람했고 나머지 긴 시간 동안 숙면을 취했다.

비행기는 암스테르담 스키폴 공항을 경유하여 베를린 티겔 공항에 도착했다(베를린은 우리나라에서 직항이 없다). 심사위원으로 왔더니 공항에 베를린영화제 코디네이터가 우리를 의전하러 나왔다. 작년까지는 캐리어를 끌고 버스와 지하철을 타며 이동했다면 이번에는 차를 타고 매우 편하게 예약한 숙소에 도착할 수 있었다. 광수 형은 차를 타고 이동하는 중에도 캐리어 끌고 안 다녀서 몸도 편하고 베를린 시내를 구경할 수 있어서 매우 좋다면서 어린 아이처럼 계속 들떠 있었다. 옆에서 보고 있자니 내가 그동안 나이가 어려서 능력이 없다 보니 호강시켜준 적이 없어 이런 사소한 것도 좋아하는 것 같아 미안하면서도 마음이 짠했다.

숙소에 도착해서 짐을 풀자마자 배지와 영화제 카탈로그 등을 받은 다음 시장에 들러서 장을 봤다. 우리나라에서 출발할 때부터 김치와 된장, 간장, 참기름 등 현지에서는 구할 수 없는 기본적인 식재료를 열흘 정도 쓸 수 있는 양을 챙겨왔기 때문에, 나머지 식재료만 현재에서 구입하면 됐다. 치즈와 루꼴라, 바질 같은 채소류는 한국에 비해서 굉장히 싸기 때문에 여기에서 마음껏 먹을 수 있는 별미이다. 그렇게 장을 보고 숙소에 와서는 바로 영화제 기간 동안 광수 형과 나의 일정표를 완성했다. 광수 형은 나만큼은 바쁘지 않지만 그래도 내가 시간이 안 되어서 못 보는 영화를 광수 형이 봐야 했다. 또 주요 작품은 우리 둘 다 봐야 했다. 이렇듯 영화제 출장은 혼자 오는 것보다 최소 두 사람이 함께 오는 것이 비용과 효율 면에서 좋다.

우리가 도착한 날이 베를린영화제 개막일이었기 때문에 심사위원 사전 모임이 있어 광수 형을 숙소에 두고 혼자 나왔다. 혼자 두고 나오는 것이 마음에 걸렸지만 다행히 광수 형은 비행기에서 잠을 못 잤기 때문에 쉬겠다고 했다. 사전 정보를 받기는 했지만 어떤 분들과 심사하게 되는지 궁금하기 했고, 잘생긴 남자 심사위원이 있기를 기대하며 약속 장소로 서둘러 이동했다. 베를린영화제 테디베어 부분 심사위원들은 각 대륙별로 평균 한 명씩 왔다. 주로 유럽권 중심이라 아시아에서 온 심사위원은 나밖에 없었다. 잘생긴 남자 대신 좋은 사람들이 나를 기다리고 있었다. 나는 심사위원들과 명함을 주고받으며 인사를 나누었다. 우리는 일정을 공유하고 개막 파티를 비롯해 첫날부터 여러 순서를 소화해야 했다.

외국 사람들과 어울리는 것이 어렵지 않느냐고 질문하는 사람들이 종종 있다. 사실 사용하는 언어만 다를 뿐 기본적으로 같은 인간이기 때문에 비슷한 환경에서는 비슷한 점을 느끼므로 솔직하게 이야기를 나누면 어색함을 허물 수가 있다고 생각한다. 이번에도 마찬가지였다. 심사위원들끼리 서로 알지 못했고, 시차 적응이 다 안 되었기 때문에 피곤하다는 공통점이 있었다. 첫날부터 일 이야기를 하면서 분위기를 깨는 것보다는 시차 적응이나 비행이 어땠는지에 대한 사소한 이야기부터 하는 것이 좋다. 또한 누구나 지루해할 만한 피상적인 이야기를 하기보다 각자 사는 이야기에 대해서 나누면서 어색한 분위기를 조금씩 없앴다. 시간이 지나면서 심사위원들끼리 조금씩 친근감을 느끼게 되었다.

분위기가 올라가자 다들 파티장에서 신나게 놀기 시작했다. 의외로 파티를 그렇게 좋아하지 않는 나는 배우자인 광수 형이 기다리고 있다며 아쉬운 듯 먼저 자리에서 일어났다. 역시 광수 형은 뜬눈으로 나를 기다리고 있었다. 생각보다 일찍 들어온 나를 무척이나 반겼다. 광수 형과 나의 관계는 한국에 있을 때랑 외국에 있을 때 무척 다르다. 한국에 있을 때는 아무래도 나이가 많고 사회적 경험이 많은 광수 형이 주로 상황을 이끈다면, 외국에 나오면 상대적으로 해외에서 산 경험이 많고, 부족하지만 영어를 할 줄 아는 내가 상황을 이끈다. 광수 형 세대인 80년대 학번 대다수가 그렇듯 광수 형은 영어를 대충 알아듣지만 말하지는 못한다. 그렇다 보니 외국에 나오면 우리의 관계는 늘 역전된다. 아무래도 말이 통하지 않는 외국에서 광수 형은 늘 내 곁에 붙어 있으려 했다.

나는 그때 형이 참 귀엽게 느껴진다. 그리고 일단 외국으로 나오면 한국에 있는 업무와는 일시적으로 단절된다. 그러다 보니 마음이 편해져서 그런지 광수 형 표정이 한결 해맑다. 특히 이번에는 광수 형의 영화가 초청받아서 온 것이 아니라 내가 심사위원을 맡아 온 것이라 광수 형의 행동은 더 귀여워졌다.

베를린에 도착한 이튿날부터 본격적으로 심사가 시작되었다. 심사해야 할 작품이 많아 하루에 영화를 평균적으로 다섯 편 이상을 봐야 했다. 더구나 중간에 시간이 나면 마켓에 들려서 미팅을 해야 했고, 그러다가 오랜만에 만난 영화인들과 인사도 나누는 등 그 어느 때보다 바쁜 일정을 소화했다. 심사하는 기간 동안 매일같이 영화를 보는 것뿐만 아니라 파티를 비롯해서 참석해야 할 부대 행사가 많았다. 인터뷰 역시 많이 진행되었다. 몸은 피곤했지만 삶에 중요한 기회이고, 또 나를 심사위원으로 추천하셨을 분들을 생각했고, 이 기간 동안에 만나는 모든 사람이 언젠가는 소중한 인연이 될 것이라고 여기며 최선을 다했다. 또한 영화를 평가할 때 바라보는 다양한 시각에 대해서도 대륙별로 그 색깔이 있다는 것을 다시금 느낄 수 있어서 많은 걸 배울 수 있었다.

영화제가 끝으로 다가갈수록 심사위원들끼리 친해졌다. 나의 배우자가 김조광수 감독이라는 것을 안 몇몇 심사위원은 큰 관심을 보이며 광수 형을 보고 싶어 했다. 마지막 심사가 모두 끝나고 난 이후 일정에는 광수 형과 함께 와달라고 요청받았다. 마지막 날 테디베어 부분 최우수극영화상, 다큐멘터리상, 심사위원특별상, 단편상 총 네 작품을 선정하는 최종 심사 회의를 다섯 시간이라는 비교적 짧은 시간에 마무리하고, 우리를 위해서 특별히 마련된 프랑스 요리 전문집에서 저녁 만찬을 즐긴 후 마지막 일정인 테디베어 파티장으로 이동했다.

테디베어 파티는 베를린영화제 기간 동안 열리는 공식 행사 가운데 가장 인기가 많다. 베를린 시장을 비롯하여 저명인사들이 한자리에 모이는 행사로 유명하다. 테디베어 파티가 열리는 행사장은 동베를린에 위치한 '코미셰 오페라하우스'인데 1892년에 완공된 이 건물은 내부 장식이 아름다웠다. 그래선지 각종 파티와 시상식 및 공연을 하기에 매우 안성맞춤인 공간이었다. 출입구부터 전통 의상과 가면을 쓴 주최측 인사들이 손님들을 맞으며 파티의 흥을 더했다. 나는 심사위원들과 함께 포토존에서 사진을 찍고 간단히 인터뷰한 다음 파티 장소로 들어갔다.

여느 영화제 주요 파티처럼 파티장 안에 산해진미가 있을 것이라고 기대했지만, 테디베어 파티에서는 샴페인밖에 없었다. 그리고 앉을 자리도 매우 턱없이 적게 준비가 되어 있었다. 모든 사람들은 서서 샴페인을 마시며 이야기를 나누고 있었다. 당황한 광수 형과 나는 〈섹스 앤 더 시티〉의 사만다를 떠올리며 유럽 전통 고급(?) 파티장에서는 원래 술밖에 없는 것이라며 서로 위로했다. 사만다처럼 올리브라도 먹기 위해서 올리브를 찾았지만 칵테일이 아니라 샴페인만 있다 보니 겨우 찾은 건 초콜릿 몇 조각이었다. 사실 나야 심사위원을 비롯해서 아는 해외 영화인들과 어울리면 되지만, 영어를 잘 못하고 편히 앉을 곳도 없는 파티장에 괜히 나를 따라온 광수 형한테 미안했고, 계속 신경이 쓰였다. 당연한 것

일 수도 있지만 테디베어 시상식이 열리는 오페라하우스 좌석이 광수 형과 멀리 떨어져 있어 행사가 진행되는 두 시간 넘게 광수 형과 떨어져 있어야 했다. 광수 형은 괜찮다며 신경 쓰지 말라고 했지만 혹시나 섭섭해할까 봐 난 광수 형 손을 꼭 잡아주고 내 자리로 돌아갔다.

테디베어 시상식에는 다채로운 공연이 펼쳐졌다. 중간에 베를린 시장을 포함한 유명 인사가 발언했고, 흥미로운 영상이 나왔다. 중간에는 올해 베를린영화제 테디베어 부분 심사위원들을 소개하는 영상이 떴다. 내 모습도 무대 위 대형 스크린에 떴는데 그 순간 뿌듯하면서도 너무 쑥스러웠다. 언젠가 이 순간을 기념하고 싶을 것 같아서 사진을 찍고 싶었지만 심사위원이 소개되는 영상이 나올 때 사회자가 심사위원석을 지목했기 때문에 차마 카메라를 들 수 없었다. 박수 치는 사람들에게 아무렇지도 않은 듯 미소를 지으며 손을 흔들었다.

시상식과 축하 공연 등 행사가 모두 끝나자 본격적인 파티가 진행되었다. 사람들이 흥겹게 춤을 출 동안 나는 기다리고 있을 광수 형을 서둘러 찾았다. 파티에서 더 놀고는 싶었지만 광수 형이 기다리고 있었고, 또 내일 바로 신혼여행지인 체코 프라하로 떠나야 했기 때문에 아쉬운 마음을 뒤로하고 파티장을 나섰다. 나오기 전 함께했던 심사위원들과 일일이 포옹을 했고, 새롭게 알게 된 영화인들과도 다음 번의 만남을 고대하며 작별 인사를 나눴다.

베를린에서 프라하로

베를린에서 굉장히 빡빡한 일정을 소화했기 때문에 몸살이 날까 봐 걱정이 많았다. 그런데 모든 일정을 잘 마무리해서인지 몰라도 컨디션이 좋았다. 체코 프라하로 향하는 발걸음이 가벼웠다. 우리는 열차를 타고 베를린에서 프라하로 이동했다. 이때 일부러 개방형 좌석이 아닌 방으로 된 좌석을 예약했다. 운이 좋게도 프라하로 이동할 때까지 우리가 예약한 좌석이 있는 방에는 아무도 들어오지 않았다. 덕분에 간식도 먹고, 때로는 완전히 누어서 잠을 자는 등 호사를 누리며 프라하까지 이동했다. 베를린영화제 기간 동안에는 비교적 말수가 적었던 광수 형이 본격적인 신혼여행이라서 그런지 몰라도 열차 안에서부터 재잘재잘 말이 많아졌다. 주변 풍광이 매우 아름다운 기찻길이라며 광수 형은 피곤해서 졸고 있는 나를 중간에 깨우기도 했다. 오늘은 호텔 체크인하고 나면 피곤하더라도 프라하 구시가지는 꼭 가보자며 자기만 믿으면 된다고 큰소리도 쳤다.

베를린에서 다섯 시간 정도 열차를 타고 도착한 프라하는 명성대로 아름다운 도시였다. 컨디션이 나쁘지는 않았지만 몸이 피곤한 상태였고, 짐이 많아서 일단 호텔 체크인하는 것이 먼저였다. 서둘러 역에서 숙소로 이동했다. 이동하는 와중에 이런 내 마음을 아는지 모르는지 광수 형은 가이드처럼 이 건물은 어떻고, 조금 더 가면 어떤 유적이 나온다는 말을 하며 여행 분위기를 냈다. 프라하는 워낙 오래전에 만들어진 도시라 아스팔트가 아닌 네모

진 작은 돌로 도로가 포장이 되어 있어서 캐리어를 끌고 이동하기에는 그렇게 좋은 환경이 아니었다. 광수 형의 설명을 따라 구경을 하기보다 빨리 숙소로 가서 짐을 풀고 싶다는 마음밖에 안 들었다.

다행히 내가 예약한 숙소는 인터넷을 통해서 미리 조사한 내용대로 프라하 시내에 있어서 웬만한 명소에는 다 걸어서 이동할 수 있었다. 재건축을 한 건물이라 시설도 매우 좋았다. 특히 육 층 건물의 꼭대기 층이라 전망도 매우 좋아서 숙소에 들어서자마자 탄성이 절로 나왔다. 다행히 광수 형도 예전에 혼자 왔을 때 묵었던 숙소는 너무 오래된 건물이라 춥고 지저분했는데 여기는 가격에 비해 정말 훌륭하다며 기뻐했다. 짐을 풀고 나자 하루 종일 이동해서 그런지 광수 형이 피곤해 했다. 나는 이때다 싶어 오늘은 저녁만 먹고 쉬자고 제안했다. 광수 형은 내가 프라하는 처음인데 첫날 밤 그렇게 쉬어도 괜찮겠냐며 미안해했다. 나는 어차피 내일은 프라하 시내 도보 투어를 할 예정이기 때문에 쉬는 게 좋겠다고 했다. 숙소가 아파트형 호텔이라 부엌이 따로 있었다. 우리는 인근 상점에서 간단한 식재료를 사서 저녁을 해 먹고 푹 쉬며 내일을 기약했다.

프라하 시내 투어

어느 도시에 여행을 가든 가능하면 하지 않는 일 하나가 여행사

가이드를 따라 단체로 다니는 일이다. 짧은 시간 안에 너무 많은 곳을 가기 때문에 육체적으로 피곤할 뿐만 아니라 공간을 음미할 수 없다. 또 게이 커플이다 보니 사람들의 시선이 불편하기도 했다. 하지만 결혼식도 공개적으로 올린 마당에 더 숨길 것도 없고, 프라하에 머무는 기간이 너무 짧기 때문에 자유 여행보다는 가이드를 따라다니는 것이 나을 수도 있다는 생각에 시내 투어를 하기로 결정했다. 그런데 가이드를 따라서 여행하는 프라하 시내 투어는 생각보다 즐거웠다. 처음 모였을 때부터 우리가 부부인 것을 알아보는 사람들이 있었고, 가이드 역시 무슨 사이냐고 물어봤을 때 아무렇지도 않게 부부라고 대답하며 우리는 매우 자연스럽게 일행들과 섞였다. 가이드뿐만 아니라 몇몇 사람은 처음에는 약간 신기해하는 것 같았지만 이내 우리와 스스럼없이 어울렸다. 몇몇 분은 결혼을 축하해주시며 함께 사진을 찍기도 했다.

체코의 주 수입원이 관광이라는 말이 실감 났다. 프라하 일일 투어는 바츨라프광장, 무하박물관, 화약탑, 구시가지광장, 천문시계, 틴탑 성모마리아성당, 프라하성, 비타성당, 구왕궁, 성이르지수도원, 황금소로, 스트라호프수도원, 전망대, 네루도바 거리, 까를교, 구시가지 이렇게 하루 종일 도보로 이동하며 구경하는 매우 빡빡한, 하지만 하루밖에 여유가 없는 우리 같은 사람들에게는 매우 훌륭한 일정이었다. 프라하성을 비롯하여 몇몇 유적지는 다른 일행들과 묶어서 가족이라고 거짓말해서 입장료를 할인받아도 보고, 식당에서 음식도 나눠 먹는 등 우리는 그렇게 새로운 가족 놀이도 하며 즐거운 시간을 보냈다.

프라하에서는 2박 3일만 있는 일정이다 보니 아쉬운 마음을 달래며 짐을 꾸렸다. 다행히 비행기 출발 시간이 오후 늦은 시간이었기 때문에 프라하 구시가지와 전통 시장에 다시 한 번 더 들려서 구경을 하며 기념품을 구입했다. 신혼여행인 만큼 양가 가족들에게 줄 선물을 구입하고 난 후에 마지막 식사로 체코 전통 오리 요리를 먹었는데 짜거나 기름지지 않아서 배불리 먹을 수가 있었다. 이제 프라하 시내 지리에 조금 익숙해졌고, 재미있어지려는데 떠나려니 조금 아쉬웠지만 광수 형이랑 같이 와본 것으로 충분히 만족했다.

프라하에서 모든 일정을 마무리하고 공항으로 갔다. 많은 사람이 그렇겠지만 우리 역시 돈을 아끼기 위해서 늘 저가 항공을 타고 다니는데 이번에도 역시 그 편으로 귀국할 예정이었다. 저가항공 특성상 조금 기다리더라도 공항에 일찍 가서 체크인하는 것이 안전하기 때문에 우리는 세 시간 전에 도착했고, 체크인 후 발권까지 마쳤다. 그런데 이상하게도 우리가 받은 비행기표에 좌석번호가 없어서 탑승구 앞에서 이유를 물어보니 지금 오버부킹을 해서 자리를 만드는 중이라는 답변을 들었다. 나는 체크인하고 탑승구 앞까지 와서 이런 경우는 단 한 번도 보지 못했고, 심지어 우리는 미리 예약했는데도 이런 것은 말이 안 되는 일이니 지금이라도 빨리 자리를 확정해달라고 요구했다. 승무원들은 자신들도 그냥 이렇게 통보받았다며 잠시 기다려달라는 말만 앵무새처럼 반복했다. 삼십 분 정도 지나자 광수 형과 내가 아주 멀리 떨어져서 앉아야 할 것 같다며 매우 무성의하게 이야기를 했고, 나는 무조건 붙은 자리를 달라고 재차 요구했다. 옆에서 기다리고 있던 사람들이 한두 명씩 탑승하며 시간이 흘러갔다. 얼마 후 정말 상상하지 못한 일이 일어났다. 그건 바로 비행기에 이코노미석뿐만 아니라 비즈니스석, 일등석 등 모든 좌석이 단 한 자리도 남지 않았기 때문에 우리가 탈 수 없다는 것이었다. 그러면서 내일 출발하는 비행기를 타야 할 것 같다며, 그 비행기 역시 오늘처럼 좌석을 담보해줄 수 없다는 어처구니없는 말을 들었다. 옆에 있던 광수 형도 분위기가 심상치 않음을 느꼈는지 나에게 무슨 일인지 물었다. 내가 사실대로 설명하자 광수 형은 매우 화를 내며 지금 비행기를 무조건 타겠다며 그렇지 않을 경우 항공 규정상 이미 우리가 체크인했기 때문에 비행기는 뜰 수 없다고 주장했다. 이에 대해서 항공사 측은 도리어 우리 짐을 내리겠다고 위협했다. 나는 책임자를 불러오라고 요구했다.

다행히 항공사 측에 한국인 직원이 있었다. 나는 그녀를 통해서 이러한 일이 부끄럽지만 비일비재하다며 사과를 거듭 받았다. 그리고 진실인지는 모르겠지만 이 항공사는 이런 경우에 승객의 동의 여부에 관계없이 짐을 내리고 출발해버리기 때문에 여기서 싸우는 것보다 현실적으로 최대한 보상을 받을 수 있게 협상하는 것이 더 좋다며 우리를 설득했다. 나는 일단 흥분한 광수 형을 진정시키고 우리가 어떤 보상을 받고 언제 어떤 비행기 편을 통해서 귀국할 수 있는지 확인했다. 우리가 항공사 규정을 통해 최대한

받을 수 있는 보상은 귀국 편 비행기를 제외하고 일인당 육백 유로, 오늘 하루 호텔 숙박비와 식사 그리고 교통비였다. 가장 기분이 나빴던 것은 처음의 성의 없는 사과였고, 두 번째로 기분 나빴던 것은 이 와중에 승객과 협상해서 조금이라도 덜 보상해주려는 항공사의 태도였다.

이날 나는 이번 여행 기간 중에서 가장 많은 말을 했던 것 같다. 정말 조목조목 따지며 절대 가만히 있지 않겠다고 엄포를 놓았고, 이것이 통했는지 다음 날 귀국 편 비행기를 탈 수 있었다. 서울 직항이 아니라 오사카 경유였지만 비즈니스석으로 좌석이 승급되었다. 나보다 더 화를 낸 광수 형은 일단 아무 일정 없이 하루 더 쉬었고, 밥을 먹은 데다 좌석이 비즈니스석으로 승급되어서 그런지 아이처럼 기분이 풀어졌다. 우리에게 갑자기 생긴 천이백 유로로 무엇을 할지 고민하는 해맑음까지 보였다. 나도 이왕 이렇게 된 거 하루 더 여유가 생겼다 치고, 광수 형이 결론적으로 좋아하는 데다가 이번 여행은 출장이면서도 우리의 신혼여행이니 해피엔딩이 되어야 하지 않을까 하는 생각이 들어 마음이 풀어졌다. 또 한편으로는 이렇게 둘만의 신혼여행 에피소드가 생긴 거라 우리는 촌스럽지만 비즈니스석에 앉아 인증 사진을 찍으며 비행기에 몸을 싣고 한국에 무사히 귀국했다. 그렇게 신혼여행의 마침표를 찍었다.

김조광수의 부부생활 10계명

1. 당신의 잔소리를 사랑하겠습니다.

2. 화가 나도 싸워도 집을 나가지 않겠습니다.

3. 매일 삼십 분 이상 꼭 대화를 나누겠습니다.

4. 집에 국정원 직원들이 압수 수색을 할 때가 아니면 고함치지 않겠습니다.

5. 첫눈에 반한 그 순간을 잊지 않고 기억하며 살겠습니다.

6. 다른 사람과 비교하지 않겠습니다.

7. 자주자주 칭찬하겠습니다.

8. 서로를 있는 그대로 받아들이기 위해 노력하겠습니다.

9. 민주주의의 기본인 표현의 자유, 정치 사상의 자유를 보장하겠습니다.

10. 사랑을 표현하는 데 인색하지 않겠습니다.

김승환의 부부생활 10계명

1. 바람은 꿈속에서만 피우겠습니다.
2. 아무리 바빠도 하루에 삼십 분 이상 대화를 나누겠습니다.
3. 흰머리 있다고 구박하지 않고 염색해주겠습니다.
4. 아무리 화가 나도 우리의 사랑을 의심하지 않겠습니다.
5. 어느 순간에라도 당신 손을 놓지 않겠습니다.
6. 얼굴에 나이의 그림이 그려지는 것을 아름답게 지켜보겠습니다.
7. 매일 진실되게 사랑한다는 말을 하겠습니다.
8. 다른 사람과 비교하지 않겠습니다.
9. 당신이 힘들거나 아플 때 당신의 손과 발이 되겠습니다.
10. 지나치게 나의 생각을 강요하지 않고 다름을 존중하겠습니다.

새로 만든 혼인신고서

[양식 제10호]

혼 인 신 고 서
(년 월 일)

※ 뒷면의 작성방법을 읽고 기재하시되, 선택항목은 해당번호에 "○"으로 표시하여 주시기 바랍니다.

구 분			신고인 1		신고인 2	
①혼인당사자(신고인)	성명	한글		㉤ 또는 서명		㉤ 또는 서명
		한자				
	본(한자)			전화	본(한자)	전화
	출생연월일					
	주민등록번호		-		-	
	등록기준지					
	주소					
②부모(양부모)	부 성명					
	주민등록번호		-		-	
	등록기준지					
	모 성명					
	주민등록번호		-		-	
	등록기준지					

③외국방식에 의한 혼인성립일자			년 월 일			
④성·본의 협의			자녀의 성·본을 모의 성·본으로 하는 협의를 하였습니까? 예☐아니요☐			
⑤근친혼 여부			혼인당사자들이 8촌이내의 혈족사이에 해당됩니까? 예☐아니요☐			
⑥기타사항						
⑦증인	성 명		㉤ 또는 서명	주민등록번호	-	
	주 소					
	성 명		㉤ 또는 서명	주민등록번호	-	
	주 소					
⑧동의자	남편	부 성명	㉤ 또는 서명	후견인	성명	㉤ 또는 서명
		모 성명	㉤ 또는 서명		주민등록번호	
	아내	부 성명	㉤ 또는 서명		성명	㉤ 또는 서명
		모 성명	㉤ 또는 서명		주민등록번호	
⑨제출인		성명		주민등록번호	-	

※ 타인의 서명 또는 인장을 도용하여 허위의 신고서를 제출하거나, 허위신고를 하여 가족관계등록부에 실제와 다른 사실을 기록하게 하는 경우에는 **형법에 의하여 처벌**받을 수 있으며, ***표시 자료는** 인구동향조사 목적으로 통계청에서도 수집하고 있는 자료임을 알려드립니다.

※ 아래 사항은 통계청의 인구동향조사를 위한 것으로, 「통계법」 제32조 및 제33조에 의하여 성실응답의무가 있으며 개인의 비밀사항이 철저히 보호되므로 사실대로 기입하여 주시기 바랍니다.

인구동향조사

⑩실제결혼생활시작일		년 월 일부터 동거		
⑪국적	남편	1대한민국(출생 시 국적취득) 2대한민국(귀화(수반포함)인지 국적취득, 이전국적:) 3외국(국적)	처	1대한민국(출생 시 국적취득) 2대한민국(귀화(수반포함)인지 국적취득, 이전국적:) 3외국(국적)
⑫혼인종류	남편	1초혼 2사별 후 재혼 3이혼 후 재혼	처	1초혼 2사별 후 재혼 3이혼 후 재혼
⑬직전혼인 해소일자	남편	년 월 일	처	년 월 일
⑭최종 졸업학교	남편	1무학 2초등학교 3중학교 4고등학교 5대학(교) 6대학원 이상	처	1무학 2초등학교 3중학교 4고등학교 5대학(교) 6대학원 이상
⑮직업	남편	1관리자 2전문가 및 관련종사자 3사무종사자 4서비스종사자 5판매종사자 6농림어업 숙련 종사자 7기능원 및 관련 기능 종사자 8장치·기계 조작 및 조립 종사자 9단순노무 종사자 10학생 11가사 12군인 13무직	처	1관리자 2전문가 및 관련종사자 3사무종사자 4서비스종사자 5판매종사자 6농림어업 숙련 종사자 7기능원 및 관련 기능 종사자 8장치·기계 조작 및 조립 종사자 9단순노무 종사자 10학생 11가사 12군인 13무직